ESSA GAROTA

Obras da autora publicadas pela Galera Record

Série Slammed
Métrica
Pausa
Essa garota

Série Hopeless
Um caso perdido
Sem esperança
Em busca de Cinderela
Em busca da perfeição

Série Nunca jamais
Nunca, jamais
Nunca, jamais: parte 2
Nunca, jamais: parte 3

Série Talvez
Talvez um dia
Talvez agora

Série É assim que acaba
É assim que acaba
É assim que começa

O lado feio do amor
Novembro, 9
Confesse
Tarde demais
As mil partes do meu coração
Todas as suas (im)perfeições
Verity
Se não fosse você
Layla
Até o verão terminar
Uma segunda chance

ESSA GAROTA

COLLEEN HOOVER

Tradução
Priscila Catão

6ª edição

— **Galera** —
RIO DE JANEIRO
2025

CIP-BRASIL. CATALOGAÇÃO NA PUBLICAÇÃO
SINDICATO NACIONAL DOS EDITORES DE LIVROS, RJ

H759e
Hoover, Colleen, 1979-
    Essa garota / Colleen Hoover ; tradução Priscila Catão. - 6. ed. - Rio de Janeiro : Galera Record, 2025.
    (Slammed ; 3)

    Tradução de: This girl
    Sequência de: Pausa
    ISBN 978-65-5981-279-0

    1. Ficção americana. I. Catão, Priscila. II. Título. III. Série.

23-81993
CDD: 813
CDU: 82-3(73)

Meri Gleice Rodrigues de Souza - Bibliotecária - CRB-7/6439

Título original em inglês:
Slammed: This Girl

Copyright © 2013 by Colleen Hoover

Publicado mediante acordo com a editora original, Atria Books, um selo da Simon & Schuster Ltda.

Todos os direitos reservados. Proibida a reprodução, no todo ou em parte, através de quaisquer meios. Os direitos morais da autora foram assegurados.

Texto revisado segundo o Acordo Ortográfico da Língua Portuguesa de 1990.

Composição de miolo: Abreu's System

Direitos exclusivos de publicação em língua portuguesa somente para o Brasil adquiridos pela
EDITORA GALERA RECORD LTDA.
Rua Argentina, 120 – Rio de Janeiro, RJ – 20921-380 – Tel.: 2585-2000, que se reserva a propriedade literária desta tradução.

Impresso no Brasil

ISBN: 978-65-5981-279-0

Seja um leitor preferencial Record.
Cadastre-se e receba informações sobre nossos lançamentos e nossas promoções.

Atendimento e venda direta ao leitor:
sac@record.com.br

Para minha mãe.

1.

a lua de mel

SE EU PEGASSE TODOS OS POEMAS ROMÂNTICOS, TODOS OS livros, todas as músicas e todos os filmes que já li, escutei ou vi, extraísse os momentos mais empolgantes de cada um e os juntasse de alguma forma, eles não seriam nada em comparação a esse momento.

Esse momento é incomparável.

Ela está deitada de lado, virada para mim, o cotovelo debaixo da cabeça e a outra mão acariciando a minha, que está parada entre nós na cama. Seu cabelo está esparramado no travesseiro, caindo nos ombros e pescoço. Ela está fitando os próprios dedos, que fazem círculos na minha mão. Já faz quase dois anos que a conheço, e jamais a tinha visto tão contente. Ela não está mais carregando sozinha o peso que foi sua vida nos últimos dois anos, e isso é notável. Quase como se, no momento em que dissemos "sim" no dia anterior, os sofrimentos e as mágoas que enfrentávamos como indivíduos tivessem se misturado, tornando nossos passados mais leves e fáceis de carregar. De agora em diante, serei capaz de fazer isso por ela. Caso haja mais fardos, vou poder carregá-los *por* ela. É tudo o que sempre quis fazer por essa garota desde o primeiro instante em que a vi.

Ela olha para mim e sorri, depois dá uma risada e enterra o rosto no travesseiro.

Eu me inclino para ela e a beijo no pescoço.

— Está rindo de quê?

Ela levanta a cabeça do travesseiro; as bochechas num tom vermelho-escuro. Balança a cabeça e ri.

— Da *gente* — diz ela. — Só se passaram 24 horas, e já perdi a conta.

Beijo sua bochecha escarlate e rio.

— Não aguento mais contar, Lake. Já fiz contagens regressivas demais para uma vida só. — Passo o braço ao redor de sua cintura e a puxo para cima de mim. Quando ela se inclina para me beijar, o cabelo cai entre nós. Estendo o braço até a mesa de cabeceira para pegar o elástico, torço suas mechas para formar um coque e as prendo. — Pronto — digo, puxando o rosto dela para perto do meu mais uma vez. — Melhorou.

Ela fez questão de que tivéssemos roupões nos quartos, mas até agora não os usamos uma vez sequer. Sua camisa feia está no chão desde que a joguei ali na noite anterior. Nem preciso dizer que essas foram as melhores 24 horas de minha vida.

Ela beija meu queixo e vai levando os lábios até meu ouvido.

— Está com fome? — sussurra.

— Não de comida.

Ela se afasta e sorri.

— Ainda temos mais 24 horas aqui, sabia? Se quer continuar seguindo meu ritmo, é melhor recarregar as energias. Além disso, a gente acabou não almoçando hoje, não sei por quê. — Ela rola para longe de mim, estende o braço para a mesa de cabeceira e pega o cardápio de serviço de quarto.

— Nada de hambúrguer — digo.

Ela revira os olhos e ri.

— Você nunca vai esquecer isso. — Ela dá uma olhada no cardápio, levanta-o e aponta para ele. — Que tal bife Wellington? Sempre quis provar isso.

— Parece bom — afirmo, aproximando-me dela. Layken pega o telefone para ligar para o serviço de quarto. Enquanto está na ligação, beijo suas costas de cima para baixo, obrigando-a a conter as risadas para manter a compostura enquanto faz o pedido. Ao desligar o telefone, ela desliza para baixo de mim e puxa as cobertas por cima de nós.

— Você tem vinte minutos — sussurra ela. — Acha que dá conta?

— Só preciso de dez.

O BIFE WELLINGTON não desapontou. O único problema foi que ficamos cheios e cansados demais para nos mexer. Ligamos a televisão pela primeira vez desde que carreguei Lake para dentro do quarto, então acho que posso afirmar que teremos um intervalo de no mínimo duas horas.

Nossas pernas estão entrelaçadas, e a cabeça dela está no meu peito. Estou passando os dedos pelo seu cabelo e acariciando seu pulso com a outra mão. Por algum motivo, essas coisas triviais, como ficar deitado na cama vendo televisão, se tornam um tanto empolgantes quando estamos tão emaranhados assim.

— Will? — Ela se apoia no cotovelo e olha para mim. — Posso perguntar uma coisa? — Ela alisa meu peito e depois pousa a mão no meu coração.

— Dou doze voltas na pista de corrida da faculdade e faço cem abdominais duas vezes ao dia — digo. Ela ergue a sobrancelha, então aponto para minha barriga. — Não ia perguntar sobre meu abdômen?

Ela ri e me dá um murro de brincadeira.

— Não, não ia perguntar sobre seu *abdômen*. — Ela se inclina e beija minha barriga. — Mas ele é bonito *mesmo*.

Aliso sua bochecha e a faço olhar para mim novamente.

— Pode me perguntar qualquer coisa, linda.

Ela suspira, abaixa o cotovelo e deita a cabeça no travesseiro mais uma vez, encarando o teto.

— Você se sente culpado às vezes? — pergunta ela baixinho. — Por estar se sentindo tão feliz?

Eu me aproximo dela e apoio o braço em sua barriga.

— Lake. Nunca se sinta culpada. É exatamente isto que eles iriam querer para você.

Ela olha para mim e abre um sorriso forçado.

— Eu sei que é o que eles gostariam. Mas é que... Não sei. Se eu pudesse desfazer tudo o que aconteceu para tê-los novamente ao meu lado, nem pensaria duas vezes. Mas, se fizesse isso, nunca teria conhecido você. Então me sinto culpada de vez em quando porque...

Pressiono meus dedos nos lábios dela.

— Shh — digo. — Não pense assim, Lake. Não pense no *e se*. — Eu me inclino e beijo sua testa. — Mas, se ajuda em alguma coisa, entendo o que está dizendo. Só que não adianta nada pensar nisso. As coisas são como são.

Ela segura minha mão e entrelaça nossos dedos, levando-os até sua boca e beijando o dorso de minha mão.

— Meu pai teria adorado você.

— Minha mãe teria adorado *você* — digo.

Ela sorri.

— Só vou falar mais uma coisa sobre o passado e prometo que paro com isso. — Ela olha para mim com um sorriso sutilmente malicioso. — Fico muito feliz por você ter levado um pé na bunda daquela vaca da Vaughn.

Dei uma risada.

— Nem me fale.

Ela sorri e solta os dedos dos meus. Vira-se para mim na cama e me olha. Puxo sua mão até minha boca e beijo a palma.

— Você acha que teria se casado com ela?

Rio e reviro os olhos.

— Sério, Lake? Quer mesmo falar sobre isso agora?

Ela sorri um pouco encabulada para mim.

— Só estou curiosa. Nunca conversamos direito sobre o passado. Agora que sei que você não vai a lugar algum, me sinto mais à vontade para falar sobre isso. Além do mais, tem muitas coisas sobre você que quero saber — diz ela. — Tipo o que sentiu quando ela terminou daquela maneira.

— Isso é um assunto estranho para conversar na nossa lua de mel.

Ela dá de ombros.

— Só quero saber tudo sobre você. Já vou ter seu futuro, agora quero conhecer seu passado. — Ela abre um sorriso. — Nós temos umas duas horinhas para matar antes que sua energia se recarregue completamente. O que mais podemos fazer?

Estou cansado demais para me mexer e, por mais que finja não estar contando, nove vezes em 24 horas deve ser algum recorde. Deito de barriga para baixo, coloco um travesseiro debaixo do queixo e começo a contar minha história para ela.

o fim do namoro

— Boa noite, Caulder.

Apago a luz, esperando que ele não saia outra vez da cama. É nossa terceira noite a sós aqui. Ontem à noite ele estava morrendo de medo de dormir sozinho, então deixei que dormisse comigo. Espero que não se torne um hábito, mas eu entenderia perfeitamente se isso acontecesse.

Ainda não consigo assimilar tudo o que aconteceu nas últimas duas semanas, muito menos as decisões que tomei. Espero estar fazendo a coisa certa. Sei que meus pais querem que a gente fique junto, só acho que não vão gostar de me ver abdicando da bolsa de estudos por causa disso.

Por que fico me referindo a eles usando o presente?

Isso vai ser mesmo uma adaptação. Vou até meu quarto e me jogo na cama. Estou cansado demais até mesmo para estender o braço e desligar o abajur. Assim que fecho os olhos, escuto alguém bater de leve na porta.

— Caulder, você vai ficar bem. Volte para a cama — digo, me arrastando de alguma maneira para fora da cama, querendo convencê-lo a voltar para seu quarto. Ele conseguiu dormir sozinho por sete anos, então sei que é capaz de fazer isso novamente.

— Will?

A porta se abre, e Vaughn entra. Não fazia ideia de que ela vinha para cá hoje, mas fico agradecido que esteja ali. Ela parece saber exatamente quando eu mais preciso de sua companhia. Vou até ela, fecho a porta do quarto e a abraço.

— Oi — digo. — O que está fazendo aqui? Achei que ia voltar para a faculdade hoje.

Ela põe as mãos nos meus antebraços e os empurra para trás, abrindo o sorriso mais cheio de pena que já vi. Aproxima-se de minha cama e se senta, evitando fazer contato visual.

— A gente precisa conversar.

Seu olhar faz um calafrio percorrer minha nuca. Nunca a vi tão preocupada assim. Sento-me imediatamente ao lado dela na cama, levo sua mão até minha boca e a beijo.

— O que há de errado? Você está bem? — Coloco uma mecha de cabelo atrás de sua orelha no mesmo instante em que suas lágrimas começam a cair. Eu a abraço e a puxo para meu peito. — Vaughn, o que foi? Me conte.

Ela não diz nada. Continua chorando, então dou um tempo a ela. Às vezes, as garotas só precisam chorar. Quando as lágrimas finalmente começam a parar, ela endireita a postura e segura minhas mãos, mas continua sem me encarar.

— Will... — Ela hesita. A maneira como diz meu nome, o tom de sua voz... Meu coração entra em pânico. Ela me observa, mas não consegue sustentar o olhar e logo vira o rosto.

— Vaughn? — digo, hesitante, na esperança de estar interpretando as coisas erroneamente. Ponho a mão em seu queixo e faço com que ela olhe na minha direção. O medo na minha voz está bem nítido quando pergunto: — O que está fazendo, Vaughn?

Ela parece quase aliviada por eu ter percebido suas intenções. Então, balança a cabeça.

— Sinto muito, Will. Sinto muito mesmo. É que não consigo mais fazer isso.

As palavras dela me deixam totalmente chocado. *Isso?* Ela não consegue mais fazer *isso?* Quando foi que a gente se transformou em *isso?* Não respondo. Afinal, o que eu poderia responder?

Ela percebe meu choque, então aperta minha mão e sussurra novamente:

— Sinto muito mesmo.

Eu me afasto e me levanto, virando de costas para ela. Passo as mãos pelo cabelo e respiro fundo. De repente, a raiva que está crescendo dentro de mim passa a ser acompanhada por lágrimas que não quero que ela veja.

— Não esperava que nada disso acontecesse, Will. Sou nova demais para ser mãe. Não estou pronta para esse tipo de responsabilidade.

Ela vai mesmo fazer isso. Está mesmo terminando comigo. Só se passaram duas semanas desde que meus pais morreram, e ela vai partir meu coração mais uma vez? Quem *faz* esse tipo de coisa? Ela não está pensando direito. É apenas o choque... só isso. Eu me viro para encará-la, sem me importar que ela veja o quanto isso está me afetando.

— Eu também não esperava nada disso — digo. — Tudo bem, você só está assustada. — Eu me sento na cama ao lado dela e a puxo para perto de mim. — Não estou pedindo para que seja mãe dele, Vaughn. Não estou pedindo para que seja *nada* agora. — Abraço-a com mais força e pressiono os lábios em sua testa, algo que a faz voltar a chorar imediatamente. — Não faça isso — sussurro no cabelo dela. — Não faça isso comigo. Não agora.

Ela vira a cabeça para o lado.

— Se eu não fizer isso agora, nunca mais vou ser capaz de fazer.

Ela se levanta e tenta ir embora, mas eu a puxo para perto e ponho os braços ao redor de sua cintura, pressionando minha cabeça em sua barriga.

— *Por favor*.

Ela passa as mãos pelo meu cabelo e no meu pescoço, curva-se para a frente e beija o topo de minha cabeça.

— Estou me sentindo péssima, Will — sussurra ela. — *Péssima*. Mas não posso viver uma vida que não estou pronta para viver só porque sinto pena de você.

Pressiono a testa em sua camisa e fecho os olhos, assimilando as palavras.

Ela está com *pena* de mim?

Solto meus braços e empurro sua barriga. Ela afasta as mãos e dá um passo para trás. Eu me levanto e vou até a porta do quarto, abrindo-a para indicar que ela precisa ir embora.

— A última coisa que quero é que sinta pena de mim — digo, olhando-a nos olhos.

— Will, não — implora Vaughn. — Por favor, não fique com raiva de mim.

Ela me olha com lágrimas nos olhos. Quando ela chora, seus olhos ficam com um tom azul-escuro e enevoado. Eu dizia que eles tinham exatamente a mesma cor do mar. Olhar nos olhos dela nesse momento quase me faz *odiar* o mar.

Eu me viro e seguro os dois lados da porta, pressionando a cabeça na madeira. Fecho os olhos e tento me conter. Parece que a pressão, o estresse, as emoções que têm se acumulado dentro de mim nas últimas duas semanas... parece que vou explodir.

Ela põe a mão no meu ombro delicadamente, tentando me consolar. Mexo o ombro para que tire a mão e me viro para ela mais uma vez.

— Duas *semanas*, Vaughn! — grito. Percebo que gritei alto demais então abaixo a voz e me aproximo dela. — Eles morreram faz *duas semanas*! Como é que pode pensar em *você mesma* agora?

Ela passa pela porta e segue para a sala. Eu a acompanho enquanto ela pega a bolsa no sofá e vai até a porta da casa. Ela a abre e se vira para mim antes de sair.

— Um dia vai me agradecer por isso, Will. Sei que agora não parece ser a coisa certa, mas um dia você vai perceber que estou fazendo o que é melhor para nós dois.

Ela se vira para sair, e eu grito:

— O que é melhor para *você*, Vaughn! Você está fazendo o que é melhor para *você*!

Assim que a porta se fecha após ela sair, perco o controle. Corro para meu quarto, bato a porta, me viro e a esmurro várias vezes, cada vez com mais força. Quando não consigo mais sentir a mão, aperto os olhos e pressiono a testa na porta. Tive de assimilar tanta coisa nas últimas duas semanas — não sei como lidar com isso também.

O que diabos aconteceu com a minha *vida*?

Após um tempo, volto para a cama e me sento com os cotovelos nos joelhos e a cabeça apoiada nas mãos. Minha mãe e meu pai estão sorrindo e me observando, presos no porta-retratos de vidro que fica na mesinha de cabeceira. Observando tudo o que aconteceu nas últimas duas semanas ir acabando aos poucos comigo.

Por que eles não estavam mais preparados para algo assim? Por que correriam o risco de me deixar com todas essas responsabilidades? A falta de preparo dos dois me custou a bolsa de estudos, o amor da minha vida e agora, muito provavelmente, meu futuro inteiro. Agarro o porta-retratos e coloco os dedões por cima da foto. Usando toda a força, fico pressionando até o vidro rachar entre as pontas de meus dedos. Depois que ele se despedaça — assim como minha vida — jogo o corpo para trás e arremesso o porta-retratos na parede à minha frente com toda a força possível. A moldura se quebra ao meio ao colidir com a parede, e os cacos de vidro se espalham pelo carpete.

Quando estou me virando para desligar o abajur, a porta do quarto se abre novamente.

— Vá embora de uma vez, Vaughn. *Por favor*.

Ergo o olhar e vejo Caulder parado na porta, chorando. Parece apavorado. É a mesma expressão que tenho visto com frequência desde que nossos pais morreram. É a mesma expressão de quando dei um abraço de despedida nele no hospital, obrigando-o a ir embora com nossos avós. É a mesma expressão que parte meu coração toda vez que a vejo.

É uma expressão que faz com que eu recupere o controle imediatamente.

Enxugo os olhos e gesticulo para que ele se aproxime. Após ele fazer isso, eu o envolvo com os braços e o puxo para meu colo, abraçando-o enquanto ele chora baixinho em minha camisa. Eu o balanço para a frente e para trás e aliso seu cabelo. Beijo-o na testa e o puxo mais para perto.

— Quer dormir comigo de novo, amigão?

2.

a lua de mel

— Nossa — diz Lake, sem acreditar. — Que vaca egoísta.

— Pois é. Ainda bem — digo. Coloco as mãos atrás da cabeça e olho para o teto, imitando a posição de Lake na cama. — Engraçado como a história quase se repetiu.

— Como assim?

— Pare para pensar. Vaughn acabou nosso namoro porque não queria ficar comigo só porque sentia pena de mim. *Você* terminou comigo porque achava que eu estava com *você* por pena.

— Não terminei com você — diz ela, na defensiva.

Rio e me sento na cama.

— Até parece que não! Suas palavras exatas foram: "Não me importo se precisar de dias, semanas ou meses." Isso é terminar o namoro.

— Não é. Eu estava dando tempo para você pensar.

— Um tempo de que eu não precisava. — Eu me deito novamente no travesseiro e me viro para ela. — Pareceu mais um fim de namoro.

— Bem — diz ela, olhando para mim. — Às vezes duas pessoas precisam se separar para perceber o quanto precisam ficar juntas.

Seguro sua mão, coloco-a entre nós dois e depois a acaricio com o dedão.

— A gente não vai se separar de novo — sussurro.

Ela me olha nos olhos.

— Nunca.

Há uma certa vulnerabilidade na maneira como ela me olha em silêncio. Os olhos examinam meu rosto, e sua boca forma um sorriso tímido. Ela não fala nada, mas nem precisa. Nesses momentos, quando somos apenas eu e ela e mais nada, sei que ela me ama de verdade, do fundo da alma.

— Como foi a primeira vez que me viu? — pergunta ela. — O que viu em mim que fez você me convidar para sair? E me conte tudo, até mesmo os pensamentos ruins.

Rio.

— Não teve nenhum pensamento ruim. Pensamentos *sórdidos*, talvez. Mas ruins, não.

Ela sorri.

— Então pode me contar esses também.

a apresentação

Seguro o telefone no ouvido com o ombro e acabo de abotoar a camisa.

— Prometo, vovó — digo ao telefone. — Vou direto do trabalho na sexta. Chegamos aí às cinco horas da tarde, mas agora estamos atrasados, preciso ir. Amanhã eu ligo.

Ela se despede, e eu desligo o telefone. Caulder anda pela sala com a mochila pendurada no ombro e um capacete de plástico verde na cabeça, imitando um soldado. Ele sempre tenta levar acessórios aleatórios para a escola. Na semana passada, quando fui deixá-lo, ele saiu do carro antes que eu percebesse que estava com um coldre.

Estendo o braço, tiro o capacete de sua cabeça e o jogo no sofá.

— Caulder, vá entrando no carro. Preciso pegar minhas coisas.

Caulder sai de casa, e eu pego todos os papéis que estão espalhados no balcão. Fiquei acordado até depois de meia-noite dando notas. Comecei a dar aula há apenas oito semanas, mas estou começando a entender por que há poucos professores. Enfio a pilha de papéis no fichário, guardo-o na bolsa e saio de casa.

— *Ótimo* — murmuro assim que vejo o caminhão de mudança da U-Haul dando ré do outro lado da rua. É a terceira família que se muda para aquela casa em menos de um ano. Não estou a fim de ajudar ninguém com caixas novamente, muito menos após ter dormido apenas quatro horas. Espero que descarreguem tudo antes de eu voltar para casa hoje ou então vou acabar me sentindo na obrigação de ser solidário. Eu me viro, tranco a porta e ando depressa até o carro. Ao abrir a porta, vejo que Caulder não está lá dentro. Solto um gemido e jogo minhas coisas no banco. Ele sempre escolhe as piores horas para brincar de esconde-esconde; já estamos dez minutos atrasados.

Olho para o banco de trás, na esperança de ele estar se escondendo no chão mais uma vez, mas o vejo na rua. Está rindo e brincando com outro garotinho que parece ser da sua idade. *Isso é bom.* Se ele tiver um vizinho com quem brincar, talvez me deixe em paz com mais frequência.

Grito o nome dele, e o U-Haul chama minha atenção mais uma vez. A garota que o está dirigindo não deve ser mais velha que eu e, mesmo assim, está dando ré no U-Haul com bastante confiança, sem ajuda alguma. Eu me encosto no carro e decido ficar observando a tentativa dela de colocar aquela coisa entre os duendes de jardim. Vai ser interessante.

Logo percebo que estou errado, pois ela não demora a estacionar na entrada da casa. Em vez de saltar do caminhão para ver como parou, ela desliga o motor, abaixa a janela e apoia a perna no painel.

Não sei por que essas pequenas atitudes me parecem estranhas. Ou até mesmo *intrigantes*. Ela tamborila os dedos no volante, depois levanta a mão e puxa o cabelo, soltando o rabo de cavalo. O cabelo se espalha pelos ombros, e ela massageia a cabeça, balançando as mechas.

Caraca.

O olhar dela se fixa nos garotos brincando na rua entre nós, e minha curiosidade fala mais alto. Será que ela é irmã dele? Mãe dele? Ela não parece ter idade suficiente para ser mãe daquele garoto, mas do outro lado da rua não dá para ver tão bem assim. E por que continua sentada dentro do caminhão da U-Haul?

Percebo que a estou encarando há vários minutos quando alguém aparece num jipe e estaciona ao lado dela.

— *Por favor, não pode ser nenhum homem* — sussurro em voz alta para mim mesmo, esperando que não seja um namorado. Ou, pior ainda, um *marido*.

E por que eu me importaria, hein? A última coisa que preciso no momento é de uma distração. Especialmente de alguém que mora do outro lado da rua.

Solto um suspiro de alívio ao ver que a pessoa que sai do jipe não é um homem. É uma mulher mais velha, talvez a mãe. A mulher fecha a porta e aproxima-se do senhorio, que está na porta da casa, para cumprimentá-lo. Antes que eu possa me convencer a não fazer alguma coisa, ando na direção da casa. De repente, bateu uma vontade de ajudar com a mudança dos vizinhos. Atravesso a rua, incapaz de desviar os olhos da garota no U-Haul. Ela está observando Caulder e o outro garoto brincarem, e não olhou na minha direção uma vez sequer. Não sei o que ela tem que está me atraindo para perto. Aquela expressão no rosto dela... Parece triste. E, por alguma razão, não gosto disso.

Estou parado no lado do carona do U-Haul, encarando-a pela janela, praticamente em transe. Não a estou encarando porque ela é atraente, pois é *mesmo*. É por causa do seu olhar. Da *profundidade* dele. Quero saber o que ela está pensando.

Não, *preciso* saber o que ela está pensando.

A menina olha pela janela do motorista, diz alguma coisa para os garotos e abre a porta. De repente, percebo que estou prestes a passar por idiota, pois estou parado na entrada da casa, fazendo nada além de encará-la. Dou uma olhada para minha casa e me pergunto como posso voltar sem ser visto. Antes que consiga me mover, Caulder e o outro garotinho dão a volta no caminhão de mudança correndo e esbarram em mim, rindo.

— Ela é um zumbi! — grita Caulder, depois que eu os seguro pelas camisas. A garota dá a volta no U-Haul, e eu não consigo deixar de rir. Ela está com a cabeça inclinada para o lado, andando atrás dele com as pernas esticadas.

— Pegue-os! — grito para ela.

Eles tentam se debater para fugir de mim, então os seguro com mais força. Ergo o rosto, e nossos olhares se encontram.

Nossa. Esses *olhos*. São do tom mais incrível de verde que já vi. Tento comparar a cor com alguma coisa, mas não consigo me lembrar de nada. É uma cor tão única, como se os olhos dela tivessem inventado um tom próprio.

Ao observar suas feições, percebo que ela não pode ser a mãe do garoto. Ela parece ter a minha idade. Deve ter no máximo 19 ou 20 anos. Preciso descobrir seu nome. Assim posso procurá-la no Facebook e pelo menos saber se está solteira.

Nossa. É a última coisa de que preciso agora. Ter uma *queda* por alguém.

Sinto como se ela soubesse o que estou pensando, então me obrigo a desviar o olhar. O garoto percebe meu momento de distração e se aproveita disso. Ele se solta e me golpeia com uma espada imaginária, então olho para a garota e articulo "socorro" com a boca.

Ela grita "cérebros" novamente e se joga para a frente, fingindo morder o topo da cabeça de Caulder. Faz cócegas neles até os dois derreterem no chão de concreto da entrada da casa, depois ela se levanta e ri. As bochechas ficam coradas quando seus olhos voltam a encontrar os meus, e ela contorce a boca fazendo uma careta de constrangimento, como se tivesse ficado envergonhada de repente. O constrangimento desaparece com a mesma rapidez com que surgiu e é substituído por um sorriso que me deixa com vontade de descobrir cada mísero detalhe sobre ela.

— Ei, meu nome é Will — digo, estendendo a mão para ela. — Nós moramos do outro lado da rua.

Ela aperta minha mão. A dela está macia e fria, e, no momento em que meus dedos a cercam, o contato físico faz um choque percorrer meu corpo. Não lembro a última vez em que uma garota causou um efeito tão imediato em mim. Deve ser porque dormi pouco na noite passada.

— Meu nome é Layken — diz ela, abrindo outro sorriso por causa do constrangimento. — Pelo jeito eu moro... *aqui*. — Olha para a casa atrás dela e depois para mim.

Ela não parece muito contente em morar "aqui". Surge, no rosto dela, a mesma expressão de antes, de quando estava sentada no caminhão, e, de repente, seus olhos ficam tristes. Por que esse olhar me afeta tanto?

— Bem, seja bem-vinda a Ypsilanti — digo, querendo desesperadamente que aquela expressão desapareça.

Ela olha para baixo, e, constrangido, percebo que ainda estou apertando sua mão. Então puxo a minha depressa e as enfio nos bolsos do casaco.

— Onde vocês moravam?
— Texas? — diz ela.

Por que ela respondeu como se fosse uma pergunta? Será que fiz uma pergunta idiota? Fiz, sim. Estou jogando conversa fora, que idiotice.

— Texas, é? — repito. Ela balança a cabeça, mas não responde. De repente, começo a me sentir um vizinho enxerido. Não sei o que dizer sem que a conversa fique ainda mais constrangedora, então imagino que o melhor a fazer é ir embora. Eu me curvo, pego os pés de Caulder, jogo-o por cima do ombro e digo a ela que preciso levá-lo ao colégio. — Vai chegar uma frente fria essa noite. É melhor descarregarem o máximo possível hoje. Ela deve durar alguns dias, então, se precisarem de ajuda à tarde, me avisem. Chegaremos em casa lá pelas 4 horas.

Ela dá de ombros.

— Claro, obrigada.

As palavras têm um leve sotaque do sul. Até o momento não sabia o tanto que eu gostava dos sotaques do sul. Continuo atravessando a rua e ajudo Caulder a entrar no carro. Enquanto ele se acomoda, dou uma olhada para trás, para o outro lado da rua. O garotinho está esfaqueando as costas da irmã, que solta um grito de mentira e cai de joelhos. A interação brincalhona dos dois é só mais uma das coisas que me intriga. Depois que ele pula em suas costas, ela ergue o olhar e percebe que estou encarando-a. Fecho a porta de Caulder e vou para o lado do motorista. Antes de entrar, abro um sorriso e aceno, depois sento no carro com a maior vontade de dar um murro em mim mesmo.

Assim que toca o sinal do terceiro horário, abro a tampa do meu café e adiciono mais dois sachês de açúcar. Vou precisar. Tem alguma coisa em alguns alunos do terceiro tempo que me incomoda. Especialmente Javier. Esse garoto é o maior babaca.

— Bom dia, Sr. Cooper — diz Eddie ao se sentar. Ela está toda contente. Mas, parando para pensar, nunca vi

Eddie de mau humor. Preciso descobrir qual o segredo, pois está na cara que hoje o café não está sendo suficiente para mim.

— Bom dia, Eddie.

Ela se vira, dá um beijo na bochecha de Gavin e se acomoda. Eles começaram a namorar logo depois que me formei. Os dois são provavelmente as únicas pessoas que *não* me irritam pra cacete nessa turma. Bem, eles dois e talvez Nick. Nick parece legal.

Depois que todos os alunos já estavam sentados, peço para que peguem os livros. Enquanto dou aula sobre os elementos da poesia, minha mente não para de pensar na nova vizinha.

Layken.

Gosto desse nome.

Após seis horas em que pensei na nova vizinha apenas algumas dezenas de vezes, Caulder e eu finalmente chegamos em casa. Fecho a porta do carro e abro a de trás para pegar uma caixa com papéis. Ao me virar, percebo que o irmãozinho de Layken apareceu do nada e está parado na minha frente, me encarando em silêncio. Parece que está esperando que nos apresentemos um ao outro. Vários segundos se passam sem que ele pisque ou mexa um músculo. Será que estamos num impasse? Passo a caixa para o braço esquerdo e estendo a mão.

— Sou Will.

— Kel é nome meu — diz ele.

Fico encarando-o, sem reação. *Será que isso foi mesmo inglês?*

— Sei falar de trás para a frente — diz ele, explicando as palavras confusas que acabou de pronunciar. — Tipo assim: frente para trás de falar sei.

Interessante. Alguém que talvez seja mais estranho que Caulder? Não achava que isso fosse possível.

— Kel... conhecê-lo... prazer... um... foi — digo, um pouco mais devagar que ele. O menino sorri e corre para o outro lado da rua com Caulder. Olho para a casa deles e percebo que o U-Haul está estacionado na rua com o trinco fechado. Fico desapontado por já terem descarregado tudo; eu realmente queria ajudar.

Passo o resto da noite fazendo hora extra sem ganhar nada... mais um efeito colateral de ser professor. Depois do banho, decido fazer um desvio pela sala pela décima vez, mas não a vejo.

— Por que você fica olhando para a janela o tempo inteiro? — pergunta Caulder atrás de mim.

Levo um susto com a voz dele, e então fecho a cortina da sala depressa. Não tinha percebido que ele estava sentado no sofá. Vou até ele, puxo sua mão e o empurro para o corredor.

— Vá para a cama — digo.

Ele se vira antes de fechar a porta do quarto.

— Você estava olhando para a janela porque queria ver aquela garota, não é? Você gosta da irmã de Kel?

— Boa noite, Caulder — digo, ignorando a pergunta.

Ele sorri e fecha a porta do quarto. Antes de ir para meu próprio quarto, me aproximo da janela mais uma vez. Ao abrir a cortina, vejo alguém parado em pé na janela do outro lado da rua, com as cortinas parcialmente abertas. Elas são puxadas de forma brusca, e eu não consigo evitar um sorriso, imaginando se ela está tão curiosa a meu respeito quanto eu estou em relação a ela.

— Que frio, que frio, que frio, que frio, que frio — reclama Caulder, correndo sem sair do lugar enquanto destranco as portas do carro. Ligo o motor e o aquecedor em seguida, e volto para dentro de casa para pegar minhas coisas enquanto Caulder espera no carro. Quando abro a porta para sair de novo, paro imediatamente ao ver Layken na entrada de sua casa. Ela se abaixa, pega um pouco de neve na mão para investigar e depois solta. Ergue o corpo e depois sai, fechando a porta. Balanço a cabeça, sabendo exatamente o que está prestes a acontecer. Está nevando, e ela nem está vestindo um casaco por cima da calça de pijama e da camiseta. Não sei o que essa garota está fazendo, mas não vai aguentar muito tempo aqui fora. Não está mais no Texas. Ela segue na direção da entrada do carro, e noto seus pés.

Ela está de pantufas? É sério? Antes que eu sequer possa gritar para alertá-la, ela cai de costas no chão.

Esse pessoal do sul. Simplesmente *não* entendem.

No início, ela nem se mexe. Fica deitada na entrada da garagem, encarando o céu. Uma onda de pânico toma conta de mim, achando que pode estar machucada, mas então ela começa a se levantar. Por mais que eu não esteja a fim de parecer um idiota mais uma vez, atravesso a rua para ter certeza de que ela não precisa de ajuda.

A expressão em seu rosto ao tirar um dos duendes de baixo de si me faz rir. É quase como se ela estivesse culpando o coitado pelo seu tombo. Ela puxa o braço para trás e está prestes a arremessar o boneco quando a impeço.

— Isso não é uma boa ideia! — grito, aproximando-me da entrada da garagem. Ela levanta a cabeça e olha para mim, segurando o duende com uma força mortal. — Você está bem? — pergunto, ainda rindo. Não consigo segurar a risada, ela parece estar tão furiosa!

Suas bochechas ficam coradas, e ela desvia o olhar.

— Vou ficar bem melhor depois de arremessar essa coisa.

Ao chegar perto dela, tiro o duende de suas mãos.

— Você não quer fazer isso, duendes dão sorte. — Ponho no lugar o duende machucado antes que ela possa destruí-lo completamente.

— É mesmo — diz ela, olhando para o próprio ombro. — Uma sorte enorme.

Assim que vejo o sangue em sua camisa me sinto culpado.

— Ah, meu Deus, me desculpe. Não teria rido se soubesse que tinha se machucado. — Eu a ajudo a se levantar e dou uma olhada na quantidade de sangue na ferida. — É melhor fazer um curativo nisso aí.

Ela olha para a própria casa e balança a cabeça.

— Agora não tenho a menor ideia de onde encontrar um.

Olho para minha casa, sabendo que tenho curativos de sobra no kit de primeiros socorros. No entanto, hesito em oferecê-los a ela, pois já estou atrasado para o trabalho.

Fico olhando para casa, sem conseguir me decidir, até que, de repente, todos os meus cinco sentidos são inundados. O cheiro suave de baunilha que permeia o ar ao meu redor... O som do sotaque quando ela fala... O fato de que estar perto dela desperta algo que estava dormente dentro de mim há tanto tempo. *Caraca*. Estou ferrado.

O trabalho pode esperar.

— Venha comigo. Temos uns na cozinha.

Tiro meu casaco, coloco-o ao redor dos ombros dela e a ajudo a atravessar a rua. Tenho certeza de que ela consegue andar sozinha, mas por alguma razão não quero soltar seu braço. Gosto de ajudá-la. Gosto da maneira como ela está encostada no meu corpo. Parece... *certo*.

Após entrarmos em minha casa, ela me segue pela sala enquanto vou até a cozinha atrás de um curativo. Tiro o kit de primeiros socorros do armário e pego um Band-Aid. Ao olhar de volta para ela, vejo que está observando as fotos na parede. As fotos da minha mãe e do meu pai.

Por favor não me pergunte sobre eles. *Por favor.*

Não quero ter essa conversa agora. Depressa, digo alguma coisa para desviar sua atenção das fotos.

— Precisamos limpar antes de colocar o curativo.

Arregaço as mangas da camisa, abro a torneira e umedeço o guardanapo. Percebo que estou fazendo tudo com calma apesar de saber que deveria estar correndo. Por algum motivo, tudo o que quero é prolongar esse tempinho com ela. Não sei por que sinto como se meu desejo de conhecê-la melhor tivesse se transformado numa *necessidade*. Eu me viro para trás, e ela desvia o olhar de mim quando olho para ela. Realmente não entendo por que ela ficou envergonhada de repente, mas isso é charmoso pra cacete.

— Está tudo bem — diz ela, estendendo o braço para pegar o guardanapo. — Eu alcanço.

Entrego o guardanapo a ela e estendo o braço para pegar o curativo. Ficamos num silêncio constrangedor enquanto tento abrir a embalagem. Por algum motivo, sua presença faz a casa parecer vazia e silenciosa. Nunca percebo o silêncio quando estou sozinho, mas a atual ausência de conversa obviamente é bem constrangedora. Penso em alguma coisa para falar e preencher o vazio.

— Então, o que estava fazendo lá fora, de pijama, às sete da manhã? Ainda estão descarregando as coisas?

Ela balança a cabeça e joga o guardanapo na lixeira.

— Café — diz ela, com um tom de voz neutro.

— Ah. Estou vendo que não gosta de acordar cedo.

Espero, secretamente, que seja esse o caso. Ela parece meio irritada. Quero culpar a falta de cafeína, e não o fato de ela não ligar nem um pouco para mim. Dou um passo para perto, a fim de colocar o curativo em seu ombro. Paro por um instante antes de tocar nela e inspiro em silêncio, preparando-me para sentir a agitação que se espalha pelo meu corpo toda vez que encosto nela. Ponho o curativo no lugar e o pressiono delicadamente, apertando as beiradas com as pontas dos dedos. Seus pelos ficam arrepiados, e ela põe os braços ao redor do corpo, esfregando os antebraços.

Eu a deixei arrepiada. Isso é bom.

— Pronto — digo, pressionando uma última e desnecessária vez. — Novinha em folha.

Ela limpa a garganta.

— Obrigada — fala, levantando-se. — E eu *gosto* de acordar cedo. Mas só *depois* que tomo meu café.

Café. Ela precisa de café. *Eu* tenho café.

Aproximo-me rapidamente do balcão onde ainda tem um resto de café na cafeteira. Pego uma caneca no armário e a encho, depois a coloco na frente dela.

— Quer creme ou açúcar?

Ela balança a cabeça e sorri para mim.

— Puro está ótimo. Obrigada.

Eu me inclino por cima do balcão e fico observando-a levar o café aos lábios. Ela assopra a caneca delicadamente antes de pressionar os lábios na beirada e toma um gole, sem desviar o olhar do meu.

Nunca na minha vida quis tanto ser uma caneca de café.

Por que preciso ir para o *trabalho*? Poderia passar o resto do dia aqui, observando-a tomar café. Ela está olhando fixo para mim, provavelmente se perguntando por que diabos eu a estou encarando tanto. Endireito a postura e consulto meu relógio.

— Preciso ir, meu irmão está me esperando no carro e tenho de trabalhar. Acompanho você até em casa. Pode ficar com a caneca.

Ela olha para a caneca e lê o que está escrito. Nem percebi que lhe entreguei a caneca do meu pai. Ela passa os dedos por cima das letras e sorri.

— Vou ficar bem — diz, levantando-se para ir embora. — Acho que agora já dou conta dessa história de andar ereta.

Ela atravessa a sala, e, enquanto está abrindo a porta, avisto meu casaco no encosto do sofá. Estendo o braço e o pego.

— Layken, leve isto. Está frio lá fora.

Ela tenta recusar, mas balanço a cabeça e a obrigo a levar meu casaco. Se ela levar o casaco, terá de voltar outra hora para devolvê-lo, e é exatamente isso que espero que aconteça. Ela sorri, joga meu casaco por cima dos ombros e segue na direção da rua.

Ao chegar no meu carro, eu me viro para observá-la andando até sua casa. Gosto de como ela fica, sendo engolida pelo meu casaco por cima do pijama. Quem diria que pijama e pantufas do Darth Vader poderiam ser tão sexy?

— Layken! — grito. Ela se vira antes de alcançar a porta de casa. — Que a força esteja com você! — Eu rio e entro no carro antes que ela possa dizer qualquer coisa.

— Por que demorou tanto? Estou co-co-co-congelando — diz Caulder.

— Desculpe — digo. — Layken se machucou. — Dou marcha à ré e vou para a rua.

— O que aconteceu? — pergunta ele.

— Ela tentou andar no concreto congelado com pantufas do Darth Vader. Levou um tombo e se cortou.

Caulder ri.

— Ela tem pantufas do Darth Vader?

Sorrio para ele.

— Pois é.

3.

a lua de mel

— Estou adorando ouvir isso — confessa ela, sorrindo ao meu lado na cama. — Então você me achou bonita, hein?

— Não, não a achei bonita. Achei que você era absolutamente linda — corrijo-a. Afasto o cabelo de seu rosto, e ela se inclina para perto da minha mão e beija a palma. — O que você achou de mim?

Ela sorri.

— Tentei não achar *nada*. Me senti atraída por você, mas tinha tanta coisa acontecendo e fazia só cinco minutos que havíamos chegado ao Michigan quando nos conhecemos. Mas acabamos nos encontrando de novo por causa das circunstâncias. Cada minuto que passávamos juntos, eu ficava mais e mais encantada por você.

— Encantada? — Eu rio.

Ela sorri.

— Fiquei *tão* encantada por você, Will. Especialmente depois de ter me ajudado com o curativo. E depois que fomos ao mercado juntos.

— Acho que nós *dois* ficamos encantados depois do mercado.

encantado

TENTO organizar minhas aulas da próxima semana, mas não consigo nem me concentrar. Tento descobrir o que é que ela tem que deixa minha mente tão obcecada, mas não consigo. Depois do incidente com o curativo essa manhã, só consegui pensar nela no trabalho. Queria que ela simplesmente dissesse ou fizesse algo idiota para que essa atração sumisse. É estranho.

Em toda a minha vida, nunca me senti tão consumido por um pensamento relacionado a alguém. Essa é a última coisa de que preciso agora, mas também é a única coisa que *quero*.

Caulder entra subitamente em casa, rindo. Ele tira os sapatos e atravessa a sala, balançando a cabeça.

— A garota do Darth Vader me perguntou como se chega ao mercado — diz ele. — Eu não sei dirigir. Ela é muito burra. — Ele vai até a geladeira e a abre.

Eu me levanto.

— Ela ainda está lá fora?

Corro para a porta de casa e vejo o jipe estacionado na rua. Calço os sapatos depressa e voo para fora de casa antes que ela vá embora. Fico aliviado ao vê-la mexendo no GPS. Assim ganho um pouco mais de tempo.

Será que ela se importaria que eu fosse com ela até o mercado?

Claro que sim. Seria constrangedor.

— Isso não é uma boa ideia — digo ao me aproximar do carro, e depois me inclino para dentro da janela.

Ela olha para mim, escondendo um sorriso no canto da boca.

— O que não é uma boa ideia? — Ela começa a encaixar o GPS no apoio.

Merda. O que não é uma boa ideia? Não pensei nisso direito. Vou dizer a primeira mentira que surgir na cabeça.

— Há muita coisa em obras. Vai acabar se perdendo com isso.

Assim que ela abre a boca para responder, um carro para ao lado do jipe. Uma mulher se inclina por cima do assento e fala com Layken pela janela. Deve ser a mãe dela, pois as duas são praticamente idênticas. Mesmo sotaque e tudo.

Continuo inclinado para dentro da janela, aproveitando que ela está distraída para observá-la. O cabelo é castanho-escuro, mas não tão escuro quanto o da mãe. Seu esmalte está descascando. Pelo visto, fica cutucando o dedo, o que me faz gostar ainda mais dela. Vaughn só saía de casa se o cabelo e as unhas estivessem perfeitos.

Kel pula para fora do outro carro e convida Caulder, que agora está ao meu lado, para sua casa. Caulder me pergunta se pode ir, então seguro a maçaneta da porta do carro de Layken sem me preocupar com possíveis consequências. *Que se dane tudo.*

— Claro — respondo. — Volto daqui a pouco, Caulder. Vou com Layken até o mercado. — Abro a porta do carro e entro sem nem pensar duas vezes no que estou fazendo. Ela lança um olhar para mim, mas parece mais um olhar de diversão que de irritação. Interpreto isso como mais um sinal positivo. — Não sou muito bom em dar direções. Se incomoda se for com você?

Ela ri, engata a primeira e olha para o cinto que já afivelei.

— Acho que não.

O mercado mais próximo fica a duas quadras. Mas isso está longe de ser tempo suficiente com ela, então decido que vamos pelo caminho mais longo. Assim terei mais chance de conhecê-la melhor.

— E, então, seu irmãozinho se chama Caulder? — pergunta ela, se afastando de nossa rua. Gosto de como ela pronuncia o nome de Caulder, demorando mais no *Caul* do que seria necessário.

— Pois é, ele é meu único irmão. Meus pais tentaram ter mais um filho durante anos. Acabaram tendo Caulder numa época em que nomes como "Will" não eram mais tão legais.

— Gosto do seu nome — diz ela. Layken sorri para mim, e seu rosto fica corado, e depois ela desvia depressa o olhar de volta para a rua.

A vergonha dela me faz rir. Será que isso foi um elogio? Ela acabou de flertar comigo? *Meu Deus, espero que sim.*

Digo para virar à esquerda. Ela liga a seta e leva a mão até o cabelo, percorrendo todo o comprimento com os dedos até chegar às pontas, o que me faz engolir em seco. Quando suas mãos voltam ao volante, estendo o braço, ponho seu cabelo atrás do ombro e depois puxo a gola de sua camisa.

Olho para o curativo, querendo que ela acredite que é só por isso que estou encostando nela, mas, na verdade, eu só precisava tocar no seu cabelo. Quando meus dedos encostam em sua pele, ela se contorce. Pelo visto, eu a deixo nervosa. Espero que seja de uma maneira boa.

— Logo vai precisar trocar o curativo — digo. Levanto a gola da camisa dela, ajeitando-a.

— Me lembre de comprar mais na loja — comenta ela. Segura o volante com firmeza e mantém o olhar fixo na rua.

Provavelmente não deve estar acostumada a dirigir na neve. Eu devia ter me oferecido para dirigir.

Os próximos instantes são de silêncio. Percebo que estou encarando-a, imerso nos meus pensamentos. Quantos anos será que ela tem? Não parece ser mais velha que eu, mas seria péssimo se fosse. Às vezes as garotas não saem com garotos mais novos. Preciso mesmo descobrir mais sobre ela.

— E, então, Layken — digo casualmente. Ponho a mão no apoio de cabeça de seu banco e olho para todas as caixas que ainda estão na parte de trás do jipe. — Me conte mais sobre você.

Ela ergue uma sobrancelha para mim e volta a atenção para a rua.

— Hum, não. Isso é tão clichê.

A resposta inesperada me faz rir baixinho. Ela tem personalidade *forte*. Gosto disso, mas continuo sem respostas para minhas perguntas. Olho para o CD player e me inclino para a frente.

— Tá certo. Vou descobrir sozinho então — insisto, enquanto aperto a tecla *eject*. — Sabe de uma coisa? Dá para conhecer bastante uma pessoa pelo gosto musical. — Tiro o CD e prendo a respiração enquanto me preparo para ver o que está escrito nele. *Por favor, que ela não seja fã de Nickelback.* Eu seria obrigado a pular para fora do carro. Ao ler a etiqueta escrita à mão, dou risada. — *Merdas da Layken?* Merdas aqui é uma descrição ou algo possessivo?

Ela arranca o CD de minhas mãos e o coloca de volta no player.

— Não gosto quando Kel mexe nas minhas coisas, tá?

E é então que surge... o som mais bonito do mundo. Claro que a *música* é linda. *Todas* as músicas dos Avett Brothers são lindas. Mas o som que estou ouvindo é o som da afinidade. O som da similaridade. O som de minha banda preferida, que ouço sem parar há dois anos... saindo dos alto-falantes dela.

Qual a probabilidade de isso acontecer?

Na mesma hora, ela se inclina para a frente e abaixa o volume. Inconscientemente, agarro a mão dela para impedi-la.

— Aumente de novo, conheço isso.

Ela abre um sorriso sarcástico, como se não houvesse um pingo de verdade no que eu acabei de dizer.

— Ah, é? E como eles se chamam?

— São os Avett Brothers — respondo.

Ela ergue uma sobrancelha e olha para mim interrogativamente enquanto explico a música. O fato de ela aparentemente amar essa banda tanto quanto eu faz surgir no fundo da minha barriga algo que eu não sinto há anos.

Meu Deus, estou nervoso.

Ela olha para minha mão, que está apertando a dela. Afasto minha mão e a apoio na calça, torcendo para que ela não tenha ficado constrangida. No entanto, tenho quase certeza de que está corando novamente. É um bom sinal. É um sinal *muito* bom.

No resto do caminho até o mercado, ela me conta sobre sua família. Fala mais sobre a morte recente do pai e o presente de aniversário que ganhou dele. Continua contando sobre o pai e tudo pelo que a família passou esse ano. Isso explica por que ela fica com um olhar distante às vezes. Não posso deixar de sentir uma certa ligação entre nós dois ao descobrir que, em algum nível, ela compreende o que passei nos últimos anos. Fico tenso ao perceber que preciso contar sobre meus pais agora.

Sinto que ela está acabando de contar suas coisas, então aponto as verdadeiras direções para o mercado na esperança de conseguir evitar o assunto de meus pais antes que chegue minha vez de falar algo. Ao chegarmos no estacionamento, estou aliviado *e* ansioso. Aliviado por não ter precisado explicar minha situação com Caulder para ela, mas ansioso por saber que essa conversa é inevitável. Só não quero que isso a deixe muito assustada.

— Caramba — diz ela. — Esse é o caminho mais rápido para o mercado? Foram quase vinte minutos.

Escancaro a porta e pisco para ela.

— Não, na verdade não é.

Saio do carro, impressionado comigo mesmo. Faz tanto tempo que não gosto de uma garota que não sabia se ainda me lembrava de como flertar. Não é possível que ela não tenha percebido que estou dando em cima dela. Eu gosto de Layken. E ela parece gostar de mim, mas não é tão direta quanto eu, então não tenho tanta certeza. Definitivamente, não sou de fazer joguinhos, então decido ser direto. Seguro sua mão, digo para ela correr e a puxo depressa na direção da entrada. Faço isso em parte porque estamos ficando encharcados, mas principalmente porque queria uma desculpa para segurar sua mão mais uma vez.

Quando chegamos lá dentro, ela está ensopada e rindo. É a primeira vez que a escuto gargalhar de verdade. Gosto de sua risada.

Uma mecha de cabelo molhado está grudada em sua bochecha, então estendo o braço e a afasto do rosto. Assim que meus dedos tocam a sua pele, seus olhos se fixam nos meus e ela para de rir.

Caramba, esses olhos. Continuo a encarando, sem conseguir desviar o olhar. Ela é linda. Caramba, *como* ela é *linda*.

Ela desvia o olhar e limpa a garganta. Sua reação é um tanto retraída, como se eu a tivesse deixado constrangida. Layken me entrega a lista de compras e pega um carrinho.

— Sempre neva em setembro? — pergunta ela.

Nós acabamos de passar por um momento bastante intenso e um pouco constrangedor... e ela agora está me perguntando sobre o *clima*? Eu rio.

— Não, não vai durar mais que alguns dias, talvez uma semana. Na maioria das vezes só começa a nevar no fim de outubro. Você deu sorte.

Ela olha para mim.

— Eu dei *sorte?*

— Deu. Essa é uma frente fria bem rara. Você chegou aqui na hora certa.

— Hum. Imaginei que cês odiassem a neve. Aqui não neva a maior parte do ano?

Agora é oficial. O sotaque do sul é meu preferido de todos.

— *Cês?* — Acho graça.

— *O que foi?* — pergunta ela, na defensiva.

Balanço a cabeça e sorrio.

— Nada. É que nunca ouvi ninguém dizer "cês" na vida real antes. É bonitinho. É uma maravilha do sul.

Ela ri do meu comentário.

— Ah, me desculpe. De agora em diante vou fazer como os ianques e desperdiçar meu fôlego falando "vo-cês" sempre.

— Não faça isso — peço, empurrando seu ombro. — Gosto de seu sotaque, é perfeito.

Ela fica vermelha mais uma vez, mas não desvia o olhar. Olho a lista de compras e finjo que estou lendo, mas não consigo deixar de perceber que ela está me encarando. Me encarando *intensamente*. Quase como se estivesse tentando me entender ou algo assim.

Após um tempo, ela acaba virando a cabeça, e eu mostro onde as coisas da lista estão.

— Lucky Charms? — digo ao vê-la pegar três caixas enormes do cereal. — Esse é o preferido de Kel?

Ela sorri para mim.

— Não, na verdade é o meu.

— Já eu sou fã de Rice Krispies. — Pego as caixas de cereal das mãos dela e as jogo no carrinho.

— Rice Krispies são entediantes — diz ela.

— Claro que não! Com Rice Krispies dá até para fazer sobremesa. E com seu cereal, o que dá para fazer?

— Lucky Charms traz estrelas cadentes de marshmallow. Dá para fazer um pedido toda vez que a gente come uma.

— Ah, é? — Rio. — E o que você vai pedir? São três caixas, são muitos pedidos.

Ela cruza os braços por cima da barra do carrinho e se inclina para a frente enquanto o empurra. Aquele mesmo olhar distante surgiu em seu rosto.

— Eu pediria para voltar ao Texas — diz ela baixinho.

A tristeza presente em sua resposta me dá vontade de abraçá-la. Não sei o que tem de tão errado com o Michigan que a deixa assim. Sinto uma necessidade avassaladora de consolá-la.

— Do que você sente mais falta no Texas?

— De tudo — diz ela. — A ausência de neve, a ausência de concreto, a ausência de pessoas, a ausência de... — Ela para — A ausência de estranheza.

— E de um namorado?

Falo sem nem pensar. É como se eu não conseguisse me controlar quando estou perto dela. Ela me lança um olhar confuso, quase como se não quisesse interpretar erroneamente minha pergunta.

— Você sente saudades do seu namorado? — explico.

Ela sorri para mim, e sua expressão atormentada de alguns segundos atrás desaparece.

— Não tenho namorado — confessa ela.

Retribuo o sorriso. *Que bom.*

D<small>ECIDO</small> guiá-la pelo caminho mais rápido para casa. Eu teria escolhido o caminho mais longo novamente só para passar mais tempo com ela, mas acho bom que Layken saiba chegar ao mercado sozinha, caso eu não possa me convidar na próxima vez. Ao chegarmos na entrada de sua casa, saio do carro e vou até a parte de trás do jipe. Quando ela abre o porta-malas, puxo a porta para cima e fico observando Layken pegar as coisas. Fico surpreso ao perceber como estou desapontado com o fato de que vamos nos separar outra vez. Odeio pensar que preciso voltar para casa depois que as compras forem descarregadas. Quero passar mais tempo com ela.

Ao me encontrar na parte de trás do jipe, Layken sorri e põe a mão no coração.

— Nossa! Nunca teria conseguido encontrar o mercado sem sua ajuda. Muito obrigada pela hospitalidade, gentil cavalheiro.

Ai.
Meu.
Deus.

Caramba, essa foi a imitação mais sexy de um sulista que já ouvi. E esse *sorriso*. E essa *risada* de nervoso. Tudo que ela faz acaba com meu coração. É tudo o que posso fazer para não agarrar o rosto dela e lhe dar o maior beijo, aqui e agora. Olhar para ela, vê-la rindo... Meu Deus, jamais quis tanto beijar uma garota em toda a minha vida.

— *O que foi?* — pergunta ela, nervosa.

Está claro que percebeu pela minha expressão que estou confuso.

Não faça isso, Will.

Ignoro meu bom senso e dou um passo para a frente. Seus olhos continuam fixos nos meus enquanto seguro seu queixo com a mão livre. Meu movimento ousado faz Layken arfar sutilmente, mas ela não se afasta. Sinto sua pele macia com as pontas dos dedos. Aposto que seus lábios são ainda mais macios.

Meus olhos analisam suas feições, admirando a bela simplicidade. Ela não se afasta por causa da timidez. Na verdade, ela parece um pouco esperançosa, como se quisesse sentir meus lábios tocarem os dela.

Não a beije. Não faça isso. Você vai estragar tudo, Will.

Tento silenciar a voz em minha cabeça, mas ela acaba falando mais alto. É cedo demais para fazer isso. *E* ainda é dia claro. E estamos na casa da mãe dela, pelo amor de Deus! *No que eu estava pensando?*

Deslizo a mão para sua nuca, mas acabo dando um beijo na testa. Dou um passo para trás e abaixo a mão relutantemente. Preciso me lembrar de respirar. Ficar tão perto dela é algo sufocante, mas da melhor maneira possível.

— Você é uma gracinha — digo, tentando ser casual em relação ao que acabou de acontecer.

Pego algumas sacolas no jipe e vou depressa até a porta da casa antes que ela se recupere e me dê um soco na cara. Não acredito que acabei de beijar a testa dela! Só faz dois dias que conheço essa garota!

Ponho as sacolas no chão e volto para o jipe enquanto a mãe dela sai de casa.

Sinto um enorme alívio por ter decidido não beijá-la ao perceber que teríamos sido interrompidos. É um pensamento humilhante.

Estendo a mão para me apresentar.

— Você deve ser a mãe de Layken e Kel. Sou Will Cooper. Nós moramos do outro lado da rua.

Ela abre um sorriso simpático e parece tranquila, nada intimidante. É incrível como Layken se parece com ela.

— Julia Cohen — diz ela. — Você é o irmão mais velho de Caulder?

— Sim, senhora. Doze anos mais velho.

Ela fica me encarando por um instante.

— Então você tem... 21?

Não tenho certeza, pois tudo acontece muito rápido, mas juro que ela acabou de olhar para além de mim e piscar para Layken. Ela volta a me olhar e sorri novamente.

— Bem, fico contente que Kel e Lake tenham feito amigos tão rápido — diz ela.

— Eu também.

Julia solta minha mão e se vira para a casa, pegando as sacolas que estão perto da porta.

Lake. Ela a chama de *Lake*. Talvez eu goste mais ainda desse nome que de Layken. Estendo o braço e pego as últimas duas sacolas no jipe.

— Lake, é? Gostei. — Entrego as sacolas e fecho o porta-malas. — *Então*, Lake — digo, recostando-me no carro. Cruzo os braços no peito e respiro fundo. Essa parte sempre é a mais difícil. A parte de "convidar" a garota para sair.
— Caulder e eu vamos a Detroit na sexta. Vamos voltar tarde no domingo... coisas de família — digo. — Estava aqui pensando se você tem planos para amanhã à noite, antes de eu ir?

Ela sorri para mim e depois sua expressão sugere que ela está tentando conter um sorriso. Queria que não fizesse isso. Seu sorriso é de tirar o fôlego.

— Vai mesmo me obrigar a admitir que não tenho absolutamente nada para fazer aqui? — pergunta ela.

Como isso não foi um não, entendo que foi um sim.

— Ótimo. Então está marcado. Venho buscá-la às 19h30. — Eu me viro depressa e volto para minha casa antes que ela possa protestar. Não a *convidei* para sair oficialmente. Na verdade, só *avisei* que ela ia sair comigo. Mas... ela não reclamou. É um bom sinal. É um *ótimo* sinal.

4.

a lua de mel

Lake se apoia nos cotovelos e descansa o queixo nas mãos.

— Você está adorando isso — comento.

Ela está sorrindo.

— Acho que nunca lhe contei, mas quando você me beijou na testa naquele dia foi o melhor beijo da minha vida. Pelo menos até aquele momento — diz ela, caindo novamente no travesseiro.

Eu me inclino e repito o beijo na testa, mas dessa vez não paro aí. Dou beijos rápidos até chegar na ponta do seu nariz e depois me afasto.

— Para mim também foi — respondo, olhando nos olhos que vou ver todos os dias ao acordar, pelo resto da vida. Correndo o risco de soar brega, devo ser o homem mais sortudo do mundo.

— Agora quero saber tudo sobre nosso encontro. — Ela põe as mãos atrás da cabeça e relaxa, esperando eu começar a contar.

Eu me deito no travesseiro e começo a me lembrar daquele dia. O dia em que me apaixonei por minha esposa.

o primeiro encontro

FAZ DOIS ANOS que não fico tão bem-humorado. Também faz dois anos que não fico tão nervoso por causa de uma garota. Na verdade, não tive *nenhum* encontro em dois anos. Cursar o dobro de matérias, ter um emprego em tempo integral e cuidar de uma criança interferem mesmo na vida amorosa de uma pessoa.

Falta meia hora para Caulder e eu sairmos para ir ao colégio, então decido limpar um pouco a casa, pois hoje à noite estarei com Lake. Tenho dúvidas sobre levá-la ao Club N9NE no nosso primeiro encontro. A poesia slam é uma grande parte de mim; não sei qual vai ser minha reação se ela não gostar. Ou, pior ainda, se ela odiar.

Vaughn jamais gostou. Ela adorava o Club N9NE nas outras noites, mas nas de slam, não. Normalmente as noites de quinta eram as únicas que não passávamos juntos. Percebo que é a primeira vez que penso em Vaughn desde que conheci Lake.

— Caulder, vá conferir se seu quarto está arrumado. Maya vai cuidar de você hoje — digo, quando ele aparece no corredor. Meu irmão revira os olhos e volta para dentro do quarto. — Arrumado *sim* está — murmura ele.

Ele está falando de trás para a frente desde que conheceu Kel alguns dias atrás. Simplesmente ignoro na metade do tempo. É impossível acompanhar tudo.

Pego o saco de lixo cheio na lixeira da cozinha e começo a levá-lo para fora, mas paro no corredor. Alguma coisa na foto de Caulder e meu pai comigo no jardim chama minha atenção. Dou um passo à frente e a observo mais de perto. Só agora percebi, provavelmente porque isso passou a ter algum significado, mas... no fundo, acima do ombro do meu pai, dá para ver o duende de chapéu vermelho do outro lado da rua. O mesmo duende em que Lake tropeçou, quebrando-o. O duende está olhando diretamente para a câmera com um sorriso sarcástico, quase como se estivesse posando para a foto.

Olho para o resto das fotos na parede, lembrando-me dos momentos em que foram tiradas. Antes eu odiava olhar para essas fotos. Odiava o que me faziam sentir e como eu ficava com saudade ao olhar nos olhos dos dois. Não dói mais tanto assim. Agora, quando olho para eles, me lembro mais das coisas boas.

Ao ver essas fotos, volto a pensar que Lake não faz ideia das responsabilidades que tenho. Preciso contar hoje à noite. É melhor falar logo, pois, caso ela não seja capaz de lidar com minha realidade, ainda não estou completamente apaixonado. Vai ser bem mais fácil ser rejeitado hoje à noite, antes que meus sentimentos fiquem mais intensos.

Fecho a tampa da lixeira e a carrego até o meio fio. Ao chegar perto, vejo que a porta de trás do jipe de Lake está aberta. Ela está toda inclinada por cima do banco, em busca de alguma coisa. Após encontrar o que estava procurando, ela sai do banco de trás com a cafeteira nas mãos. Ainda está de pijama, e o cabelo, preso num coque no topo da cabeça.

— Isso não é uma boa ideia — digo, atravessando a rua em sua direção.

Ela dá um pulo ao escutar minha voz, então se vira e sorri.

— O que estou fazendo de errado *agora*? — Ela fecha a porta do jipe e se aproxima de mim.

Aponto para a cafeteira.

— Se tomar muito café a essa hora da manhã, vai acabar caindo no sono depois do almoço. E vai ficar cansada demais para sair com seu pretendente gostosão à noite.

Ela ri. Mas logo o sorriso desaparece. Ela olha para o pijama e passa as mãos pelo cabelo com uma leve expressão de pânico nos olhos. Está surtando silenciosamente por causa da aparência, então eu a tranquilizo.

— Você está linda — asseguro-lhe. — Fica ótima com cabelo de quem acabou de acordar.

Ela sorri e se recosta no carro.

— Eu sei — diz ela, confiante, olhando para o pijama. — É isso que vou vestir no nosso encontro mais tarde. Gostou?

Olho-a lentamente de cima a baixo e balanço a cabeça.

— Na verdade, não — respondo, olhando para as botas delas. — Acharia melhor se estivesse com as pantufas.

Ela ri.

— Vou usá-las então. Às 19h30, não é?

Faço que sim com a cabeça e sorrio para ela. Estamos a cerca de um metro de distância, mas, pela maneira como seus olhos penetram nos meus, parece que estamos a meros centímetros um do outro. Ela sorri para mim com um brilho novo nos olhos. Diferente dos últimos dois dias, nesse momento ela parece realmente *feliz*.

Continuamos nos encarando, sem dizer nada... e sem nos afastar. O silêncio perdura, mas não é constrangedor. Pela maneira como está me olhando, dá para perceber que está mais confiante. Mais à vontade.

Mais esperançosa.

Decido ceder antes que o constrangimento de fato apareça, então dou alguns passos na direção de minha casa.

— Tenho de ir para o trabalho — digo. — Nos vemos à noite.

Ela levanta a mão e acena para mim antes de voltar para casa. E não é um aceno normal. É um aceno levantando e abaixando os dedos, de quem está *flertando*.

Caramba. Quem diria que um simples aceno poderia ser tão *sensual*?

— Lake?

Ela olha para mim, os cantos da boca insinuando um sorriso.

— Oi?

Aponto para o pijama dela.

— Estou mesmo gostando desse visual de quem acabou de sair da cama e não tomou banho. Mas não se esqueça de escovar os dentes antes do nosso encontro hoje à noite, pois vou beijar você. — Pisco para ela e me viro na direção de minha casa antes que ela possa responder.

— Bom dia, Sra. Alex — digo, tomando cuidado para não soar simpático demais.

Preciso prestar atenção em cada palavra que digo para essa mulher, pois ela interpreta tudo errado. De um jeito *inadequado*. Passo por sua mesa, entro na sala de correspondência e pego o que tem no meu escaninho. Ao sair da sala, ela já está vindo apressadamente em minha direção.

— Recebeu meu bilhete? Deixei um post-it para você. — Ela olha para a pilha de papéis que estou segurando

Olho para os papéis em minhas mãos e dou de ombros.

— Não sei ainda. Só faz cinco minutos que peguei as coisas no escaninho.

A Sra. Alex não é conhecida pela simpatia, exceto quando está falando *comigo*. Os professores passaram a fazer piada com essa preferência. E sou eu o alvo da piada. Ela é no mínimo vinte anos mais velha e, ainda por cima, é casada. No entanto, isso não a impede de demonstrar nitidamente o afeto que tem por mim, e é por isso que só tenho vindo à sala de correspondência uma vez por semana.

— Bem, deixei um bilhete para você. Seu orientador ligou, pois está precisando marcar uma reunião. — Ela pega a pilha de papéis de minhas mãos e a espalha em cima de sua mesa, procurando o bilhete que escreveu. — Ele disse que você precisa fazer seu relatório trimestral. Juro que deixei bem no topo da pilha.

Estendo o braço e junto os papéis, empilhando-os novamente.

— Obrigado. Estou atrasado, então vejo isso depois. Aviso se não encontrá-lo.

Ela sorri e acena para mim enquanto me afasto.

Ah, merda. Foi um aceno de quem está *flertando*. Preciso parar de vir aqui.

— Tenha um ótimo dia — digo, me virando para ir embora o mais rápido possível.

Fico aliviado quando a porta da administração se fecha atrás de mim. Tenho mesmo de arranjar outra pessoa para pegar minha correspondência de agora em diante.

— Precisa parar de iludi-la desse jeito — diz Gavin.

Ao erguer o olhar percebo que ele está encarando a Sra. Alex pela janela.

Reviro os olhos.

— Nada mudou desde que eu estudava aqui, Gavin. Agora que sou professor é ainda pior.

Gavin olha para além de mim e acena para a Sra. Alex pela janela, sorrindo.

— Ela ainda está observando você. Talvez devesse flexionar os músculos e fazer um showzinho. Ou pelo menos deixá-la apreciar a vista enquanto estiver indo embora.

Só de pensar na Sra. Alex me observando por trás fico um pouco constrangido demais, então mudo de assunto e sigo para minha aula do primeiro horário.

— Você e Eddie vão para o Club N9NE hoje? Faz algumas semanas que não os vejo por lá.

— Talvez. Por quê? Vai se apresentar?

Balanço a cabeça.

— Não, hoje não — digo. — Mas vamos chegar um pouco depois das oito. A babá só vai poder chegar às 19h30, então nós provavelmente vamos perder o "sac".

Quando estamos chegando na porta da minha sala, ele para imediatamente.

— *Nós?* Nós quem? Will Cooper vai levar uma *garota*? — Ele ergue uma sobrancelha e fica esperando minha resposta.

Não costumo passar muito tempo com os alunos fora do colégio, mas Gavin e Eddie têm ido ao Club N9NE de vez em quando nos últimos meses. Às vezes nos sentamos juntos, então passei a conhecê-los bem. Quando se é professor aos 21 anos, fica meio difícil evitar qualquer tipo de socialização com pessoas que têm praticamente a sua idade.

— E então? Quem é ela? — pergunta ele. — Quem é a garota misteriosa que pode representar o fim do período de seca de Will?

Abro a porta da sala, e meu sorriso desaparece quando entro no modo professor.

— Vá para sua aula, Gavin.

Ele ri, faz uma continência e segue pelo corredor.

— Mais uma vez agradeço, Maya — digo, enquanto atravesso a sala. — O dinheiro está na mesa. Pedi pizza uns quinze minutos atrás. — Pego minhas chaves e enfio a carteira no bolso. — Ele tem falado muito de trás para a frente, então é só ignorar. Quando tem algo importante a dizer, ele fala normalmente.

— Você vai me pagar o dobro? — pergunta ela, deixando-se cair no sofá com o controle remoto na mão. — Não concordei em cuidar do outro garoto também.

— Ele é só o vizinho — digo. — Logo mais volta para casa. Se isso não acontecer, então... pago a mais, sim.

Eu me viro para sair no mesmo instante em que os garotos voltam para dentro da casa. Kel para na porta e põe as mãos nos quadris, olhando para mim.

— Você é namorado da minha irmã?

Fico desorientado com a franqueza dele.

— Hum, não. Sou só amigo dela.

— Ela disse para minha mãe que vocês iam ter um encontro. Eu achava que só namorados tinham encontros.

— Bem. — Faço uma pausa. — Às vezes um garoto leva uma garota para sair para ver se *quer* que ela seja sua namorada.

Percebo que Caulder está ao meu lado, assimilando a conversa como se também estivesse curioso em relação ao assunto. Não estava preparado para explicar naquele momento como os encontros funcionam.

— Então é tipo um teste? — pergunta Caulder. — Para ver se você quer que Layken seja sua namorada?

Dou de ombros e faço que sim com a cabeça.

— É, acho que podemos dizer que é isso.

Kel ri.

— Você não vai gostar de Lake. Ela arrota o tempo inteiro. E é mandona. E nunca deixa eu tomar café, então aposto que também não vai deixar você tomar. E ela tem um péssimo gosto musical, canta alto demais e deixa os sutiãs espalhados por toda a casa. É nojento.

Eu rio.

— Valeu pelo aviso. Acha que é tarde demais para eu cancelar?

Kel balança a cabeça, sem perceber meu sarcasmo.

— Não, ela já está pronta então vocês vão ter de sair, sim.

Suspiro, fingindo estar irritado.

— Bem, são só algumas horas. Espero que ela não arrote muitas vezes, nem mande em mim, nem roube meu café, nem cante suas músicas péssimas, nem largue o sutiã no meu carro.

Aliás, *isso* eu espero que ela faça.

Kel passa por mim e entra na casa.

— Boa sorte — diz ele, o tom de voz cheio de pena.

Rio e fecho a porta depois de sair. Quando estou na metade do caminho até meu carro, Lake abre a porta de casa e vai para a entrada.

— Está pronta? — grito para ela.

— Estou — grita ela de volta.

Espero que venha até meu carro, mas ela não faz isso. *Parece* estar pronta. Então por que está parada ali?

— Então venha! — grito.

Ela continua sem se mexer. Cruza os braços e fica parada. Jogo as mãos para o alto, como se desistisse, e rio.

— O que está fazendo?

— Você disse que vinha me buscar às 19h30 — grita ela. — Estou esperando.

Sorrio, entro no carro e dou ré até a entrada da casa dela. Ao sair e abrir a porta, percebo que ela não está de pantufas. Eu meio que estava querendo que ela tivesse falado sério de manhã. Ainda não está tão escuro, o que é ruim porque não consigo parar de observá-la. Layken cacheou o cabelo e passou só um pouco de maquiagem. Está vestindo calça jeans e uma camisa roxa que destaca o tom de seus olhos, fazendo com que seja ainda mais difícil não olhar para eles. Ela parece... *perfeita*.

Após entrarmos no carro, estendo o braço e pego a sacola no banco de trás.

— Não temos tempo para comer, então preparei sanduíches de queijo. — Entrego um sanduíche e um refrigerante a ela.

Espero que não fique chateada por não irmos jantar num restaurante. É só porque não temos tempo. Quase passei na casa dela mais cedo para avisar que não íamos jantar, caso ela estivesse presumindo isso, mas decidi improvisar algo de última hora. Meio que queria ver como ela reagiria a um encontro diferente. Talvez isso até seja um pouco de maldade, mas ela está sorrindo e não parece incomodada.

— Nossa. Isso é novidade para mim. — Ela põe o sanduíche no joelho e abre o refrigerante. — E para onde é que a gente vai com tanta pressa? Está na cara que não é um restaurante.

Após morder o sanduíche, dou ré, saindo da entrada da casa dela.

— É surpresa. Sei muito mais sobre você do que você sabe sobre mim, então essa noite quero lhe mostrar quem *eu* sou.

Ela sorri para mim.

— Nossa, estou intrigada — diz ela antes de dar uma mordida no sanduíche.

Fico aliviado por ela não insistir para saber aonde vamos. Seria difícil explicar que vou levá-la a uma boate numa noite de quinta-feira, para ver um bando de pessoas recitando poesia. Não parece tão interessante quanto de fato *é*. Prefiro deixar que ela vivencie a experiência pela primeira vez, sem nenhuma ideia preconcebida.

Quando acabamos de comer, ela põe o lixo no banco de trás e muda de posição, ficando de frente para mim. Casualmente, encosta a cabeça no apoio.

— Como são seus pais?

Olho pela janela, sem querer que ela veja a relutância no meu rosto. É exatamente isso que eu queria que ela só perguntasse quando estivéssemos voltando para casa, no mínimo. Odiaria conversar sobre isso bem no início do encontro. A noite inteira ficaria com um clima pesado. Respiro fundo e solto o ar, na esperança de não estar demonstrando todo o constrangimento que estou sentindo.

Afinal, como posso mudar de assunto?

Decido pela brincadeira que Caulder e eu fazemos às vezes quando estamos indo visitar nossos avós. Espero que ela não ache brega demais, mas assim teremos uma maneira de passar o tempo e talvez eu até descubra mais coisas sobre ela.

— Não gosto muito de papo-furado, Lake. Depois a gente conversa sobre isso. Vamos fazer esse passeio ficar mais interessante.

Eu me ajeito no banco e me preparo para explicar as regras. Quando me viro para olhar para ela, vejo que está me encarando com uma expressão de repulsa.

O que diabos eu disse? Repito mentalmente a frase que acabei de soltar e percebo como tudo soou. Rio ao notar que ela interpretou o que acabei de dizer de maneira totalmente errada.

— Não, Lake! Só quis dizer que deveríamos conversar sobre outra coisa, não sobre os assuntos mais *previsíveis*.

Ela solta o ar e ri.

— Ótimo — diz ela.

— Sei de uma brincadeira que podemos fazer. O nome é "você prefere". Já brincou disso?

Ela balança a cabeça.

— Não, mas sei que *prefiro* que você comece.

Acho que seria trapacear se eu usasse as perguntas que Caulder e eu já usamos, então levo alguns segundos para pensar em algo novo.

— Tá bom — digo após decidir a pergunta. Limpo a garganta. — Certo, você prefere passar o *resto* da vida *sem* braços ou passar o resto da vida com braços que não consegue *controlar*?

Lembro quando eu e Caulder tentamos fazer Vaughn brincar disso no caminho para Detroit; ela revirou os olhos e disse para a gente deixar de ser criança. Observo Lake, esperando uma reação diferente, mas ela fica simplesmente me encarando séria, como se estivesse mesmo refletindo sobre a resposta.

— Bem... — começa. — Acho que prefiro passar o resto da vida com braços que não consigo controlar?

— O quê? Sério? — Eu rio, olhando para ela. — Mas você não poderia controlá-los! Ficariam balançando, e você socaria o próprio rosto sem parar! Ou, pior ainda, poderia pegar uma faca e esfaquear a si mesma.

Ela ri. *Caramba, amo essa risada.*

— Não sabia que tinha uma resposta certa e outra errada — diz ela.

— Você é muito ruim nisso. Agora é sua vez.

Ela sorri para mim e franze a testa, virando-se para a frente e se recostando no banco.

— OK, me deixe pensar.

— Você já devia ter uma pergunta pronta!

— Caramba, Will! Não faz nem trinta segundos que conheci essa brincadeira. Me dê um minuto para bolar uma pergunta.

Estendo o braço e aperto sua mão.

— Estou brincando.

Não era minha intenção continuar segurando a mão dela, mas, por alguma razão, isso parece certo, então não a solto. É tão natural, como se não tivéssemos pensado naquilo. Ainda estou encarando nossos dedos entrelaçados, e ela continua a brincadeira, sem se incomodar. Gosto do quanto ela parece estar curtindo o jogo. Gosto de como ela pareceu preferir os sanduíches de queijo a um restaurante. Gosto de garotas que não se importam em ter de fazer as coisas de um jeito simples de vez em quando. Gosto do fato de estarmos de mãos dadas.

Fazemos mais algumas rodadas da brincadeira, e as coisas que ela inventa são tão bizarras que até Caulder ficaria impressionado. O caminho de meia hora até a boate parece levar cinco minutos. Decido fazer uma última pergunta ao chegarmos no estacionamento. Paro numa vaga e desligo o motor com a mão esquerda para não precisar tirar a direita de cima da dela. Olho para ela.

— Última pergunta — digo. — Você preferiria estar no Texas agora ou aqui?

Ela olha para nossos dedos entrelaçados, e seu polegar alisa minha mão. Sua reação à minha pergunta não é negativa. Na verdade, quase parece o oposto quando um sorriso surge em seus lábios e ela ergue o olhar. No instante em que abre a boca para responder, Layken percebe a placa no prédio atrás de mim e seu sorriso desaparece.

— Hum, Will? — chama ela, hesitando. — Não gosto de dançar. — Ela afasta a mão da minha e começa a abrir a porta, então faço o mesmo.

— Hum, nem *eu*.

Nós dois saímos do carro, mas claro que percebi que ela não respondeu à minha última pergunta. Seguro sua mão quando nos encontramos na frente do carro e a levo lá para dentro. Ao passarmos pelas portas, dou uma rápida examinada no local. Conheço grande parte do pessoal que vem aqui com mais frequência e queria encontrar uma área mais isolada para que a gente tivesse um pouco de privacidade.

Noto um lugar vazio no fundo do salão e a conduzo naquela direção. Quero que ela tenha a experiência completa, sem as interrupções constantes de outras pessoas puxando conversa.

— Aqui é mais silencioso — digo.

Ela está olhando ao redor com uma expressão de curiosidade. Lake pergunta sobre o público mais jovem assim que percebe que as pessoas aqui não parecem ser as que frequentam uma boate normal. E fica observando.

— Bem, hoje isso aqui não está funcionando como boate — digo. Ela se acomoda na mesa e eu me sento ao seu lado. — É noite de competição de slam. Toda quinta eles fecham a boate, e as pessoas vêm para competir.

Ela desvia o olhar da mesa com os adolescentes e olha para mim, ainda com uma expressão curiosa.

— E o que é slam?

Hesito por um segundo e sorrio para ela.

— É poesia — respondo. — Eu gosto muito.

Fico esperando ela rir, mas isso não acontece. Lake fica me encarando, quase como se não tivesse entendido o que acabei de dizer.

Começo a repetir o que disse, mas ela me interrompe.

— Poesia, é? — Ela continua sorrindo para mim, mas de um jeito bastante afetuoso. Quase como se tivesse ficado impressionada. — As pessoas leem algo de autoria própria ou recitam outros autores?

Eu me recosto no assento e olho para o palco.

— As pessoas sobem lá e abrem o coração usando apenas as próprias palavras e os movimentos do corpo. É incrível. Você não vai escutar nada de Dickinson ou de Frost aqui.

Quando olho para ela outra vez, percebo que realmente parece intrigada. A poesia sempre foi uma parte importantíssima de minha vida; estava preocupado achando que Layken não fosse entender esse meu lado. No entanto, ela não só o entende, como parece estar *animada* com ele.

Explico as regras da competição. Ela faz muitas perguntas, o que me deixa ainda mais tranquilo. Após explicar tudo, decido pegar umas bebidas para a gente antes que o "sac" se apresente.

— Quer beber alguma coisa?

— Claro — diz ela. — Quero um achocolatado.

Fico esperando ela rir da própria piada, mas isso não acontece.

— Achocolatado? Sério?

— Com gelo — diz ela, o tom de voz neutro.

— Tudo bem. Um achocolatado com gelo saindo.

Eu me afasto e vou até o bar pedir nossas bebidas, depois me viro e me encosto no balcão para observá-la. A sensação que tenho quando estou com ela... estava sentindo falta disso. Estava sentindo falta de *sentir*. Por alguma razão, ela é a primeira pessoa que nos últimos dois anos me deixa esperançoso quanto ao futuro.

Enquanto a observo, percebo que cometi um grande erro. Estou comparando as reações dela às que Vaughn teve no passado. Não é justo com Lake presumir que ela não gostaria da simplicidade do nosso encontro ou da brincadeira que fizemos no caminho até aqui. Não é justo com Lake presumir que ela não gostaria de poesia só porque Vaughn não gostava. Também não é justo presumir que ela se afastaria de mim se soubesse que tenho a guarda legal de Caulder.

Essa garota não é *nada* parecida com Vaughn.

Essa garota não é nada parecida com *nenhuma* garota que já conheci. Essa garota é...

— Ela é gatinha. — A voz de Gavin me distrai dos meus pensamentos. Olho para ele, que está encostado ao meu lado no balcão, me encarando enquanto observo Lake. — Qual o nome dela? — Ele se vira e pede duas bebidas à garçonete.

— Layken — digo. — E pois é. Ela é *mesmo* gatinha.

— Há quanto tempo estão saindo? — pergunta ele, virando-se para mim.

Olho para meu relógio.

— Há 45 minutos.

Ele ri.

— *Caraca*. Pela maneira como você olha para ela, chutaria que faz bem mais tempo. Onde a conheceu?

O barman me entrega o troco e o recibo das bebidas. Olho para o recibo e rio. Está escrito: "achocolatado — com gelo". Dobro o recibo e guardo na carteira.

— Na verdade — digo ao me virar para Gavin —, ela é minha vizinha nova. Se mudou há três dias.

Ele balança a cabeça e olha na direção de Lake.

— É melhor você torcer para que isso dê certo. Pois se não der, pode ficar muito constrangedor, sabe.

Concordo com a cabeça.

— Pois é, acho que sim. Mas estou com um bom pressentimento em relação a ela.

Antes de se afastar, ele aponta para a frente da boate.

— Eddie e eu estamos ali. Vou tentar distraí-la para que vocês dois tenham privacidade. Se ela o vir com uma garota, vai até sua mesa na mesma hora para tentar virar a melhor amiga dela.

Eu rio, porque ele tem razão.

— Valeu.

Pego nossas bebidas e volto para a mesa, aliviado por não ter de apresentar ninguém essa noite. Não sei se estou pronto para isso.

5.

a lua de mel

LAKE SENTA-SE NA CAMA E ME FULMINA COM O OLHAR.

— Como *assim*, Will? Gavin sabia? Ele sabia o tempo inteiro?

Eu rio.

— Não são só você e Eddie que ficam de segredinhos por aí.

Ela balança a cabeça, sem acreditar.

— Eddie sabia que ele sabia?

— Acho que não. Diferente de algumas pessoas, Gavin sabe guardar segredo.

Ela estreita os olhos e deita a cabeça no travesseiro novamente, perplexa.

— Não acredito que ele sabia — diz ela. — O que ele disse quando me viu na sua aula de poesia?

— Bem, até posso contar logo sobre esse dia, mas assim eu pularia nosso primeiro beijo. Não quer ouvir o resto de nosso primeiro encontro?

Ela sorri.

— Você sabe que eu quero.

me apaixonando

— O que é "sac"? — pergunta ela, quando volto com as bebidas.

— Sacrifício. É assim que eles preparam os jurados. — Eu me sento novamente, mas faço questão de ficar mais perto dela dessa vez. — Alguém apresenta algo que não faz parte da disputa para que os jurados possam calibrar a pontuação.

— Então podem chamar qualquer pessoa? E se tivessem me chamado? — pergunta ela, ficando apavorada com a ideia.

— Bem, então imagino que era para você ter algo pronto — brinco.

Ela ri e apoia um dos cotovelos na mesa, virando-se para mim. Passa a mão pelo cabelo, fazendo um cheiro sutil de baunilha chegar até mim. Fica me observando por um instante, o sorriso se propagando para seus olhos. Amo essa sua expressão de paz.

Estamos sentados tão próximos que consigo sentir o calor de seu corpo; certas partes chegam a se encostar. Nossas coxas, o quadril dela tocando o meu, nossas mãos a apenas alguns centímetros de distância. Seu olhar desvia dos meus olhos para meus lábios, e, pela primeira vez nessa noite, sinto a pressão para que o *primeiro beijo* aconteça. Há alguma coisa em seus lábios que me faz querer beijá-los quando estão tão próximos assim. Mas então lembro que, apesar de hoje eu ser apenas "Will", há no mínimo um aluno meu aqui, e é bem provável que esteja me espiando de vez em quando.

O instante silencioso a faz corar, e ela olha para o palco, quase como se estivesse sentindo minha confusão em querer beijá-la. Estendo o braço, seguro sua mão e a levo para debaixo da mesa, apoiando-a na minha perna. Baixo o olhar para seus dedos e os acaricio lentamente. Aliso seu punho e queria tanto continuar subindo por seus braços, chegando até os lábios... mas não faço isso. Desço de volta até as pontas dos dedos, querendo mais que tudo que não estivéssemos em público naquele momento. Não sei o que ela tem que me deixa tão enfeitiçado. Também não sei o que ela tem que me faz falar certas coisas sobre as quais costumo ser mais reservado.

— Lake? — Continuo percorrendo a parte de cima de sua mão com as pontas dos dedos. — Não sei o que você tem... mas gosto de você.

Entrelaço meus dedos nos dela e volto minha atenção ao palco, para que ela não pense que estou esperando uma resposta. Sorrio quando a vejo pegar o copo e beber o achocolatado depressa. Com certeza está sentindo o mesmo.

Quando o "sac" sobe no palco, o jeito de Lake muda completamente. É quase como se esquecesse que estou ali. Ela se inclina para a frente, prestando atenção quando a mulher começa a se apresentar, e não desvia o olhar da performance uma vez sequer. Estou tão atraído pela emoção no rosto de Lake que não consigo desviar os olhos *dela*. Enquanto a observo, tento decifrar o motivo por trás dessa ligação profunda que sinto entre nós. Nem passamos muito tempo juntos. Caramba, mal a conheço. Ainda não sei em que ela vai se formar, quais são seus sobrenomes, nem mesmo quando é seu aniversário. No fundo, sei que nada disso importa. A única coisa que importa agora é esse momento, e esse momento com certeza é a melhor parte do meu dia.

Assim que o "sac" termina o poema, Lake afasta a mão da minha e enxuga as lágrimas. Passo o braço ao seu redor e a puxo para perto. Ela aceita meu abraço e apoia a cabeça no meu ombro.

— E então? — pergunto.

Apoio o queixo no topo de sua cabeça e aliso seu cabelo, sentindo o cheiro de baunilha mais uma vez. Estou começando a gostar desse cheiro quase tanto quanto do sotaque do sul.

— Foi inacreditável — sussurra ela.

Inacreditável. Foi exatamente essa palavra que usei para descrever a competição para meu pai na primeira vez que em que a vi.

Luto com a vontade de segurar seu queixo e puxar seus lábios até os meus, sabendo que deveria esperar até ficarmos a sós. No entanto, a vontade é avassaladora e meu coração está em guerra com meu cérebro. Eu me inclino para a frente, pressiono os lábios na testa dela e fecho os olhos. Isso vai ter de bastar por enquanto.

Ficamos sentados e abraçados enquanto vários outros poetas se apresentam. Ela ri, chora, suspira, sofre e *sente* todos os poemas apresentados. Quando o último poeta sobe no palco, percebo que claramente já é tarde demais. Estava querendo contar tudo antes que as coisas ficassem muito sérias entre a gente. Não sabia que tudo aconteceria tão depressa. Já era. Não tenho mais como não me apaixonar por essa garota.

Foco o olhar no palco, mas não consigo deixar de observar Lake pelo canto do olho enquanto fica olhando o rapaz preparar o microfone. Ela está prendendo a respiração novamente enquanto ele se aproxima do microfone.

— Esse poema se chama "Um Poema Muito Longo" — diz o rapaz. Lake ri e inclina o corpo para a frente.

Esse poema é muito longo
Na verdade, ele é tão longo que sua atenção

Vai ser testada até o limite
Mas tudo bem
É isso que a poesia tem de tão especial
Sabe, a poesia precisa de tempo
Nós vivemos numa época
E a chamamos de nossa cultura ou sociedade
Para mim não importa, pois essas palavras não rimam
Uma época em que a maioria das pessoas não quer prestar atenção
Como fósforos, nossas gargantas ficam esperando pegar fogo
Esperando até podermos falar
Sem paciência de escutar
Mas esse poema é longo
Na verdade ele é tão longo que enquanto escutava esse poema
Você poderia ter feito muitas outras coisas maravilhosas
Poderia ter ligado para seu pai
Ligue para seu pai
Poderia estar escrevendo um cartão-postal bem agora
Escreva um cartão-postal
Quando foi a última vez que escreveu um cartão-postal?
Você poderia estar lá fora
Provavelmente está perto de um amanhecer ou de um pôr do sol
Veja o sol nascer
Talvez pudesse ter escrito seu próprio poema
Um poema melhor
Poderia ter tocado uma música ou cantado uma canção
Poderia ter conhecido seu vizinho
E decorado seu nome

Decore o nome do seu vizinho
Você poderia ter feito um desenho (ou pelo menos colorido um)
Poderia ter começado a ler um livro
Ou terminado uma oração
Poderia ter conversado com Deus
Reze
Quando foi a última vez que você rezou?
Rezou de verdade?
Esse é um poema longo
Na verdade, ele é tão longo que você já passou um minuto escutando
Quando foi a última vez que você abraçou um amigo por um minuto?
Ou disse para ele que o amava?
Diga a seus amigos que você os ama
...não, estou falando sério,
diga a eles
Diga: *eu amo você*
Diga: *você faz minha vida valer a pena*
Pois é isso que os amigos fazem
De todas as coisas maravilhosas que você poderia ter feito
Durante esse poema muito, muito longo
Poderia ter ficado mais próximo de alguém
Talvez você esteja ficando mais próximo de alguém
Talvez nós dois estejamos ficando mais próximos
Sabe, acredito que as únicas coisas que realmente importam
No fim das contas
São as pessoas e Deus
E, se as pessoas são feitas à imagem de Deus,

Então, passar tempo com as pessoas
Nunca é um desperdício
E nesse poema muito longo
Estou tentando deixar o poema fazer o que um poema faz:
Simplificar as coisas
Não precisamos de poemas que deixem as coisas ainda
mais
complicadas
Nós mesmos fazemos isso
Precisamos de poemas que nos lembrem do que
realmente importa
Como arranjar tempo
Um bom tempo
Para passar um instante vivo por outra pessoa
Ou vários instantes
Porque nós precisamos um do outro
Como segurar as mãos de uma pessoa desalentada
Tudo o que precisa fazer é encontrar alguém
Segurar sua mão
Olhar em seus olhos
Ela é você
Todos estamos desalentados juntos
Mas esses fragmentos despedaçados de nossa existência
não precisam ser tão bagunçados
É só nos importarmos o bastante e ficarmos calados às
vezes
Para nos sentar e ouvir um poema muito longo
A história de uma vida
A alegria de um amigo e a aflição de um amigo
Abraçar e ser abraçado
E ficar em silêncio

Então *reze*
Escreva um cartão-postal
Ligue para seus pais e os perdoe e depois agradeça a eles
Desligue a televisão
Crie arte da maneira que puder
Compartilhe o máximo que puder, especialmente dinheiro
Conte a uma pessoa sobre o poema muito longo que
escutou uma vez
E que o poema levou você até ela

Ela enxuga mais uma lágrima quando o homem se afasta do microfone. Começa a aplaudir com o restante do público, totalmente envolta pela atmosfera do local. Quando acaba relaxando seu corpo no meu mais uma vez, seguro sua mão. Estamos aqui há quase duas horas, e tenho certeza de que ela está cansada depois da semana que teve. Além disso, nunca assisto a todas as apresentações porque trabalho às sextas.

Começo a me levantar e a puxá-la para longe da mesa, mas o apresentador faz um último convite para as pessoas. Ela se vira para mim e pela sua expressão posso ver claramente no que está pensando.

— Will, você não pode me trazer aqui e não se apresentar. Recita um poema? Por favor, por favor, por favor?

Eu não tinha nenhuma intenção de apresentar um poema hoje. *Nenhuma*. Mas, meu Deus, a expressão nos olhos dela. Lake vai mesmo me obrigar a fazer isso, já dá para perceber. Não posso dizer não a esses olhos. Encosto a cabeça no assento e rio.

— Assim você acaba comigo, Lake. Já disse, realmente não tenho nada de novo.

— Então apresente algo antigo — sugere ela. — Ou será que todas essas pessoas deixam você *nervoso*?

Ela não faz ideia da frequência com que me apresento aqui e do quanto acho isso natural. É quase tão natural quanto respirar. Não fico nervoso ao subir no palco desde a primeira vez que me apresentei, há cinco anos.

Mas agora estou nervoso.

Eu me inclino para perto dela e a olho diretamente nos olhos.

— Todas não. Só *uma*.

Nossos rostos estão tão próximos agora; seria tão fácil fazer isso. Só mais alguns centímetros e eu poderia sentir o gosto dela. Seu sorriso desaparece, ela morde o lábio inferior, e, lentamente, seus olhos voltam-se para minha boca. Pela sua expressão, percebo que ela também está morrendo de vontade de que eu a beije. O nervosismo estranho que tomou conta de minha barriga se multiplica, e estou perdendo meu autocontrole muito rapidamente. Assim que começo a me inclinar para a frente, ela une as mãos debaixo do queixo e volta a insistir.

— Não me faça implorar.

Por um instante, cheguei até a esquecer que ela havia pedido para eu me apresentar. Então me afasto e rio.

— Você *já está* implorando.

Ela não afasta as mãos do queixo e fica olhando para mim com a expressão mais encantadora do mundo. Já sei que nunca serei capaz de negar nada a essa expressão.

— Tá bom, tá bom — digo, cedendo facilmente. — Mas vou logo avisando, foi você quem pediu.

Tiro a carteira do bolso e pego o dinheiro, erguendo-o no ar.

— Eu topo!

Depois que o apresentador me reconhece, eu me afasto da mesa e começo a me aproximar do palco. Eu não estava nada preparado para isso. Por que não pensei que ela poderia pedir para me apresentar? Devia ter escrito alguma coisa nova. Vou simplesmente escolher o poema de sempre, sobre ensinar. É o mais fácil. Além disso, acho que nem contei para ela qual é minha profissão; talvez seja divertido fazer com que descubra dessa maneira.

Ao subir no palco, ajeito o microfone e encaro o público. Quando nossos olhares se encontram, ela apoia os cotovelos na mesa e o queixo nas mãos. Ela acena como quem está flertando, e um sorriso se abre em seu rosto. A maneira como ela está olhando para mim faz uma pontada de culpa surgir no meu coração. Layken está olhando para mim do mesmo jeito como eu estava olhando para ela.

Com *esperança*.

Aquele olhar me faz perceber que não devo desperdiçar essa oportunidade com um poema sobre minha profissão. Essa é minha oportunidade de colocar tudo para fora... de aproveitar minha apresentação para que ela saiba quem realmente sou. Se ela sentir por mim metade do que sinto por ela, então merece saber no que está se metendo.

— Qual é o nome do poema de hoje, Will? — pergunta o apresentador.

Sem quebrar o contato visual, continuo fitando os olhos de Lake e respondo:

— *Morte*.

O apresentador sai do palco, e eu respiro fundo, me preparando para dizer as palavras que vão selar ou destruir a possibilidade de eu ter um futuro com ela.

Morte. A única coisa inevitável na vida.
As pessoas não gostam de *falar* sobre a morte porque isso as deixa *tristes*.
Elas não querem *pensar* que a vida vai continuar
sem elas,
que *todas* as pessoas que elas amam vão ficar de luto brevemente,
mas vão continuar *respirando*.
Elas não *querem* pensar que a vida vai continuar
sem *elas*,
Que os filhos vão *crescer* do mesmo jeito
E vão casar
E vão *envelhecer*...
Elas não querem *pensar* que a vida vai *continuar*
sem elas
Que as coisas materiais serão *vendidas*
Que os históricos médicos serão *arquivados*
Que seus nomes vão se tornar uma *lembrança* para todos que *conheciam*.
As pessoas não *querem pensar* que a vida vai continuar *sem* elas, então, *em vez de* lidar com isso *diretamente*, *evita-se* o assunto *inteiramente*, *torcendo* e *rezando* para que, *de alguma maneira*, ela...
passe direto.
Se esqueça delas,
e pule para o *próximo* da fila.
Não, as pessoas não *querem* imaginar como

a vida vai continuar...
sem elas.
Mas a morte
não
se esqueceu.
Em vez disso, as pessoas *deram de cara* com a morte,
que veio *disfarçada* de um caminhão de *dezoito rodas*
atrás de uma nuvem de *névoa*.
Não.
A morte não se *esqueceu delas*.
Se *ao menos* elas tivessem se *preparado*, *aceitado* o
inevitável, feito *planos*, compreendido que
não se tratava apenas da vida *delas*.
Por mais que legalmente eu fosse considerado um adulto
aos 19 anos, eu ainda me sentia
completamente
como um garoto de apenas 19 anos.
Despreparado
E *sobrecarregado*
por, de repente, passar a ter a *vida inteira* de um garoto de
7 anos
sob meus *cuidados*.
Morte. A única coisa inevitável na *vida*.

DOU UM PASSO para me afastar do microfone, sentindo-me ainda mais nervoso do que quando comecei. Contei absolutamente tudo. Minha vida inteira, condensada num poema de um minuto.

Ao sair do palco e voltar para nossa mesa, vejo que ela está enxugando as lágrimas com o dorso da mão. Não sei o que está pensando, então me aproximo lentamente para que ela tenha tempo de assimilar minhas palavras.

Ao me sentar, vejo que ela parece triste, então sorrio e tento quebrar o clima tenso.

— Eu avisei — digo, enquanto pego minha bebida.

Ela não responde, então fico sem saber o que falar nesse momento. Fico me sentindo mal, pensando que talvez essa não tenha sido a melhor maneira de contar a história de minha vida. Acho que também acabei *a* colocando numa situação chata. Espero mesmo que ela não diga que está com pena de mim. Odeio que sintam pena mais que tudo.

Justo quando começo a me arrepender da minha apresentação, ela estende o braço e segura minha mão. Ela me toca com tanta delicadeza — é como se estivesse me contando o que está pensando sem palavras. Ponho a bebida na mesa e me viro para ela. Ao olhar em seus olhos, não é pena que vejo de jeito algum.

Ela ainda está olhando para mim com esperança nos olhos.

Essa garota acabou de descobrir tudo que eu estava morrendo de medo de contar sobre minha vida. A morte dos meus pais, a raiva que senti deles, a enorme responsabilidade que tenho agora, o fato de que sou tudo o que Caulder tem — e ela ainda está me observando com esperança em seus olhos cheios d'água. Estendo o braço até tocar seu rosto e enxugo uma lágrima, depois acaricio o rastro úmido em sua bochecha com o polegar. Ela coloca a mão em cima da minha e a leva lentamente até a boca. Ela pressiona os lábios no centro da palma da minha mão sem desviar o olhar de mim, fazendo meu coração ficar preso na garganta. De alguma maneira, ela conseguiu demonstrar tudo o que estava pensando e sentindo com um único gesto.

De repente, não me importo mais com o lugar onde estamos e com quem pode estar nos observando. Preciso beijá-la. *Preciso.*

Seguro seu rosto entre as mãos e me inclino para a frente, ignorando a parte da minha consciência que está gritando, implorando para que eu espere. Ela fecha os olhos, me convidando para me aproximar. Hesito, mas assim que sinto seu hálito nos meus lábios não consigo mais me conter. Acabo com o espaço entre nós, pressionando suavemente meus lábios em seu lábio inferior. É ainda mais macio do que parece. De algum modo, os ruídos ao fundo desapareceram por completo e tudo o que consigo escutar é a batida do meu coração, pulsando no corpo inteiro. Lentamente, movo os lábios para seu lábio superior, mas, assim que sinto sua boca começar a se abrir, eu me afasto, relutante. Por mais que eu queira beijá-la com toda a intensidade do mundo, tenho vaga consciência de que estamos em público e de que há pelo menos dois alunos meus aqui essa noite. Decido guardar o melhor beijo para mais tarde, porque sei que se fizermos isso agora, não vou querer parar.

— Paciência — sussurro, juntando todo o meu autocontrole. Aliso seu queixo com o polegar, e ela sorri para mim, compreendendo. Ainda segurando seu rosto, fecho os olhos outra vez e pressiono os lábios em sua bochecha. Ela inspira enquanto a solto e deslizo as mãos por seus braços, tentando me lembrar de como se respira. Sou incapaz de me afastar dela, então pressiono minha testa na sua e abro os olhos. É nesse momento que sei que ela está sentindo exatamente o mesmo que eu. Dá para ver em seus olhos.

— Caramba. — Ela exala.

— Pois é — concordo. — Caramba.

Ficamos nos encarando por mais alguns segundos. Quando o apresentador começa a anunciar quem se qualificou para a segunda rodada, logo volto à realidade. Não consigo mesmo continuar sentado aqui sem colocá-la no meu colo e dar o maior beijão nela. Imagino que é melhor ir embora e evitar isso.

— Vamos — sussurro. Seguro sua mão enquanto nos levantamos, e a levo até a saída.

— Não quer ficar mais? — pergunta ela, após sairmos.

— Lake, você está fazendo mudança e desempacotando coisas há dias. Precisa dormir.

Assim que digo isso, ela boceja.

— Dormir seria ótimo.

Ao chegarmos no carro, abro a porta para ela, mas antes que entre, passo os braços ao seu redor e a puxo para perto de mim. É um movimento tão rápido que nem penso no que estou fazendo. Por que ela causa esse efeito em mim? É como se minha consciência simplesmente desaparecesse quando Layken está por perto.

Por mais que eu saiba que deveria soltá-la antes que a situação fique constrangedora, não consigo fazer isso. Ela retribui o abraço, depois apoia a cabeça no meu peito e suspira. Ficamos imóveis, sem dizer nada nem se mexer por vários minutos. Não damos nenhum beijo, minha mão não toca sua pele nenhuma vez, não dizemos uma única palavra... E, mesmo assim, esse é o momento mais íntimo que já tive com alguém.

Na vida.

Não quero soltá-la, mas, assim que ergo o olhar, vejo Gavin e Eddie saindo da boate. Então me afasto e gesticulo para que ela entre. Não é o momento certo para Eddie conhecê-la.

Enquanto estamos saindo do estacionamento, ela encosta a cabeça na janela e suspira.

— Will? Obrigada por isso.

Estendo o braço e seguro sua mão. Tudo que quero fazer é agradecer *a ela*, mas não respondo nada. Tinha muitas esperanças em relação a essa noite, mas ela as excedeu e muito. Ela está exausta e percebo que está quase pegando no sono. Lake fecha os olhos, e eu dirijo para casa em silêncio, deixando-a dormir.

Quando paro o carro na frente da casa de Layken, fico esperando que ela acorde, mas isso não acontece. Desligo o motor e estendo o braço para acordá-la, mas a paz em seu rosto me faz desistir. Fico a observando dormir enquanto tento analisar tudo o que estou sentindo. Como posso achar que estou gostando de alguém que conheço há apenas alguns dias?

Eu amava Vaughn, mas posso dizer sinceramente que nunca tivemos uma ligação como essa. Pelo menos não nesse nível emocional. Não me lembro de me sentir assim desde... bem, *nunca*. É novo. É assustador. É empolgante. É desesperador. É relaxante. É tudo que já senti, tudo de uma vez só, o que me deixa com uma vontade imensa de abraçá-la e nunca mais soltá-la.

Eu me aproximo e pressiono os lábios em sua testa enquanto ela dorme.

— Obrigado digo *eu* — sussurro.

Depois que dou a volta no carro e abro a porta do carona, ela acorda. Ajudo-a a sair, e nós dois ficamos em silêncio enquanto nos aproximamos da casa, de mãos dadas. Antes de ela entrar, eu a puxo para perto de mim mais uma vez. Ela apoia a cabeça no meu peito, e nós repetimos o mesmo abraço de fora da boate. Não consigo deixar de me perguntar se ela acha isso tudo tão natural quanto eu.

— Olha só — diz ela. — Você vai passar três dias inteiros fora. É justamente o tempo que nos conhecemos.

Rio e a abraço com mais força.

— Vão ser os três dias mais longos da minha vida.

Continuamos abraçados, nenhum dos dois quer soltar, porque talvez a gente tenha percebido que vão *mesmo* ser os três dias mais longos de nossas vidas.

Percebo que ela está olhando para a janela, como se estivesse preocupada achando que alguém está nos observando. Por mais que eu queira ceder à necessidade insaciável de beijá-la, acabo dando só um rápido beijo em sua bochecha. Solto-a e volto lentamente para o carro. Quando seus dedos largam os meus, seu braço cai ao lado do corpo e ela abre um sorriso que faz com que eu me arrependa naquele mesmo instante de não ter dado um beijo melhor nela. Assim que entro no carro, percebo que não vou conseguir dormir de jeito nenhum se não corrigir isso.

Abaixo o vidro da janela.

— Lake, tenho um longo caminho a percorrer até chegar em casa. Que tal um beijo de boa-noite?

Ela ri, aproxima-se do carro e se inclina para dentro da janela. Deslizo a mão até sua nuca e a puxo para perto de mim. No instante em que nossos lábios se tocam, eu já era. Ela separa os lábios, e, no início, nosso beijo é lento e suave.

Ela põe os braços para dentro da janela e percorre meu cabelo com as mãos, me puxando para perto, o que me deixa completamente louco. Minha boca precisa da dela com urgência, e, por um breve segundo, penso em cancelar minha viagem do final de semana. Agora que finalmente senti seu gosto, sei que não vou conseguir passar três dias sem sentir isso de novo. Seus lábios são tudo o que eu estava imaginando. A porta entre nós é pura tortura. Quero puxá-la para meu colo.

Continuamos nos beijando até nós dois percebermos que ela precisa entrar no carro, mas, se não fizer isso, precisaremos parar. Desaceleramos simultaneamente e acabamos parando, mas nenhum dos dois se afasta.

— Nossa — sussurro, encostado nos lábios dela. — Isso está ficando cada vez melhor.

Ela sorri e concorda com a cabeça.

— Vejo você em três dias. Dirija com cuidado até em casa. — Ela pressiona os lábios nos meus mais uma vez e se afasta.

Pesarosamente, dou ré para sair da entrada da casa dela e entrar na minha, querendo mais que tudo não precisar passar os próximos três dias fora. Quando saio com o carro, ela vai se aproximando de sua própria casa. Observo-a pegar o cabelo e prendê-lo num coque, amarrando-o com um elástico enquanto alcança a porta. O cabelo fica bom daquele jeito. Também estava ótimo solto. Enquanto admiro o que vejo, percebo que nem disse como estava bonita essa noite.

— Lake! — grito. Ela se vira, e eu atravesso a rua correndo até alcançá-la. — Eu me esqueci de dizer uma coisa. — Passo os braços ao redor dela e sussurro em seu cabelo:

— Você está linda hoje. — Beijo o topo da sua cabeça, solto-a e volto para minha casa. Ao chegar na porta, eu me viro e vejo que ela ainda está parada no mesmo lugar, me observando. Sorrio para ela, entro em casa e vou direto até a janela. Quando puxo a cortina, vejo Layken se virar na direção de casa e praticamente saltitar para dentro.

— Está olhando o quê? — pergunta Maya.

A voz me assusta, então fecho a cortina depressa e me viro.

— Nada. — Tiro o casaco e piso no calcanhar do sapato para tirá-lo do outro pé. — Obrigado, Maya. Quer cuidar dele de novo na próxima quinta?

Ela se levanta e vai até a porta.

— E não faço isso sempre? — diz ela. — Mas daquele garoto estranho não cuido mais. — Ela fecha a porta ao sair, e eu me jogo no sofá, suspirando. Esse foi de longe o melhor encontro que tive na vida, e sinto que só vai melhorar.

6.

a lua de mel

Lake sorri, lembrando-se de como ficamos felizes após aquele encontro.

— Nunca tivera uma noite como aquela — diz ela. — Tudo foi perfeito, do começo ao fim. Até mesmo o sanduíche de queijo.

— Tudo menos o fato de eu não mencionar meu trabalho.

Ela franze a testa.

— Ah, pois é. Isso foi péssimo.

Eu rio.

— Péssimo é eufemismo para o que senti naquele corredor — digo. — Mas conseguimos superar isso. Por mais que tenha sido difícil, olhe só onde chegamos.

— Espere — diz ela, pressionando o dedo nos meus lábios. — Não pule nenhuma parte. Recomece de onde parou. Quero saber o que pensou quando me viu no corredor naquele dia. Meu Deus, como você ficou furioso comigo! — diz ela.

— *Furioso* com você? Lake, você achou que eu estava furioso com *você*?

Ela dá de ombros.

— *Não*, amor. Não fiquei *nem um pouco* furioso com você.

ah, merda

Meu final de semana de três dias. O que posso dizer sobre o final de semana de três dias além de: foram os três dias mais longos e traiçoeiros de toda a minha vida. Passei o tempo todo distraído, pensando nela. Fiquei com vontade de dar um soco em mim mesmo por não ter pedido seu número de telefone antes de viajar, assim pelo menos poderíamos ter nos falado por mensagens. Pelo jeito, meu avô percebeu minha distração durante a visita. Antes de irmos embora ontem à noite, ele me puxou de lado e perguntou:

— E então? Quem é ela?

Claro que me fiz de bobo e não admiti que tinha conhecido alguém. O que ele pensaria se soubesse que saí com essa garota apenas uma vez e já estou abalado assim? Quando neguei, ele riu e apertou meu ombro.

— Não vejo a hora de conhecê-la — falou.

Costumo odiar a manhã de segunda-feira, mas hoje é diferente. Provavelmente porque sei que vou vê-la depois do trabalho. Deixo um bilhete debaixo do limpador de para-brisas do jipe e atravesso a rua para voltar até meu carro. Assim que encosto os dedos na maçaneta, penso duas vezes. Estou indo longe demais. Quem diz "mal posso esperar para te ver" depois de um único encontro? A última coisa que quero é assustá-la. Volto para o jipe e levanto o limpador para pegar o bilhete.

— Deixe aí.

Eu me viro e vejo Julia parada na porta, segurando uma xícara de café. Olho para o bilhete, para o jipe e depois para Julia, sem saber muito bem o que dizer.

— Devia deixar isso aí — diz ela, apontando para o bilhete na minha mão. — Ela vai gostar. — Julia sorri e volta para dentro de casa, me deixando totalmente envergonhado. Ponho o bilhete de volta debaixo do limpador e atravesso a rua outra vez, esperando que Julia tenha razão.

— Avisei na semana passada que ele viria — diz a Sra. Alex, com um tom de voz defensivo.

— Não, você disse que ele *ligou* dizendo que vinha. Não falou que era hoje.

Ela se vira para o computador e começa a digitar.

— Bem, estou avisando agora. Ele vai chegar aqui às 11 horas para observar sua aula do quarto horário. — Ela estende o braço para a impressora e pega um formulário que acabou de ser impresso. — E tem uma aluna nova na sua próxima turma. Acabei de fazer a matrícula. Aqui estão as informações. — Ela me entrega o formulário e sorri. Reviro os olhos e enfio o formulário na mochila, passando a ficar temeroso em relação ao restante do dia.

Ando depressa até a sala do terceiro horário pois já estou cinco minutos atrasado. Olho para meu relógio e solto um gemido. *Uma observação às 11 horas?* Isso é daqui a uma hora. Só preparei testes para as aulas de hoje. Não estou nem um pouco preparado para dar uma aula, muito menos na frente do meu orientador. Vou ter de usar a próxima aula para preparar algo de última hora.

Meu Deus, esse dia não pode ficar pior.

Quando chego ao Corredor D, o dia fica cem por cento melhor assim que a vejo.

— Lake?

Ela está com as mãos no cabelo, prendendo-o num coque. Ela se vira, e seus olhos ficam arregalados ao me ver. Ela tira uma folha de papel dos lábios e sorri, colocando logo em seguida os braços ao redor de meu pescoço.

— Will! O que está fazendo aqui?

Retribuo o abraço, mas o papel que acabou de passar na frente do meu rosto deixou meu corpo inteiro feito um bloco de concreto denso e imóvel.

Ela está segurando um quadro de horários.

De repente, não consigo respirar.

Ela está segurando um quadro de horários de *aulas*.

Isso não é nada bom.

A Sra. Alex falou alguma coisa sobre uma aluna nova.

Ah, merda.

Puta merda.

Dentro de mim, começo a entrar em pânico na mesma hora. Ponho os dedos ao redor de seus pulsos e afasto seus braços do meu pescoço antes que alguém nos veja. *Por favor, que eu esteja errado. Por favor.*

— Lake — digo, balançando a cabeça, tentando entender a situação. — Onde... O que você está fazendo aqui?

Ela solta um suspiro de frustração e encosta o papel no meu peito.

— Estou tentando achar essa aula idiota, mas me perdi — choraminga ela. — Me ajude!

Ah, merda. O que diabos eu fiz?

Dou um passo atrás e me encosto na parede, em busca de espaço para pensar. Espaço para *respirar*.

— Lake, não... — digo.

Devolvo o quadro de horários sem nem olhar o papel. Não preciso olhá-lo. Sei exatamente onde é a "aula idiota".

Não consigo de jeito nenhum pensar de forma coerente enquanto olho para ela, então me viro e ponho as mãos atrás da cabeça.

Ela é uma *aluna*?

E sou seu *professor*?

Ah, merda.

Fecho os olhos e tento pensar na semana passada. Para quem eu contei? Quem nos viu juntos? Gavin. *Merda.* Não tenho como saber quem mais estava no Club N9NE. E Lake! A qualquer momento ela vai perceber o que está acontecendo. E se achar que eu estava tentando esconder isso dela? Poderia ir direto para a administração e acabar com minha carreira.

Assim que esse pensamento me passa pela cabeça, ela pega a mochila e começa a ir embora, furiosa. Estendo o braço e faço-a parar.

— Aonde está indo?

É óbvio que ela está furiosa, mas espero que não esteja querendo me denunciar.

Ela revira os olhos e suspira.

— Já entendi, Will. Já *entendi*. Vou deixar você sozinho antes que sua namorada nos veja.

Ela puxa o braço para longe e vira as costas para mim.

— Namorad... *não*. Não, Lake. Acho que você *não* está entendendo. — Espero ela entender a situação.

Queria explicar logo e pronto, mas *não consigo*. Acho que não conseguiria dizer isso em voz alta nem se quisesse.

O barulho de passos se aproximando de nós faz com que ela desvie a atenção de mim. Javier aparece no corredor e para bruscamente ao me ver.

— Caramba, achei que estava atrasado — diz ele.

Se Lake ainda não entendeu sozinha, agora é a hora.

— Você *está* atrasado, Javier — respondo. Abro a porta da sala de aula e aceno para ele entrar. — Javi, volto em alguns minutos. Avise à turma que eles têm alguns minutos para dar uma revisada antes da prova começar.

Fecho a porta devagar e olho para o chão. Não consigo olhar para ela. Acho que meu coração é incapaz de lidar com o que ela está prestes a sentir. Há um breve instante de silêncio antes que ela solte o ar bem baixinho. Ergo o olhar até o dela, e o desapontamento em seu rosto parte meu coração. Agora ela *entendeu*.

— Will — sussurra ela, aflita. — Por favor, não me diga que...

Sua voz está fraca, e ela inclina de leve a cabeça, balançando-a lentamente de um lado para o outro. Ela não está com raiva. Está *magoada*. Eu quase preferiria que estivesse furiosa, e não como está sentindo agora. Olho para o teto e passo as mãos no rosto, tentando não socar a maldita parede. Como pude ser tão idiota? Por que não contei logo qual era minha profissão? Por que não pensei que essa era uma possibilidade? Continuo andando de um lado para o outro, esperando além de toda e qualquer esperança que *eu* esteja entendendo as coisas da forma errada. Ao chegar nos armários na minha frente, bato a cabeça neles, xingando a mim mesmo em silêncio. Ferrei com tudo dessa vez. Para nós dois. Abaixo as mãos e me viro relutantemente na direção dela.

— Como não *percebi* isso? Você ainda está no *colégio*?

Ela se encosta na parede atrás dela.

— *Eu?* — questiona, na defensiva. — Como você pôde não comentar que era professor? *Como* você pode ser um professor? Só tem 21 anos.

Percebo que terei de responder a muitas de suas perguntas. Minha situação como professor não é particularmente normal, então dá para entender por que ela está confusa. Mas não podemos fazer isso aqui. Nem agora.

— Layken, escute. — Quando o nome dela sai de minha boca, percebo que não a chamei de "Lake". A essa altura, acho que é melhor assim. — Pelo visto, houve um grande mal-entendido entre nós. — Desvio o olhar ao terminar a frase. Uma sensação avassaladora de culpa toma conta de mim quando a olho nos olhos, então prefiro não seguir com aquilo. — Precisamos conversar sobre isso, mas agora definitivamente não é a hora certa.

— Concordo — sussurra ela. Parece que está tentando não chorar. Se chorasse, eu não aguentaria.

A porta de minha sala se abre, e Eddie sai para o corredor, olhando diretamente para Lake.

— Layken, estava indo te procurar — diz ela. — Guardei um lugar para você. — Olha para mim, depois para Lake, sem dar nenhum sinal de que percebeu o que está acontecendo entre nós dois. *Ótimo*. Assim só preciso lidar com Gavin. — Ah, me desculpe, Sr. Cooper. Não sabia que estava aqui.

Endireito a postura e vou até a porta da sala.

— Está tudo bem, Eddie. Só estava repassando o horário de Layken com ela. — Abro mais a porta e espero Lake e Eddie entrarem. Fico feliz por hoje ser dia de prova. *De jeito nenhum* conseguiria dar uma aula agora.

— Quem é a gatinha? — pergunta Javier, enquanto Lake se senta.

— Fique quieto, Javi! — retruco.

Não estou com a mínima paciência para aturar seus comentários espertinhos. Estendo o braço e pego a pilha de provas.

— Relaxe, Sr. Cooper. Era só um elogio. — Ele se encosta na cadeira e lentamente observa Lake dos pés à cabeça, fazendo meu sangue esquentar. — Ela é gatinha, olhe só para ela.

Aponto para a porta da sala.

— Javi, saia!

Ele volta a prestar atenção em mim.

— Sr. Cooper! Caramba! Que mau humor é esse? Como eu disse, só estava...

— Como *eu* disse, saia! Não vai desrespeitar as mulheres na minha sala de aula!

Ele pega seus livros depressa.

— Tudo bem. Vou desrespeitá-las no corredor então!

Depois que ele fecha a porta ao sair, me sinto repugnado com meu próprio comportamento. Nunca perdi a calma na sala de aula antes. Olho de volta para os alunos, e todos estão prestando atenção em Lake, esperando alguma reação dela. Todos menos Gavin. Os olhos dele estão me fulminando. Sutilmente, aceno com a cabeça para ele, demonstrando que sei que temos muito o que conversar. Agora, no entanto, está na hora de voltar para a aula.

— Turma, temos uma nova aluna. Essa é Layken Cohen — digo, querendo empurrar logo para debaixo do tapete o que acabou de acontecer. — Acabou a hora da revisão. Guardem os cadernos.

— Não vai deixar que ela se apresente? — pergunta Eddie.

— Depois fazemos isso — respondo, erguendo os papéis. — Hora da prova.

Começo a distribuir os testes. Ao chegar na mesa de Gavin, ele olha para mim interrogativamente.

— No almoço — sussurro, avisando que vou explicar tudo a ele na hora do almoço. Ele concorda com a cabeça e pega a prova, finalmente desviando o olhar do meu.

Após distribuir todas exceto uma, me aproximo sem pressa da mesa dela.

— Lake — digo. Limpo a garganta rapidamente e me corrijo. — Layken, se tiver outra coisa para fazer, sinta-se à vontade. A turma está fazendo um teste de fim de capítulo.

Ela endireita a postura e olha para as próprias mãos.

— Prefiro fazer o teste — diz ela, baixinho. Coloco o papel na mesa dela e volto para minha escrivaninha.

Passo o resto da hora dando notas às provas das turmas dos dois primeiros horários. De vez em quando, percebo que estou olhando na direção dela e faço meu melhor para não ficar encarando. Ela só apaga e reescreve as respostas o tempo inteiro. Não sei por que preferiu fazer o teste, pois não assistiu a nenhuma das aulas. Desvio o olhar do seu papel e olho para cima. Gavin está me fulminando com o olhar mais uma vez, então consulto o relógio bem na hora em que o sinal toca. Todos os alunos vão para a frente da sala rapidamente e deixam as provas em cima de minha mesa.

— Ei, você trocou o horário do seu almoço? — pergunta Eddie para Lake.

Observo Eddie e Lake conversarem sobre o horário dela e fico secretamente aliviado ao ver que Lake já fez uma amiga. Mas não sei se gosto do fato dessa amiga ser Eddie. Não tenho nada contra ela. É só que Gavin sabe demais e não sei se ele contaria alguma coisa para Eddie. Espero que não. Olho para minha própria mesa assim que Eddie começa a se afastar de Lake. Em vez de sair da sala, Eddie vem até minha mesa. Observando-a pegar alguma coisa na bolsa. Ela põe umas pastilhas na mão e as coloca na minha mesa.

— Altoids — diz Eddie. — É só uma suposição, mas ouvi falar que Altoids são uma maravilha para quem está de ressaca. — Ela empurra as pastilhas para mim e vai embora.

Fico encarando as pastilhas, irritado por ela ter presumido que estou de ressaca. Não devo ser tão bom em disfarçar meus sentimentos quanto pensava. Fico desapontado comigo mesmo. Desapontado por ter perdido a calma, desapontado por não ter agido racionalmente em relação a toda essa situação com Lake, desapontado por ter de lidar agora com esse enorme dilema. Ainda estou encarando as pastilhas quando Lake se aproxima de minha mesa e põe sua prova no topo da pilha.

— Meu humor está tão na cara assim? — pergunto retoricamente.

Ela pega duas pastilhas e sai da sala sem dizer nada. Suspiro e me recosto na cadeira, pondo os pés em cima da mesa. Hoje com certeza é o segundo pior dia da minha vida.

— Não aguento esperar tanto tempo, cara. — Gavin está de volta na sala e fecha a porta após entrar. Ele joga a mochila na mesa, aproxima-se e se senta em cima dela. — Afinal *o que* está acontecendo, Will? No que estava pensando?

Balanço a cabeça e dou de ombros. Não estou pronto para conversar sobre isso naquele momento, mas devo uma explicação a ele. Tiro os pés da mesa e apoio a cabeça nas mãos, esfregando os dedos nas têmporas.

— Nós não sabíamos.

Gavin ri, sem acreditar.

— Não sabiam? Como é que *não* sabiam?

Fecho os olhos e suspiro. Ele tem razão. Como é que a gente não sabia?

— Não sei. Simplesmente... não falamos sobre isso — digo. — Passei o final de semana todo fora. Não nos falamos desde nosso encontro na quinta. Esse assunto... não foi mencionado e pronto. — Balanço a cabeça, organizando meus pensamentos enquanto falo. Estou totalmente confuso.

— Então você *acabou* de descobrir que ela é sua aluna? Tipo *agora*?

Faço que sim com a cabeça.

— Não transou com ela, não é?

Demoro um instante para assimilar a pergunta. Ele interpreta meu silêncio como culpa, inclina-se para a frente e sussurra:

— Você transou com ela, não foi? Vai acabar sendo demitido, cara.

— Não, não transei com ela!

Ele continua me fulminando com o olhar, tentando analisar meu comportamento.

— Então por que está tão chateado? Se não transou com ela, então não está correndo perigo. Duvido que ela vá denunciá-lo se tudo o que fez foi beijá-la. É com isso que está se preocupando? Com ela denunciar você?

Balanço a cabeça, pois não é mesmo com isso que estou preocupado. Pelo jeito de Lake, deu para perceber que a possibilidade de me denunciar nem lhe passou pela cabeça. Ela estava chateada, mas não comigo.

— Não. Não, sei que ela não vai contar nada. É que... — Passo a mão na testa e suspiro. Não faço ideia de como lidar com isso. Não faço a mínima ideia. — Merda — digo, exasperado. — Só preciso pensar um pouco, Gavin.

Passo os dedos pelo cabelo e junto as mãos atrás da cabeça. Acho que nunca fiquei tão confuso e arrasado na vida. Tudo o que lutei para conquistar pode ir por água abaixo por causa de minha burrice. Daqui a três meses me formo, e, se essa notícia se espalhar, minha carreira está arruinada.

No entanto, o que me deixa confuso é o fato de que não é minha carreira que está me deixando tão transtornado. É *ela*. O que estou sentindo é por causa *dela*. O maior motivo para eu estar tão chateado é que, de alguma maneira, sinto como se a tivesse magoado.

— Ah — diz Gavin, baixinho. — *Merda*.

Olho para ele, confuso com sua reação.

— O que foi?

Ele se levanta e aponta para mim.

— Você *gosta* dela — diz ele. — É por *isso* que está tão chateado. Já está apaixonado por ela, não é?

Ele pega a mochila e segue em direção à porta, balançando a cabeça. Eu nem me dou o trabalho de negar. Ele viu como eu estava olhando para ela na outra noite.

Quando a porta da sala se abre e vários alunos começam a entrar, Gavin volta para minha mesa e sussurra:

— Eddie não sabe de nada. Não vi mais ninguém conhecido na competição de poesia slam, então não se preocupe com isso. Você só precisa decidir o que vai fazer. — Ele se vira para a porta e vai embora... no mesmo instante em que meu orientador entra.

Merda!

UMA COISA aprendi bem a fazer na vida: me adaptar.

De alguma maneira, consegui sobreviver à observação são e salvo e cheguei ao fim das aulas sem dar nenhum soco na parede. Se vou aguentar o restante do dia, sabendo que ela está logo ali do outro lado da rua, já é outra questão.

Quando Caulder e eu paramos o carro na frente de casa, ela está sentada no jipe. Está tapando os olhos com o braço e parece estar chorando.

— Posso ir para a casa de Kel? — pergunta Caulder ao sair do carro.

Faço que sim com a cabeça. Deixo minhas coisas no carro, fecho a porta e depois atravesso a rua lentamente. Ao alcançar a traseira do carro dela, paro para pensar. Sei o que precisa ser feito, mas saber de algo e aceitar isso são duas coisas completamente diferentes. Já me perguntei várias vezes o que meus pais teriam feito nessa situação. O que a *maioria* das pessoas faria nessa situação? Claro que a resposta é fazer a coisa certa, obviamente. Tomar a decisão mais responsável. Afinal nós saímos juntos só uma vez. Quem pediria demissão por causa de *um* encontro?

Isso não devia ser tão difícil. Por que está sendo tão difícil?

Eu me aproximo e bato delicadamente na janela do carona. Ela se assusta, abaixa o retrovisor e se olha no espelho, tentando disfarçar qualquer sinal de sofrimento. Após ela destrancar a porta, eu a abro e me sento. Fecho a porta, ajeito o banco e apoio os pés no painel. Meu olhar vai parar no bilhete que deixei debaixo do limpador de para-brisa hoje de manhã. Está desdobrado, em cima do console. Quando escrevi que a encontraria às 16 horas, não foi isso que imaginei de jeito nenhum. Olho para ela, que está evitando olhar para mim. Só de vê-la fico com um nó na garganta. Não faço ideia do que dizer. Não faço ideia do que ela está pensando.

— No que está pensando? — pergunto, por fim.

Ela se vira lentamente para mim, põe a perna em cima do banco e depois a abraça, apoiando o queixo no joelho. Nunca na minha vida quis tanto ser um joelho.

— Estou muito confusa, Will. Nem *sei* o que pensar.

Para ser sincero, também não sei o que pensar. *Nossa, como sou idiota.* Como pude deixar isso acontecer? Suspiro e olho pela janela do carona. Não consigo, de maneira alguma, manter a compostura olhando nos olhos dela.

— Desculpe — digo. — É tudo culpa minha.

— Não é culpa de ninguém — diz ela. — Para que a culpa seja de alguém, a pessoa precisaria ter tomado uma decisão consciente. Mas você não sabia, Will.

Eu *não* sabia. Mas não saber é culpa minha.

— Mas é exatamente isso, Lake — insisto, me virando para ela. — Eu devia saber. Meu trabalho não requer um comportamento ético apenas na sala de aula; ele se aplica a todos os aspectos da minha vida. Não percebi isso porque não fiz meu trabalho direito. Quando você disse que tinha 18 anos, imaginei que estivesse na faculdade.

Ela desvia o olhar e sussurra:

— Fiz 18 anos há apenas duas semanas.

Essa frase. Se essa frase tivesse sido dita alguns dias atrás, tudo isso poderia ter sido evitado. Por que *diabos* não perguntei quando era o aniversário dela? Fecho os olhos e apoio a cabeça no banco, me preparando para lhe explicar minha situação peculiar. Quero que ela entenda melhor por que não podemos ficar juntos.

— Sou um professor-estudante — digo. — Tipo isso.

— *Tipo isso?*

— Depois que meus pais morreram, dobrei a quantidade de matérias que cursava. Consegui créditos para me formar com um semestre de antecedência. Como o colégio estava com poucos professores, eles me ofereceram um contrato de um ano. Então tenho mais três meses como professor-estudante. Depois disso, meu contrato vai até junho do ano que vem. — Olho para ela, que está de olhos fechados. Está balançando a cabeça de forma tão sutil, como se não entendesse o que estou dizendo, ou como se não quisesse escutar. — Lake, preciso desse emprego. Foi para isso que me esforcei durante esses três anos. Estamos falidos. Meus pais deixaram muitas dívidas, e tenho as mensalidades da faculdade para pagar. Não posso pedir demissão agora.

Ela lança um olhar para mim, quase como se eu a tivesse insultado.

— Will, eu entendo. Nunca pediria que arriscasse sua carreira. Você trabalhou muito para isso. Seria burrice jogar tudo fora por causa de alguém que conhece há apenas uma semana.

Ah, mas eu faria isso, sim. Se você pedisse... eu faria isso.

— Não estou dizendo que você me pediria para fazer isso. Só quero que entenda meus motivos.

— Eu entendo — diz ela. — É até ridículo supor que o que nós temos é algo pelo qual vale a pena correr riscos.

Ela pode negar o quanto quiser, mas sei que está sentindo o mesmo que eu, o que quer que seja isso. Dá para ver nos olhos dela.

— Nós dois sabemos que é mais que isso.

Assim que as palavras saem dos meus lábios, me arrependo. Essa garota é minha *aluna*. A-L-U-N-A! Eu *preciso* enfiar isso na minha *cabeça*.

Ficamos em silêncio. A falta de conversa desperta as emoções que estamos tentando suprimir. Ela começa a chorar, e, apesar de minha consciência estar gritando comigo, não posso deixar de consolá-la. Puxo-a para perto, e ela enterra o rosto na minha camisa. Quero muito afastar o pensamento de que essa é a última vez em que vou abraçá-la assim — mas sei que é verdade. Sei que tudo vai acabar logo depois de nos despedirmos. Não tenho como ficar perto dela sabendo como ela consome meus pensamentos. Lá no fundo, sei que isso é uma despedida.

— Desculpe, de verdade — sussurro no cabelo dela. — Queria ser capaz de poder fazer algo para mudar as coisas. Preciso fazer isso direito... preciso fazer isso por Caulder. Não sei para onde eu e você vamos depois disso, ou como vamos fazer a transição.

— Transição? — pergunta Lake. Os olhos dela encontram os meus e estão dominados pelo pânico. — Mas... e se você conversar com o pessoal do colégio? Contar para eles que a gente não sabia. Perguntar quais são nossas opções.

Ela não sabe, mas passei as últimas cinco horas só pensando nisso. Pensei em todas as possibilidades que temos. Mas não existe *nenhuma* solução.

— Não posso, Lake. Não vai dar certo. *Não tem* como isso dar certo.

Ela se afasta de mim quando Kel e Caulder saem da casa dela. Solto-a relutantemente, sabendo que essa seria a última vez que a abraçaria. É bem provável que essa tenha sido a última vez que conversamos fora do colégio. Para que eu consiga fazer a coisa certa, sei que preciso esquecê-la completamente. Preciso ficar longe dela.

— Layken? — digo, hesitante. — Preciso falar com você sobre mais uma coisa.

Ela revira os olhos como se soubesse que é algo ruim, mas não responde. Ela fica esperando eu continuar.

— Preciso que vá à administração amanhã. Quero que saia da minha turma. Acho que não devíamos passar mais tempo juntos.

— Por quê? — pergunta ela, virando-se para mim. A mágoa em sua voz era exatamente o que eu temia ouvir.

— Não estou pedindo isso porque quero evitá-la. E sim porque o que nós temos não é apropriado. Precisamos nos afastar.

O sofrimento nos olhos dela é substituído pela incredulidade.

— Não é apropriado? — repete ela, sem acreditar. — Nos *afastarmos*? Você mora do outro lado da rua, Will!

A mágoa em sua voz, a raiva em sua expressão, o sofrimento em seus olhos; é demais. Vê-la tão aflita assim e não poder consolá-la é insuportável. Se eu não sair do carro agora, minhas mãos vão se emaranhar em seu cabelo e meus lábios vão se misturar com os seus numa questão de segundos. Escancaro a porta e saio.

Preciso respirar, só isso.

Ela também abre a porta e olha para mim por cima do capô do carro.

— Nós dois somos maduros o suficiente para saber o que é apropriado, Will. Você é a única pessoa que conheço aqui. Por favor, não peça para eu me comportar como se nem o conhecesse — implora ela.

— Ah, Lake. Você não está sendo justa. Não posso fazer isso. Nós não podemos ser *apenas* amigos. É a única escolha que temos.

Ela não faz ideia do quanto quase *não* agi como um amigo bem agora. Para mim é impossível ficar perto dessa garota e continuar fazendo a coisa certa. Não sou tão forte assim.

Ela abre a porta do carro e estende o braço para pegar suas coisas.

— Então está dizendo que é tudo ou nada, é isso? Sendo que *obviamente* o tudo *não* é nem uma opção! — Ela bate a porta e anda até sua casa. Ela para e chuta o duende de chapéu vermelho quebrado. — Antes da terceira aula de amanhã você vai estar livre de mim! — Ela bate a porta de casa, me deixando arrasado e destruído do lado de fora.

A última coisa que queria era deixá-la ainda mais chateada. Bato os punhos na parte de cima do jipe, furioso comigo mesmo por tê-la colocado nessa situação, para início de conversa.

— Droga! — grito.

Eu me viro para voltar para casa e deparo com Kel e Caulder. Os dois estão me encarando de olhos arregalados.

— Por que está tão bravo com Layken? — pergunta Kel. — Não vai ser o namorado dela?

Olho para a casa de Lake e junto as mãos atrás da cabeça.

— Não estou bravo com ela, Kel. Estou só... com raiva de mim mesmo. — Abaixo os braços e me viro para minha casa. Os dois se afastam quando passo entre eles. Enquanto pego minhas coisas no carro, escuto os garotos me seguindo. Ainda estou sendo seguido quando entro em casa e coloco a caixa no balcão, então me viro. — O que foi? — pergunto, com uma irritação nítida na voz. Os dois olham um para o outro e depois para mim.

— Hum. A gente só queria fazer uma pergunta — diz Caulder, nervoso. Ele senta-se num dos bancos e apoia o queixo na mão. — Maya disse que se Layken virar sua namorada e você se casar com ela, Kel e eu seremos acunhados.

Os dois garotos ficam me olhando cheios de esperança.

— É *cunhado*, e Layken não vai ser minha namorada — digo. — Somos apenas amigos.

Kel se vira e senta no outro banco.

— Ela arrotou demais, não foi? Ou deixou o sutiã no seu carro? Aposto que não deixou você tomar café, não foi?

Forço um sorriso falso e me aproximo da pilha de papéis.

— Isso mesmo — respondo. — Foi por causa do café. Ela é muito rigorosa.

Kel balança a cabeça.

— Sabia.

— Bem — diz Caulder. — Você podia tentar sair com ela outra vez e ver se acaba gostando dela. Eu e Kel queremos ser cunhados.

— Layken e eu não vamos sair de novo. Somos apenas amigos. — Olho para os dois com uma expressão séria. — Esqueçam esse assunto. — Eu me sento, pego uma caneta e a prova que está no topo da pilha.

É a prova *dela*.

Claro que só podia ser a prova dela. Fico encarando o papel, imaginando como é que essa situação pode melhorar. Só ver a letra dela faz minha pulsação disparar. Meu coração dói. Passo a ponta do dedo de leve por cima do seu nome. Tenho certeza de que é a letra mais linda que já vi.

— Por favor? — pede Kel.

Eu me contorço, tinha até esquecido que estavam aqui. *Preciso* parar de pensar nela assim. Ela é uma *aluna*. Ponho a prova virada para baixo de volta na pilha e me levanto.

— Kel, você gosta de pizza?

Ele balança a cabeça.

— Não. Eu *amo* pizza.

— Vá perguntar para a sua mãe se você pode ficar aqui com a gente essa noite. Precisamos de uma noite só dos homens.

Kel pula da cadeira, e os dois saem correndo de casa. Volto a me sentar e apoio a cabeça entre as mãos.

Hoje a parte chata do meu dia foi o dia inteiro, com certeza.

PONHO A MÃO na maçaneta da sala da administração, quase pensando duas vezes se devo mesmo entrar. Não estou a fim de lidar com a Sra. Alex hoje. Infelizmente, ela me vê pelo vidro e acena para mim. Aquele aceno de quem está *flertando*. Respiro fundo e abro a porta relutantemente.

— Bom dia, Will — cantarola ela, de forma irritante.

Sei que virei só "Will" para ela há dois anos, mas não custava nada ela ter consideração e me tratar como a todos os outros professores. Mas não vou me dar o trabalho de discutir.

— Bom dia. — Empurro um formulário para ela por cima da mesa. — Pode pedir ao Sr. Murphy para assinar isso e enviar por fax ao meu orientador?

Ela pega o formulário e o coloca numa bandeja.

— Faço qualquer coisa para você — diz ela, sorrindo. Retribuo com um breve sorriso e me viro para a saída, sem conseguir deixar de pensar na minha própria bunda. — Ah, a propósito — diz ela. — A aluna nova que matriculei ontem acabou de passar aqui para trancar sua matéria. Acho que ela não é muito fã de poesia. Você precisa assinar o formulário que entreguei para ela para oficializarmos tudo. Ela provavelmente está a caminho da sua sala agora.

— Obrigado — murmuro, saindo dali.

Isso vai ser impossível. Não dá para simplesmente apagar a existência de Lake. É bem provável que eu a veja todos os dias durante o trabalho, andando nos corredores... no refeitório... no estacionamento. Com certeza vou vê-la sempre, pois a casa dela é a primeira coisa que vejo quando saio da minha. Ou quando olho pela janela. Não que eu vá fazer isso.

Kel e Caulder estão se tornando inseparáveis, então vou acabar tendo de interagir com ela por causa dos dois. Tentar evitá-la não vai dar certo. Lake tem toda razão... isso não vai dar certo mesmo. Ontem fiquei repetindo para mim mesmo que o que ela disse não era verdade, mas era, sim. Será que a única alternativa é tentar ser amigo dela pelo menos? Está na cara que vamos precisar lidar com isso de alguma maneira.

Ao dar a volta no corredor, vejo que ela está parada ao lado da porta da minha sala, pressionando o formulário na parede para tentar falsificar minha assinatura. Meu primeiro instinto é me virar e ir embora, mas percebo que é exatamente esse tipo de situação que vamos ter de aprender a confrontar.

— Isso não é uma boa ideia — digo, antes que ela falsifique minha assinatura. Se existe uma pessoa capaz de reconhecer minha letra, essa pessoa é a Sra. Alex.

Lake vira-se e olha para mim. Suas bochechas ficam coradas, e ela desvia o olhar para minha camisa, envergonhada. Passo por ela, destranco a porta e gesticulo para que entre. Ela aproxima-se da minha mesa e bate com o formulário na superfície.

— Bem, como você não tinha chegado, achei melhor poupá-lo do incômodo — diz ela.

Ela não deve ter tomado café hoje. Pego o formulário e dou uma olhada.

— Literatura russa? Foi isso que escolheu?

Lake revira os olhos.

— Era isso ou botânica.

Puxo a cadeira e me sento, preparando-me para assinar o formulário. Assim que a ponta da minha caneta encosta no papel, percebo que, de certa maneira, estou sendo incrivelmente egoísta. Ela escolheu a aula de poesia como eletiva antes de saber que eu era o professor. Escolheu essa aula porque adora poesia. Seria extremamente egoísta obrigá-la a cursar literatura russa pelo resto do ano só porque fico constrangido quando penso nela. Hesito, mas acabo largando a caneta em cima do papel.

— Pensei bastante ontem à noite... sobre o que você disse. Não é justo pedir que você mude de turma só porque não fico à vontade com essa situação. Nós moramos a cem metros de distância um do outro, nossos irmãos estão virando melhores amigos. Essa aula, na verdade, vai ser uma coisa boa para a gente, vai nos ajudar a descobrir como nos comportar na presença do outro. — Enfio a mão na bolsa e pego a prova em que ela conseguiu, de alguma maneira, tirar nota máxima. — Além do mais, está na cara que você vai se sair muito bem no meu curso.

Ela pega a prova das minhas mãos e a olha.

— Não me incomodo em mudar de turma — diz baixinho. — Entendo por que me pediu isso.

Ponho a tampa na caneta e empurro a cadeira para trás.

— Obrigado, mas daqui para a frente as coisas só devem ficar mais fáceis, não é?

Ela balança a cabeça de maneira não muito convincente.

— Claro — concorda ela.

Sei que estou totalmente errado. Se ela voltasse para o Texas hoje mesmo, eu continuaria achando que estou perto demais dela. Ao mesmo tempo, sei que a essa altura não é com meus sentimentos que devo me preocupar. É com os dela. Já estraguei bastante a vida dela na semana passada, e a última coisa que quero é acrescentar literatura russa no meio de tudo isso. Amasso o formulário e o arremesso na lixeira. Erro o alvo. Então ela se aproxima, pega o papel e o joga dentro do cesto.

— Acho que nos vemos no terceiro horário, Sr. Cooper — diz ela ao sair da sala.

O fato de ela me chamar de "Sr. Cooper" me faz franzir as sobrancelhas. Odeio ser seu professor.

Ia preferir muito mais ser seu *Will*.

7.

a lua de mel

Lake não mexeu nenhum músculo nos últimos quinze minutos. Ficou assimilando cada palavra que eu disse. Relembrar o dia em que nos conhecemos e nosso primeiro encontro foi mesmo divertido. Relembrar as coisas que nos separaram é difícil.

— Não estou gostando mais de conversar sobre isso — digo. — Parece que está deixando você triste.

Ela arregala os olhos e vira o corpo para mim.

— Não, Will. Adoro ouvir o que estava pensando durante tudo o que aconteceu. Na verdade, acho que isso me ajuda bastante a entender melhor as coisas que fez. Não sei por que achei que você meio que botava a culpa em mim.

Beijo-a delicadamente nos lábios.

— Como poderia culpá-la, Lake? Tudo que eu queria era você.

Ela sorri e apoia a cabeça no meu antebraço.

— Não acredito que minha mãe disse para você deixar aquele bilhete — diz ela.

— Caramba, Lake. Aquilo foi tão constrangedor. Você não faz ideia.

Ela ri.

— Minha mãe adorava você, sabia? Quero dizer, no início. No fim, ela *amava* você. Foi nesse meio-tempo que os sentimentos dela meio que enfraqueceram.

Penso no dia em que Julia descobriu e no quanto deve ter ficado preocupada com Lake. Ter tanta coisa acontecendo na vida dela, como era o caso, e ainda por cima ver a filha sofrendo? É inimaginável.

— Lembra quando ela descobriu que você era meu professor? — pergunta Lake. — Seu olhar quando ela estava indo na sua direção foi péssimo. Fiquei com tanto medo de que você achasse que eu tinha contado por estar com raiva de você...

— Fiquei com muito medo nesse dia, Lake. Ela era bem intimidante quando queria. Claro que percebi que sua mãe tinha um lado mais vulnerável depois que conversamos de novo naquela noite, mas mesmo assim. Fiquei morrendo de medo dela.

Lake levanta-se bruscamente e olha para mim.

— Como assim quando cês conversaram *de novo*?

— Mais tarde naquela mesma noite, quando ela bateu outra vez lá em casa. Nunca te contei?

— Não — responde ela abruptamente, quase como se eu tivesse a enganado. — Por que ela voltou lá? O que disse?

— Espere, deixe eu começar do início. Quero contar sobre o dia antes de ela ter descoberto — digo. — Apresentei um poema sobre você na competição de slam.

Ela fica animada.

— Não acredito! Como é que nunca me contou isso?

Dou de ombros.

— Eu estava triste. Não foi um poema feliz.

— Mas quero saber mesmo assim — diz ela.

essa *garota*

Espero que essa situação seja como uma dieta, pois dizem que no terceiro dia os desejos começam a diminuir. Espero mesmo que seja esse o caso. O fato de ela se sentar a meio metro de mim durante a aula faz minha mente virar um maldito turbilhão. Preciso usar todas as minhas forças para não encará-la durante o terceiro horário. Na verdade, passo a aula inteira tentando *não* olhar para ela. E até que tenho conseguido, o que é bom, pois Gavin continua me observando como um falcão. Pelo menos foi o que pareceu hoje. Jamais quis tanto que um final de semana chegasse logo.

Mais. Um. Dia.

— Pode ser que eu chegue um pouco mais tarde hoje, Maya. Vou me apresentar, então talvez fique até o final.

Ela se joga no sofá com um pote de sorvete.

— Tá, tanto faz — diz ela.

Pego as chaves e saio de casa. Por mais que me esforce, não consigo deixar de olhar para o outro lado da rua durante minha breve caminhada até o carro. Posso jurar que vi a cortina da sala dela se fechar rapidamente. Paro e fico olhando por um instante, mas nada mais se move.

Sou um dos primeiros a chegar, então me sento mais na frente da boate. Espero que a energia da plateia me distraia por tempo suficiente para eu me animar um pouco. Quase tenho vergonha de admitir, mas estou mais arrasado com essa situação com Lake do que fiquei quando Vaughn terminou comigo. Tenho certeza de que boa parte desse sofrimento se misturou com o sofrimento que eu estava sentindo por ter perdido meus pais, então talvez seja por isso que estou achando diferente. Como é que posso ficar tão perturbado por ter terminado tudo com uma garota que nem era minha namorada?

— Oi, Sr. Cooper — diz Gavin.

Ele e Eddie puxam as cadeiras e se sentam na mesma mesa que eu. Diferentemente da semana passada, hoje fico até feliz com a distração que eles me proporcionam.

— Pela última vez, Gavin, me chame de Will. É estranho você me chamar assim quando não estamos no colégio.

— Oi, *Will* — diz Eddie, com certo sarcasmo. — Vai recitar algum poema hoje?

Estava planejando me apresentar, mas ao ver Gavin aqui fiquei em dúvida. Sei que a maioria dos meus poemas são mais metafóricos, mas ele vai entender na hora o que esse significa. Não que isso importe, pois ele já sabe como estou me sentindo.

— Vou, sim — digo para Eddie. — Vou apresentar um poema novo.

— Legal — diz ela. — Foi escrito para aquela garota? — Ela se vira e olha ao redor da boate. — Cadê ela? Achei que tinha visto você ir embora com uma mulher na semana passada. — Ela volta a olhar para mim. — Era sua namorada?

Gavin e eu nos olhamos nesse exato instante. Sua expressão indica que ele não contou nada para Eddie. Tento responder de uma maneira neutra.

— Era apenas uma amiga.

Eddie põe o lábio inferior para fora e faz um bico.

—Amiga, é? Que saco. A gente precisa te arranjar alguém. — Ela se inclina para a frente em cima da mesa e apoia o queixo nas mãos enquanto me observa. — Gavin, quem a gente pode apresentar a Will?

Ele revira os olhos.

— Por que você sempre acha que precisa arrumar pares para todo mundo? Não são todas as pessoas que acham que é necessário estar namorando durante todos os segundos da vida. — Está na cara que ele está querendo mudar de assunto, e fico grato por isso.

— Eu não tento arrumar pares para *todo mundo* — diz ela. — Só para as pessoas que parecem estar precisando muito. — Ela olha para mim. — Sem querer ofender, Will. É que... você sabe. Você nunca sai com ninguém. Talvez te faça bem.

— Chega, Eddie — retruca Gavin.

— *O que foi*? Duas pessoas, Gavin! Tentei descolar um par para duas pessoas essa semana. Isso não é exagero. Além disso, acho que já descobri quem é a pessoa ideal para Layken.

Quando Eddie fala o nome dela, mudo de posição na cadeira imediatamente. Gavin também.

— Acho que vou ver se Nick a convida para sair — diz ela, pensando em voz alta.

Antes que Gavin possa responder, o "sac" é chamado para se apresentar. Fico aliviado por não precisar mais conversar sobre esse assunto, mas não consigo negar a pontada de ciúmes que acabei de sentir.

O que eu achava que ia acontecer depois de tudo isso? Claro que ela vai sair com outras pessoas. Lake ainda tem um ano inteiro de colégio; seria maluquice *não* sair com ninguém. Mas isso não significa que vou ficar feliz quando isso realmente acontecer.

— Já volto — digo, pedindo licença.

Só se passaram cinco minutos, e já estou precisando de um tempinho longe de Eddie.

Quando volto do banheiro, o "sac" terminou a apresentação. Assim que me sento, o apresentador me chama ao palco para que eu comece o slam.

— Merda pra você! — diz Gavin, quando me levanto.

— Isso se diz no teatro, Gavin — repreende Eddie, batendo no braço dele.

Subo os degraus e paro diante do microfone. Pelas experiências passadas, já percebi que se me concentrar e escrever minhas emoções com total sinceridade, a apresentação pode até mesmo se tornar uma espécie de terapia. E estou mesmo precisando sentir um certo alívio depois de tudo o que aconteceu essa semana.

— Meu poema se chama *Essa garota*.

Faço o que posso para evitar o olhar fulminante de Gavin, mas pela expressão dele fica óbvio que percebeu que o poema é sobre Lake assim que o título saiu de minha boca. Fecho os olhos, inspiro profundamente e só então começo.

Ontem à noite sonhei com essa garota.
Caramba.
Essa *garota*.
No meu ***sonho***, eu estava na beira de um ***penhasco***
Olhando para ***baixo***, vendo um ***vale extenso e infértil***
Estava sem ***sapatos***, e as pedras se ***despedaçavam***
debaixo dos meus ***dedos***.
Teria sido tão ***fácil*** dar um passo para trás,

Me *afastar* da *beirada*,
De uma *vida inevitável* que, *por algum motivo*,
tinha sido *escolhida* para mim. Uma vida que, *por algum motivo*, tinha se tornado minha única opção.
Aquela tinha sido minha vida *por dois anos*, e eu já havia *aceitado* isso.
Não tinha me *entregado* tanto a ela,
Mas *tinha* aceitado.
Era meu lugar.
Por mais que ela não me parecesse *interessante*, por mais que eu *ansiasse*
pelos *rios* e *montanhas* e *árvores*,
Por mais que eu *ansiasse* por ouvir a *música* de tudo isso...
Por ouvir a... *poesia* deles?
Dava para perceber que as coisas pelas quais *eu* ansiava não tinham sido *escolhidas* por mim...
elas tinham sido escolhidas *para* mim.
Então... fiz a única coisa que podia fazer.
A única coisa que *devia* fazer.
Eu me preparei para me *entregar* a essa vida.
Reuni toda a minha força e respirei *fundo*. Coloquei as *mãos* na beirada do *penhasco* e comecei a me *abaixar* nas *pedras* que se projetavam na *beirada*.
Enterrei os *dedos* bem no *fundo* das *rachaduras* e, *lentamente*,
comecei a me *abaixar*.
Descendo até o *extenso*
e *infértil*
vale
que se tornara
minha

vida.
Mas *então*...
Então essa *garota*...
Caramba, essa *garota*...
Ela apareceu *do nada*, em pé *bem* na minha frente,
na beirada daquele *penhasco*. Ela *baixou* o olhar,
com os *olhos tristes* que tinham um *milhão* de
quilômetros de *profundidade*...
e *sorriu* para mim.
Essa garota *sorriu* para mim.
Foi um *olhar* que *atravessou* meu *âmago* e *perfurou*
meu *coração* como se fosse um *milhão* de flechas de
cupido,
Uma em cima da *outra*, em cima da *outra*,
em cima da *outra*
Bem...
no meu...
coração...
Agora, *essa* seria a parte do sonho em que a *maioria* das
garotas
se curvaria e seguraria minhas *mãos*, dizendo para eu não
ir em frente... para não *fazer* aquilo. *Essa* é a parte do
sonho
em que a *maioria* das garotas seguraria meus *pulsos* e se
preparariam,
fincando os *pés* para me *erguer* com *toda* a força que
tivessem. *Essa* é a parte do sonho em que a *maioria* das
garotas *gritaria* o mais *alto* possível, pedindo ajuda,
fazendo *tudo* o que pudesse para me *salvar*...
Para me *resgatar*

daquele
extenso
e *infértil*
vale
lá embaixo.
Mas *essa* garota.
Essa garota não é como a maioria das garotas.
Essa garota...
Essa garota fez algo ainda *melhor*.
Primeiro, ela se sentou na beirada do *penhasco* e *tirou* os sapatos, e nós dois ficamos observando enquanto eles *caíam* e *caíam* e *caíam* e *continuavam caindo* até tocarem o *chão*. Um sapato em cima do outro naquele *vale extenso e infértil lá embaixo.*
Então ela *tirou* um *elástico* de cabelo do pulso,
jogou o braço para trás...
E prendeu o *cabelo*
Num *coque*.
E então essa garota
Essa *garota...*
Ela *pôs* as *mãos* bem ao lado das *minhas* na *beirada* do *penhasco*
e, *lentamente*, começou a *descer*. Ela enfiou os *pés descalços* em *qualquer* rachadura que *encontrasse* ao lado da minha. Ela enterrou os *dedos* da *mão direita* nas *aberturas* entre as *rochas*, e depois colocou a mão
esquerda
bem...
em *cima...*
da *minha.*

Ela olhou para o *vale extenso e infértil embaixo* de nós, então olhou de volta para mim e *sorriu*.
Ela *sorriu*.
Ela *olhou* para mim, *sorriu* e disse...
"Está *pronto*?"
E eu *estava*.
Finalmente estava.
Jamais tinha me sentindo tão *pronto* na *vida*.
Pois é...
Essa *garota*.
Minha mãe teria *amado* essa garota.
Pena que ela não passou de um *sonho*.

Fecho os olhos e ignoro o barulho da plateia enquanto espero meus pulmões encontrarem o ritmo certo outra vez. Quando desço do palco e volto para a mesa, Eddie levanta-se, enxugando algumas lágrimas. Ela olha para mim e franze a testa.

— Por acaso, você iria morrer se apresentasse algo *engraçado* pelo menos uma vez, é? — Ela sai correndo para o banheiro, imagino que para retocar a maquiagem.

Olho para Gavin e rio, mas ele está me encarando com os braços cruzados em cima da mesa.

— Will, acho que tive uma ideia.

— Com relação a...

— A você — diz ele, apontando para o palco. — E sua... situação.

Eu me inclino para a frente.

— O que tem minha *situação*?

— Conheço uma pessoa — diz ele. — Ela trabalha com minha mãe. Tem sua idade, é bonita e está na *faculdade*.

Balanço a cabeça imediatamente.

— Não. De jeito nenhum — digo, encostando-me na cadeira.

— Will, você não pode ficar com Layken. Se seu poema teve alguma coisa a ver com ela, e acho que teve *tudo* a ver com ela, então você precisa descobrir uma maneira de superar isso. Caso contrário, vai acabar arruinando toda a sua carreira por causa *dessa garota*. Uma garota com quem saiu *uma* vez! Uma!

Continuo balançando a cabeça por causa do raciocínio dele.

— Não estou querendo uma namorada, Gavin. Nem estava querendo nada quando conheci Lake. Estou bem desse jeito; definitivamente não preciso acrescentar drama feminino à minha vida.

— Você não vai acrescentar drama. Vai preencher um vazio bem nítido. Você precisa de uma namorada. Eddie tinha razão.

— Eu tinha razão sobre o quê? — pergunta Eddie, voltando para seu lugar.

Gavin gesticula na minha direção.

— Sobre Will. Ele precisa sair com alguém. Não acha que ele e Taylor combinariam?

Eddie fica animada.

— Nem tinha pensado nela! Sim! Will, você vai adorar essa menina — diz ela, empolgada.

— Não vou deixar vocês arranjarem alguém para mim. — Pego meu casaco. — Preciso voltar para casa. Vejo vocês amanhã na aula.

Eddie e Gavin se levantam.

—Amanhã pego o número do telefone dela — avisa Eddie. — Pode ser no sábado à noite? Vocês dois podiam sair com a gente.

—Não vou fazer isso. — Eu me afasto sem me virar nem ceder.

8.

a lua de mel

— Então — diz Lake. — Duas coisas. Primeira. O poema foi... arrasadoramente *lindo*.

— Assim como o tema — digo. Eu me inclino para beijá-la, mas ela ergue a mão e afasta meu rosto.

— Segunda coisa — diz ela, estreitando os olhos. — Gavin e Eddie tentaram te arranjar alguém? — Ela solta o ar e se senta na cama. — Ainda bem que você não concordou. Nossa situação até que podia ser bem complicada, mas eu nunca teria saído com ninguém sentindo o que sentia por você.

Mudo de assunto antes que ela perceba que, apesar de eu não ter *concordado*, Eddie é bem persistente.

— OK, agora a sexta à noite — digo, fazendo-a parar de pensar no encontro. — E sua mãe.

— Isso — concorda ela, encontrando uma posição confortável ao meu lado e colocando a perna em cima da minha. — Minha mãe.

Segredos

— Massa de novo? — choraminga Caulder. Ele pega o prato de comida em cima do balcão e se senta.

— Se não gosta, aprenda a cozinhar.

— *Eu* gosto — diz Kel. — Minha mãe sempre faz legumes e frango. Deve ser por isso que sou tão pequeno, porque sou mal putrido.

Eu rio e o corrijo.

— É mal *nutrido*.

Kel revira os olhos.

— Foi o que eu disse.

Pego minha tigela e a encho de massa... outra vez. Nós comemos massa pelo menos três vezes por semana, pois somos apenas nós dois. Não vejo motivos para preparar refeições caras somente para mim e um menino de 9 anos. Eu me sento ao balcão na frente dos dois garotos e encho os copos com chá.

— Hora do chato-e-legal — diz Caulder.

— O que é chato-e-legal? — pergunta Kel.

Assim que Caulder começa a explicar, alguém bate à porta. Quando a abro, fico surpreso ao ver Julia. A presença dela com certeza se tornou mais intimidante desde o momento em que a conheci, especialmente depois da tarde de hoje, quando ela descobriu que eu era professor.

Ela olha para mim, séria, as mãos nos bolsos do uniforme do hospital.

— Ah. Oi — digo, tentando disfarçar meu nervosismo. — Kel começou a comer. Se quiser, peço para ele voltar para casa assim que terminar.

— Na verdade... — começa ela. Ela olha para os garotos por cima do meu ombro, depois volta o olhar para mim e abaixa o tom de voz. — Queria mesmo era conversar com você se tiver um minuto.

Ela parece um pouco nervosa, o que me deixa dez vezes mais nervoso.

— Claro. — Dou um passo para o lado e gesticulo para ela entrar.

— Vocês dois podem comer no quarto, Caulder. Preciso conversar com Julia.

— Mas a gente nem contou nosso chato-e-legal de hoje — diz Caulder.

— Façam isso no quarto. Mais tarde conto o meu.

Os garotos pegam as tigelas e copos, vão para o quarto de Caulder e fecham a porta. Quando me viro de volta para Julia, vejo que ela está sorrindo.

— Chato-e-legal? — pergunta ela. — É assim que você faz ele contar a parte boa e a ruim do dia?

Sorrio e confirmo com a cabeça.

— Começamos há uns seis meses. — Eu me sento no mesmo sofá que ela. — Foi ideia do terapeuta dele. Mas a versão original não se chama chato-e-legal. Meio que mudei o nome para que ele achasse isso mais divertido.

— Que fofo — diz ela. — Eu devia começar a fazer isso com Kel.

Dou um sorriso sutil para ela, mas não respondo. Não sei o que está fazendo aqui nem quais são suas intenções, então fico em silêncio aguardando ela continuar. Julia respira fundo e olha para a foto da minha família pendurada na parede à sua frente.

— São seus pais? — pergunta, apontando para a foto.

Relaxo no sofá e olho para a foto.

— São. Minha mãe se chamava Claire. Meu pai, Dimas. Ele era metade porto-riquenho e recebeu o mesmo nome do avô materno.

Julia sorri.

— Isso explica seu bronzeado natural.

É óbvio que está tentando evitar algum assunto. Ela continua fitando a foto.

— Se incomoda se eu perguntar como eles se conheceram?

Algumas horas atrás ela estava querendo arrancar minha cabeça depois de descobrir que eu era professor de Lake e agora está querendo me conhecer melhor? O que quer que esteja acontecendo, não estou em posição de questioná-la de maneira alguma, então respondo a pergunta.

— Eles se conheceram na faculdade. Bem, minha mãe estava na faculdade. Meu pai era, na verdade, integrante de uma banda que tocava na universidade. Ele só começou o ensino superior alguns anos depois que se conheceram. Minha mãe era uma das responsáveis por marcar os shows, então acabaram se conhecendo. Ele a convidou para sair e pronto. Se casaram dois anos depois.

— Com o que eles trabalhavam?

— Minha mãe trabalhava com recursos humanos. Meu pai era... Ele ensinava inglês. — Fico constrangido só de pensar em dizer a palavra *professor* na frente dela. — Não ganhavam muito, mas eram felizes.

Ela suspira.

— É isso que importa.

Faço que sim com a cabeça, concordando. Ficamos num silêncio constrangedor enquanto ela examina as fotos nas paredes ao nosso redor. Sinto como se ela quisesse falar sobre tudo o que aconteceu hoje mais cedo e não soubesse como.

— Olhe, Julia. — Viro para ela no sofá. — Lamento mesmo o que aconteceu entre mim e Lake... entre mim e *Layken*. Não foi justo colocá-la nessa posição, e estou me sentindo péssimo por isso. Foi totalmente culpa minha.

Ela sorri, estende o braço e dá um tapinha no dorso de minha mão.

— Sei que não era sua intenção, Will. O que aconteceu foi um infeliz mal-entendido, sei disso. Mas... — Ela suspira e balança a cabeça. — Por mais que eu goste de você e o considere um ótimo rapaz... isso não é certo. Lake nunca se apaixonou e fico assustada quando penso na maneira como ela chegou em casa na quinta-feira. Sei que minha filha quer fazer a coisa certa, mas também sei que faria de tudo para repetir aquele momento. É a primeira vez que a vejo tão feliz desde que o pai morreu.

Escutá-la afirmar que os sentimentos de Lake eram tão intensos quanto os meus só torna toda a situação ainda mais difícil. Sei que ela só está tentando argumentar, mas é um argumento que prefiro não ouvir.

— O que estou tentando dizer é que... isso está nas suas mãos, Will. Sei que ela não é forte o suficiente para não ir atrás do que o coração quer, então preciso que me prometa que você *vai* fazer isso. Você tem mais a perder do que ela. Isso não é um conto de fadas. É a realidade. Se vocês dois acabarem deixando o coração falar mais alto, e não a razão, isso vai acabar sendo um desastre.

Mudo de posição no sofá e tento pensar numa maneira de responder. Está claro que Julia é o tipo de pessoa que percebe quando alguém está de papo-furado, então preciso ser sincero.

— Gosto de Layken, Julia. E fique sabendo que me importo com ela. Sei que só a conheço há pouco mais de uma semana, mas... é verdade. Eu me importo com ela. E é exatamente por isso que não precisa se preocupar com nada. Tudo que quero é ajudá-la a superar... o que quer que seja que esteja sentindo. Sei que a única maneira de conseguir isso é mantendo contato estritamente profissional. E prometo que vou fazer isso.

Escuto as palavras saindo de minha boca e gostaria de admitir que estou sendo cem por cento honesto. No entanto, sendo cem por cento honesto *comigo mesmo*, sei que não sou tão forte assim. E é por isso que preciso ficar longe de Lake.

Julia põe o cotovelo no encosto do sofá e apoia a cabeça.

— Você é uma pessoa boa, Will. Espero que um dia ela tenha a sorte de encontrar alguém que tenha pelo menos metade de sua bondade. Só não quero que isso aconteça agora, sabe? E muito menos nessas circunstâncias.

Concordo com a cabeça.

— Também não quero que isso aconteça com ela agora — digo baixinho. E estou mesmo falando a verdade. Tenho certeza absoluta de que não quero que todas as minhas responsabilidades sejam um fardo para Lake. Ela é jovem e, diferente de mim, ainda tem a oportunidade de ter um futuro perfeito. Não quero ser responsável por privá-la disso.

Julia encosta-se no sofá e olha para a foto de meus pais mais uma vez. Fico observando-a encarar a imagem. Agora entendo de onde Lake herdou o olhar distante. Me pergunto se os olhos das duas eram abatidos antes de o pai de Lake morrer ou se essa é apenas uma reação natural depois que alguma pessoa próxima morre. Fico me perguntando se também fico abatido assim quando penso em meus pais.

Julia leva a mão até a bochecha e enxuga as lágrimas que brotam em seus olhos. Não sei por que está chorando, mas sinto a tristeza imediatamente. Ela está exalando tristeza.

— Como foi para você? — sussurra ela, ainda encarando a foto.

Eu me viro para a frente mais uma vez e olho para a foto deles.

— Como foi *o quê*? — pergunto. — A morte deles?

Ela faz que sim com a cabeça, mas não olha para mim. Eu me encosto e cruzo os braços, apoiando a cabeça no sofá mais uma vez.

— Foi... — Percebo que nunca contei para ninguém o que senti. Com exceção da poesia sobre a morte deles que apresentei na competição, jamais toquei no assunto com ninguém. — Foi como se todos os pesadelos que já tive em toda a vida se tornassem realidade num único segundo.

Ela fecha os olhos e tapa a boca, virando-se rapidamente.

— Julia?

Agora ela não está mais conseguindo segurar as lágrimas. Eu me aproximo dela no sofá, ponho o braço ao seu redor e a puxo para perto de mim. Sei que não está chorando por causa do que eu disse. Está chorando por algum motivo completamente diferente. Tem alguma coisa mais importante acontecendo, não é só essa situação entre mim e Lake. É algo bem mais importante. Eu me afasto e olho para ela.

— Julia, me conte — digo. — O que foi?

Ela se afasta e se levanta, indo em direção à porta.

— Preciso ir — diz em meio a lágrimas.

Sai da minha casa antes que eu possa detê-la. Quando chego lá fora, vejo que ela está na entrada da minha casa, chorando descontroladamente. Eu me aproximo sem saber o que fazer. Sem saber se estou na posição de tomar alguma atitude, mesmo se quisesse.

— Olhe, Julia. Seja lá o que for, precisa conversar sobre isso. Não precisa contar para mim, mas tem de falar sobre isso com alguém. Quer que eu chame Layken?

Ela olha para mim no mesmo instante.

— Não! — diz ela. — Não. Não quero que ela me veja tão chateada.

Ponho as mãos em seus ombros.

— Está tudo bem? Você está bem?

Ela desvia o olhar do meu, revelando que acertei na mosca. Ela não está bem. Ela se afasta de mim e enxuga as lágrimas com a camisa. Inspira fundo algumas vezes, tentando evitar que mais lágrimas escorram.

— Não estou pronta para que eles descubram, Will. Ainda não. — Ela se abraça com firmeza e olha para a própria casa. — Só quero que tenham mais um tempinho para se ajustar. Já passaram por tanta coisa esse ano. Ainda não dá para contar para eles. Vai destruí-los.

Ela não diz com todas as letras, mas dá para perceber na voz. Ela está doente.

Passo os braços ao seu redor e a abraço. Abraço-a pelo que está passando e por causa do que passou. Abraço-a por Lake, por Kel e abraço-a por Caulder e por mim. Abraço-a porque é tudo o que sei fazer.

— Não vou contar nada. Prometo. — Não faço ideia de como me colocar na situação dela e enfatizar isso.

Não consigo nem imaginar como essa situação deve ser difícil para ela. Saber que os dois filhos provavelmente vão ficar sozinhos no mundo? Pelo menos meus pais não sabiam o que estava prestes a acontecer. Pelo menos eles não tiveram de carregar o fardo de Julia.

Ela finalmente se afasta e enxuga os olhos outra vez.

— Peça para Kel voltar para casa quando acabar de comer. Preciso ir para o trabalho.

— Julia — digo. — Se em algum momento quiser conversar sobre isso...

Ela sorri, vira-se e vai embora. Fico parado na frente de casa, sentindo o maior vazio do mundo dentro de mim. Saber o que vai acontecer em breve na vida de Lake me dá mais vontade ainda de protegê-la. Já passei por isso e é algo que não desejo nem para meu pior inimigo. Muito menos para a garota por quem estou me apaixonando.

9.

a lua de mel

LAKE SAI DA CAMA E VAI ATÉ O BANHEIRO, ENXUGANDO OS OLHOS. Que ideia péssima. É exatamente por isso que não gosto de falar do passado.

— Lake — digo, indo atrás dela, que está olhando para o espelho do banheiro, passando um lenço de papel nos olhos. Paro atrás dela e abraço sua cintura, apoiando a cabeça em seu ombro. — Me desculpe. Não precisamos mais falar sobre isso.

Ela olha para meu reflexo no espelho.

— Will — sussurra ela, e depois se vira para mim e põe os braços ao redor de meu pescoço. — É só porque eu não fazia ideia. Não sabia que você tinha descoberto que ela estava doente.

Eu a puxo para perto de mim.

— Eu não podia simplesmente chegar e contar para você. Nós nem estávamos nos falando nessa época. E, além disso, nunca teria contrariado a vontade de sua mãe.

Ela ri na minha camisa, fazendo eu me afastar e olhar para ela.

— *O que foi?* — pergunto, confuso com a risada em meio às lágrimas.

— Acredite em mim — diz ela. — Sei muito bem como eram essas promessas que você fazia para ela. A gente passou um ano inteiro sofrendo as consequências da última promessa que você fez. — Ela joga o lenço no lixo e segura minha mão, levando-me de volta para a cama.

— Eu não diria sofrendo — digo, lembrando-me da noite passada. — Na verdade, tenho certeza de que valeu a pena esperar tanto.

Ela põe a mão entre a bochecha e o travesseiro, e nós nos viramos um para o outro. Passo os dedos pelo seu cabelo, coloco-o atrás das orelhas e a beijo na testa.

— Por falar em sofrer — comenta ela. — Espere só eu encontrar Gavin e Eddie de novo. Não acredito que tentaram arranjar alguém para você.

Afasto a mão de seu rosto e a coloco na cama, entre nós. Por alguma razão, não consigo tocar nela quando estou omitindo a verdade. Desvio o olhar e deito de costas. Se ela vai tocar nesse assunto com Eddie, é melhor eu contar logo tudo. Caso contrário, *todos* nós vamos sofrer.

— Hum... Lake? — digo, hesitante. Assim que pronuncio seu nome, ela balança a cabeça e zomba de mim.

— Você não... — diz ela, deixando transparecer o desapontamento. Ela é perceptiva demais.

Não respondo.

Meu silêncio a faz se levantar bruscamente e agarrar meu queixo, me obrigando a olhar para ela.

— Você saiu com *ALGUÉM*? — pergunta, sem acreditar.

Ponho a mão em sua bochecha num gesto afetuoso, na esperança de que meu toque amenize as palavras que vou dizer. Ela vira o rosto para o lado e se senta em cima dos joelhos, apoiando as mãos neles.

— Está falando *sério*?

Dou uma risada nervosa, tentando fazer pouco caso do assunto.

— Lake, você sabe como Eddie é insistente. Eu não queria ir. Além disso, foi só um encontro.

— Só um encontro? — repete ela. — Está dizendo que é impossível sentir algo por alguém depois de apenas um encontro? — Ela se vira na cama e se levanta, sentando-se na cadeira da mesa ao lado. Ela cruza os braços, balançando a cabeça mais uma vez. — Por favor, me diga que você não a beijou.

Eu me aproximo dela até ficar sentado na beirada da cama. Estendo o braço, seguro suas mãos e a olho nos olhos.

— Eu amo você — digo. — E estou aqui. Com você. *Casado* com você. Quem se importa com o que aconteceu num encontro bobo há mais de dois anos?

— Você a *BEIJOU*? — pergunta ela, puxando as mãos para longe. Ela põe o pé na cama entre minhas pernas e o pressiona, fazendo a cadeira deslizar vários metros para longe.

— Ela *me* beijou — digo, na defensiva. — E foi... Nossa, Lake. Não foi nada comparado a beijar você.

Ela me fulmina com o olhar.

— OK — confesso, fazendo o sorriso sarcástico desaparecer. — Não foi engraçado. Mas, é sério, está fazendo tempestade em um copo d'água. E, além do mais, você aceitou sair com Nick na semana seguinte. Lembra? Qual a diferença?

— Qual a *diferença*? — repete ela, pronunciando cada palavra com cuidado. — Não *saí* com ele. Não o *beijei*. A diferença é gigantesca.

Eu me inclino para a frente, seguro os braços da cadeira e a puxo para perto de mim até encostar nas minhas pernas. Ponho as mãos no rosto de Lake e a forço a olhar para mim.

— Layken Cooper, eu amo você. Amo você desde o instante em que a vi pela primeira vez e depois disso não deixei de amá-la nem por um segundo. Pensei em *você* durante todo o tempo em que fiquei com Taylor.

Ela enruga o nariz.

— *Taylor?* Eu não precisava saber o nome dela, Will. Agora vou passar o resto da vida odiando todas as Taylors que conhecer.

— Assim como odeio todos os Javiers e Nicks? — questiono. Ela sorri, mas obriga o sorriso a desaparecer logo, ainda tentando me punir com o olhar fulminante ineficaz.

— Você fica uma gracinha quando está com ciúmes, amor. — Eu me inclino para a frente e pressiono os lábios nos seus delicadamente. Ela suspira baixinho na minha boca, frustrada, e cede, abrindo os lábios para mim. Percorro seus braços e sua cintura com as mãos e a puxo para cima de mim enquanto me deito na cama.

Ponho uma das mãos em suas costas, pressionando-a contra meu corpo, e passo a outra mão em seu cabelo, segurando a parte de trás de sua cabeça. Beijo-a intensamente enquanto a rolo para o lado, fazendo-a se deitar de costas para provar que ela não precisa ter ciúmes de nada. Assim que fico em cima dela, Lake põe as mãos nas minhas bochechas e afasta meu rosto do seu.

— Então seus lábios encostaram nos lábios de outra pessoa? *Depois* do nosso primeiro beijo?

Eu me deito de novo ao lado dela.

— Lake, *pare* com isso. Pare de pensar nisso.

— Não consigo, Will. — Ela se vira para mim e faz aquele maldito bico, pois sabe que não consigo dizer não quando ela faz isso. — Preciso saber dos detalhes. Na minha cabeça, tudo o que consigo imaginar é você num encontro perfeito com uma garota, fazendo sanduíche de queijo para ela, brincando de "você prefere" e tendo momentos bem intensos com ela, e depois vocês dando o maior beijo no final da noite.

A descrição que ela faz do nosso primeiro encontro me faz rir. Eu me viro, pressiono os lábios em seu ouvido e sussurro:

— Foi isso que fiz com você? Dei o *maior* beijo?

Ela afasta o pescoço e me lança um olhar fulminante, indicando que só vai deixar isso para lá depois que conseguir o que quer.

— Tudo bem. — Solto um gemido, me afastando. — Se eu contar tudo, promete que vai deixar eu dar o maior beijo em você outra vez?

— Prometo — diz ela.

o *outro* encontro

Quando o sinal toca, Lake é a primeira a sair da sala novamente. A tensão entre nós é tão perceptível que é como se ela tivesse de correr para fora da sala só para poder respirar. Vou até minha mesa e me sento enquanto o restante dos alunos vai embora.

— Sábado à noite. Pode ser às sete horas da noite? — pergunta Gavin.

Olho para ele, que está me encarando enquanto espera pela resposta.

— Pode ser *o quê*?

— Taylor. Vamos todos sair juntos, e Eddie não vai aceitar não como resposta.

— Não.

Gavin continua me olhando por mais alguns segundos, achando minha resposta difícil de entender. Foi um *não* bem claro, então não sei qual o problema.

— *Por favor?* — insiste ele.

— Fazer cara de cachorro pidão só funciona com sua namorada, Gavin.

Ele baixa os ombros e se senta à minha frente.

— Ela não vai deixar isso para lá, Will. Depois que Eddie enfia alguma coisa na cabeça é bem mais fácil aceitar e pronto.

Nego com a cabeça.

— Não. Eu não vou — digo firmemente. — Além disso, foi você que *enfiou* essa ideia na cabeça dela. É você quem tem de sofrer as consequências, não eu.

Gavin se encosta na cadeira e passa as mãos no rosto, frustrado. Quando começo a me sentir vitorioso, ele vai para a beirada da cadeira.

— Se você não for, vou contar.

Eu me recosto na cadeira e o fulmino com o olhar.

— Vai contar *o quê*?

Ele olha para a porta e depois para mim, para assegurar que estamos a sós.

— Vou falar com o diretor Murphy e contar que você saiu com uma aluna. Desculpe por precisar apelar para chantagem, Will, mas você não sabe como Eddie fica depois que enfia uma coisa na cabeça. Você *tem* de fazer isso por mim.

Ele acabou mesmo de me chantagear?

Pego a caneta e o plano de aulas, desviando o olhar dele.

— Gavin, você não vai contar — digo, rindo.

Ele geme ao ouvir minha resposta pois sabe que nunca faria isso.

— Você tem razão. Eu jamais contaria. Mas não acha que está me devendo uma por eu ser tão confiável? — pergunta ele. — É só um encontro. Um favorzinho de nada. Que diferença um único encontro pode fazer?

— Dependendo de quem vai ao encontro pode fazer uma diferença *enorme* — digo.

Um único encontro com Lake foi suficiente para virar minha vida de cabeça para baixo.

— Se ajuda em alguma coisa, você não vai precisar falar muito. Taylor e Eddie vão monopolizar a conversa o tempo inteiro. Nós podemos comer nossos bifes e soltar uns gemidos vez ou outra e pronto. E aí o encontro acaba. Juro.

Estou mesmo devendo um favor a ele. Um *grande* favor. Ele é a única pessoa que sabe de minha situação com Lake e nunca me atacou por causa disso. Não sei como Eddie está conseguindo o que quer sem nem estar aqui, mas acabo cedendo. Ponho a caneta na mesa e suspiro, lançando um olhar sério para ele.

— Tudo bem — digo. — Mas com uma condição.

— Qualquer uma — diz ele.

— Não quero que Lake fique sabendo disso. Diga a Eddie que vou, mas invente alguma desculpa para que ela guarde segredo sobre isso. Diga que eu não deveria me encontrar com vocês fora do colégio ou algo assim.

Gavin levanta-se e pega suas coisas.

— Obrigado, Will — agradece ele. — Você salvou minha vida. E olhe, vai que você acaba gostando de Taylor? Deixe a mente aberta.

Entro no restaurante e avisto os três sentados numa mesa mais ao canto. Respiro fundo e vou até eles de má vontade. Não acredito que estou prestes a ter um encontro. Um encontro que não é com Lake, a única garota com quem eu *gostaria* de sair.

A garota com quem *não posso* sair.

As palavras de Gavin, "deixe a mente aberta", ficaram na minha cabeça. Lake tem consumido meus pensamentos desde que a conheci há quase três semanas. Tomei a decisão certa ao terminar algo que poderia arruinar minha carreira, mas agora preciso descobrir uma forma de aceitar minha escolha e tirar Lake da cabeça. Talvez Gavin tenha razão. Talvez eu realmente precise tentar partir para outra. Isso seria melhor para nós dois.

Ao me ver, Gavin acena e se levanta, fazendo Taylor se virar. Ela é... bonita. *Bem* bonita. O cabelo é mais curto e mais escuro que o de Lake, mas combina com ela. Também não é tão alta quanto Lake. Tem um belo sorriso e, pelo visto, parece sorrir muito.

Chego à mesa e retribuo o sorriso dela. Talvez valha a pena dar uma chance.

— Will, Taylor. Taylor, Will — diz Gavin, gesticulando entre nós dois.

Ela sorri, levanta-se e me abraça rapidamente. Todos nós nos cumprimentamos e, por fim, nos sentamos. É estranho me sentar do mesmo lado da mesa que ela. Não sei se devo me virar para ela ou prestar atenção em Eddie e Gavin.

— E então — começa Taylor —, Gavin disse que você é professor...

Faço que sim com a cabeça.

— Professor-estudante. Pelo menos até me formar em dezembro.

— Vai se formar em dezembro? — pergunta ela, tomando um gole do refrigerante. — Como? Não é um semestre antes do normal?

A garçonete se aproxima da mesa e me entrega um cardápio, interrompendo nossa conversa.

— Quer beber alguma coisa?

— Um chá gelado — digo. A garçonete balança a cabeça e vai embora. Eddie acotovela Gavin e empurra seu ombro.

— Desculpe, pessoal, mas... temos de ir — diz ela.

Gavin levanta-se e tira a carteira do bolso, deixando um pouco de dinheiro na mesa.

— Isso paga nossas bebidas. Você pode levar Taylor para casa, não é? — pergunta ele para mim.

— Vocês têm de ir, é? — pergunto, fulminando os dois com o olhar. Não acredito que estão fazendo isso. Vou reprovar *os dois*.

— Hum, pois é — diz Eddie, segurando a mão de Gavin. — É mesmo uma pena não podermos ficar. Divirtam-se.

Então eles simplesmente desaparecem. Puf.

Taylor ri.

— Nossa. Isso não foi *nada* óbvio — diz ela.

Eu me viro para ela, que está sorrindo e balançando a cabeça. Agora parece *muito* estranho estar sentado do mesmo lado da mesa que ela.

— Bem — digo. — Isso é...

Nós dois dizemos "constrangedor" na mesma hora, o que nos faz rir.

— Se incomoda se eu... — Aponto para o outro lado da mesa, e ela concorda.

— Por favor. Jamais costumo me sentar do mesmo lado da mesa que a outra pessoa. É estranho.

— Também acho — digo, sentando-me na frente dela.

A garçonete traz minha bebida e anota nossos pedidos. Teremos cerca de trinta segundos de distração antes que ela vá embora de novo e depois vamos precisar nos virar sozinhos.

Taylor ergue o copo, aproximando-o do meu.

— Aos primeiros encontros constrangedores — brinda ela. Ergo meu copo e o encosto no dela. — Então, antes disso tudo — diz ela, gesticulando —, nós estávamos falando sobre você se formar com um semestre de antecedência.

— Pois é... — Faço uma pausa. Não estou muito a fim de detalhar os verdadeiros motivos que fizeram com que eu me formasse antes. Eu me encosto no assento e dou de ombros. — Quando decido que quero alguma coisa, acho que me foco até alcançar o objetivo.

Ela balança a cabeça.

— Impressionante. Ainda falta um ano para eu me formar, mas também quero ser professora. De escola primária. Gosto de crianças.

Nossa conversa começa a fluir de forma mais natural. Conversamos sobre faculdade e, quando a comida chega, passamos a falar sobre comida. Quando ficamos sem assunto, ela comenta da própria família. Deixo-a falar sobre isso, mas não conto nada da minha. Quando a conta chega, a conversa não está nada constrangedora. Só pensei em Lake umas dez vezes. Talvez quinze.

Tudo parece ótimo até entramos no carro e sairmos do estacionamento. Vê-la no banco do carona olhando pela janela me faz lembrar de algumas semanas atrás, quando Lake fez exatamente a mesma coisa, exatamente no mesmo lugar. No entanto, é algo totalmente diferente. Naquela noite com Lake, eu não conseguia parar de olhar para ela enquanto eu dirigia e ela dormia, com nós dois de mãos dadas. Não sou daqueles que acreditam que só existe uma pessoa certa no mundo. Mas o fato de Lake mexer tanto comigo, mesmo quando não está por perto, faz com que eu sinta que ela é a pessoa *mais* certa para mim. Por mais que ache que Taylor e eu nos daríamos bem num segundo encontro, acredito que nunca seria capaz de me contentar com algo menos intenso que o que sinto por Lake.

Jogamos mais conversa fora, e ela me diz onde fica sua casa. Quando chegamos, o constrangimento ressurge no mesmo instante. Não quero dar falsas esperanças de jeito nenhum, mas também não quero que ela fique achando que fez algo errado. Ela foi ótima. O encontro foi ótimo. O problema é que meu encontro com Lake foi tão mais intenso que agora não quero nada menos que aquilo.

Desligo o motor e, por mais constrangedor que isso seja, me ofereço para acompanhá-la até a porta. Ao chegarmos na entrada, ela se vira para mim com um olhar convidativo. É nessa hora que preciso ser sincero. Não quero que crie expectativas.

— Taylor... — digo. — Eu me diverti mui...

Antes que eu consiga terminar a frase, seus lábios unem-se aos meus. Ela não parecia ser o tipo de garota que faz essas coisas inesperadas, então o beijo me pega totalmente de surpresa. Ela passa as mãos pelo meu cabelo, e, de repente, percebo que não faço a menor ideia do que fazer com minhas *próprias* mãos. Será que devo tocá-la? Afastá-la? Para ser honesto, o beijo não é ruim e percebo que estou fechando os olhos, levando a mão até seu rosto. Sei que não devia estar fazendo comparações, mas é inevitável. Esse beijo está me fazendo lembrar de como era beijar Vaughn. Não é ruim... é até agradável. Mas não tem nenhum sentimento por trás dele. Nenhuma paixão. Nada daquilo que senti quando beijei Lake.

Lake.

Eu me preparo para me afastar, mas ela acaba fazendo isso primeiro. Fico aliviado por não ter sido o primeiro. Ela dá um passo para trás e tapa a boca, envergonhada.

— Nossa — diz ela. — Me desculpe mesmo. Não costumo ser tão direta assim.

Eu rio.

— Tudo bem. Não tem problema, Taylor. Foi legal.

Não estou mentindo; foi *mesmo* legal.

— É que você... não sei — justifica ela, ainda com um sorriso desconfortável. — Eu queria beijar você, só isso. — Ela dá de ombros.

Massageio a nuca e olho para a porta da casa, depois para ela. *Como vou dizer isso?*

Ela acompanha meu olhar até a porta, olha para mim e sorri.

— Ah. Você, hum... Você quer entrar?

Ai, meu Deus. Meu Deus. Por que olhei para a porta? Agora ela está achando que quero entrar. Será que *quero* entrar? *Merda.* Não quero entrar. Não posso. Se eu entrasse, não estaria pensando em Taylor de jeito nenhum.

— Taylor — digo. — Preciso ser sincero. Adorei conhecer você. Eu me diverti. Se tivéssemos feito isso alguns meses atrás, eu entraria na sua casa sem nem pensar duas vezes.

Ela percebe o que vou dizer e balança a cabeça.

— Mas... — começa.

— Mas tem outra pessoa. É algo recente que ainda não superei. Topei esse encontro porque achei que isso pudesse me ajudar a seguir em frente, mas... é cedo demais.

Ela olha para o céu e baixa os braços.

— Ah, meu Deus. Acabei de te beijar. Achei que você estava sentindo a mesma coisa, então o beijei. — Ela esconde o rosto com as mãos, envergonhada. — Sou uma idiota.

— Não — argumento, dando um passo para perto dela. — Não, não diga isso. Sei que é um clichê falar isso, e deve ser a última coisa que você quer ouvir agora, mas... não é você, sou eu. Sou eu mesmo. Sério. Achei você bem legal e bonita, e gostei de você ter me beijado. É que não é o momento certo, juro. É só isso.

Ela abraça a si mesma e olha para o chão.

— Se é apenas o momento errado — diz baixinho —, não quer pegar meu número de telefone? Caso o momento melhore depois?

— Quero — digo. — Com certeza.

Ela balança a cabeça e olha para mim.

— Está certo então. — Ela sorri. — Aos primeiros encontros constrangedores.

Eu rio.

— Aos primeiros encontros constrangedores — repito. Ela acena e anda até em casa. Após ela entrar, suspiro e volto para o carro. — Nunca mais, Gavin — murmuro. — Nunca mais.

10.

a lua de mel

— Com licença — diz Lake. Ela se levanta, vai até o banheiro e bate a porta após entrar.

Ela está *brava*? *Sério*? Ah, merda. Desço da cama em um pulo e tento abrir a porta do banheiro, mas está trancada por dentro. Bato à porta. Depois de vários segundos, ela a abre e se vira na direção do chuveiro sem nem olhar para mim. Ela liga o chuveiro até a água começar a cair e tira a camisa.

— Só preciso tomar um banho — retruca ela.

Eu me encosto na porta e cruzo os braços.

— Você está brava. Por que está brava? Não aconteceu *nada*. Nunca mais saí com ela.

Ela balança a cabeça, abaixa a tampa do vaso e se senta em cima dele. Tira uma meia de cada vez e as joga no chão, balançando o punho.

— Não estou brava — responde, ainda evitando o contato visual.

— Lake? — Ela não olha para mim. — Lake? Olhe para mim — peço.

Ela inspira fundo e olha para mim fazendo bico.

— Três dias atrás você me prometeu uma coisa — digo. — Lembra o que prometeu?

Ela revira os olhos e se levanta, desabotoando a calça.

— Claro que lembro, Will. Foi três dias atrás, porra.

— O que você prometeu que não faria?

Ela vai até o espelho e puxa o rabo de cavalo, soltando o cabelo, mas não responde. Eu me aproximo dela.

— O que você prometeu, Lake? O que nós *dois* prometemos um ao outro antes de nos casarmos?

Ela pega a escova em cima da pia e penteia o cabelo com força.

— Que nunca mais esculpiríamos abóboras juntos — murmura ela. — E que conversaríamos até resolver as coisas.

— E o que você está fazendo agora?

Ela bate a escova na pia e se vira para mim.

—Afinal, o quer que eu diga, Will? Quer que admita que não sou perfeita? Que estou com ciúmes? Sei que você disse que não significou nada, mas isso não quer dizer que não tenha significado nada para *mim*! — Ela passa bruscamente por mim e vai até a mala para pegar seu condicionador. Eu me encosto na porta e fico observando ela jogar as coisas da minha mala no chão enquanto procura seus produtos de higiene.

Nem argumento pois sinto que ainda não acabou de falar. Quando ela fica assim, é melhor não interrompê-la. Ela encontra uma gilete e se vira, vociferando mais uma vez:

— E sei que não foi você que a beijou, mas você *deixou* que ela o beijasse. E admitiu que achou ela bonita! E você mesmo confessou que, se não fosse por mim, teria saído com ela de novo! Odeio ela, Will. Ela parecia muito, muito legal, e a odeio por isso. Parece que ela era seu plano B caso *a gente* não desse certo.

Ela anda até mim novamente, mas seu último comentário me afeta de verdade. *Meu plano B?* Bloqueio a entrada do banheiro e olho para Layken, tentando acalmá-la antes que ela diga algo de que vai se arrepender depois.

— Lake, você *sabe* o que eu sentia por você naquela época. Nunca pensei naquela garota outra vez. Sabia exatamente com quem queria ficar. Era só uma questão de *quando* isso ia acontecer.

Ela abaixa o braço.

— Ah, que bom que você tinha essa certeza, porque eu não tinha. Passava todos os dias achando que estava vivendo um inferno enquanto você estava do outro lado da rua, preferindo qualquer outra coisa e qualquer outra pessoa que não fosse *eu*. Sem falar que estava saindo com outras garotas e beijando-as enquanto eu ficava mofando em casa, vendo minha mãe morrer diante dos meus olhos.

Dou um passo para a frente e seguro o rosto dela entre as mãos.

— Não. É. Justo — digo, rangendo os dentes. Ela desvia o olhar do meu, percebendo o golpe baixo que acabou de dar. Ela se afasta, me contorna e entra no banheiro. Abre a cortina do boxe e ajusta a água mais uma vez, deixando seu orgulho e teimosia falarem mais alto. — Acabou? Não vai dizer mais nada depois disso? — exclamo.

Ela não olha para mim Sei quando está na hora de me esquivar de uma situação, feito essa agora. Se não for embora, também vou acabar dizendo algo de que vou me arrepender. Esmurro a porta, saio furioso do banheiro e escancaro a porta do quarto, saindo para o corredor. Bato a porta e fico andando de um lado para o outro, falando palavrões baixinho. Toda vez que passo pela porta do nosso quarto, paro e me viro para ela, na esperança de que Lake apareça e peça desculpas.

Mas ela não faz isso.

Será que está mesmo tomando banho? Como consegue dizer algo daquele tipo e simplesmente entrar no maldito chuveiro sem nem me pedir desculpas? Meu Deus, como me dá nos nervos! Não fico com tão bravo com ela desde a noite em que pensei que estivesse beijando Javi.

Eu me encosto na porta e deslizo até o chão, passando a mão pelo cabelo. Não acredito que ela está brava por isso. Nós nem estávamos namorando! Tento compreender seus motivos para reagir assim, mas não consigo. Ela está se comportando como uma adolescente imatura.

— Will? — chama ela, a voz abafada pela porta, parecendo estar perto de mim, na mesma altura. O fato de Lake saber que eu estava sentado no chão na frente da porta me deixa mais furioso ainda. Ela me conhece bem demais.

— O quê? — respondo rispidamente.

Fico em silêncio por um instante, e ela suspira.

— Desculpe por ter dito aquilo — diz baixinho.

Encosto a cabeça na porta e fecho os olhos, inspirando lenta e profundamente.

— É que... sei que a gente não acredita em almas gêmeas — continua ela. — Há tantas pessoas no mundo que podem ser ideal para a outra. Se não fosse assim, trair não seria nada de mais. Todo mundo encontraria seu único amor verdadeiro, e a vida seria ótima, relacionamentos seriam uma coisa muito fácil. Mas a realidade não é essa, e sei disso. Então... fico triste, sabe? Fico triste por saber que existem outras mulheres no mundo que seriam capazes de fazer você feliz. Sei que é imaturo e que eu estava sendo ciumenta e mesquinha, mas... tudo que quero é ser única para você. Quero ser sua alma gêmea, mesmo que não acredite nisso. Exagerei e peço desculpas — diz ela. — Sinto muito mesmo, Will.

Nós dois ficamos em silêncio, e depois escuto a porta do boxe sendo fechada. Fecho os olhos e penso em tudo o que ela acabou de dizer. Sei exatamente como se sente, pois também já tive ataques de ciúmes por causa dela. Quando era seu professor e a escutei aceitando sair com Nick, e depois quando vi Javi beijando-a... Eu me descontrolei nessas duas vezes. Porra, dei uma surra do *cacete* em Javi, e olha que Lake nem era minha namorada naquela época. Querer que ela não reaja ao descobrir que beijei outra pessoa no meio de toda a confusão que vivemos é uma hipocrisia. A reação dela foi normal, e eu a estou tratando como se ela fosse culpada. Lake provavelmente está no banho agora, chorando. Tudo por minha causa.

Sou o maior *babaca*.

Eu me levanto, deslizo a chave para dentro da porta e a abro. Escancaro a porta do boxe e vejo que ela está na beirada do chuveiro, ainda de jeans e sutiã, chorando com o rosto enterrado nas mãos. Ela olha para mim com o olhar mais triste que já vi, e sou consumido pela culpa. Agarro sua mão e a puxo. Ela inspira como se estivesse com medo, achando que vou gritar novamente, o que me faz sentir pior ainda. Deslizo as mãos por seu cabelo, seguro sua nuca e a olho nos olhos. Pela minha expressão, ela percebe que não estou ali para brigar.

Estou ali para fazer as pazes.

— Esposa — digo, olhando-a direto nos olhos. — Pode pensar o que quiser, mas não há nenhuma outra mulher nesse universo inteiro que eu seria capaz de amar tanto quanto amo você.

Nossas bocas colidem com tanta intensidade que ela quase vai para debaixo do chuveiro. Apoio uma das mãos na parede e a seguro ao redor da cintura com a outra, erguendo-a por cima da borda da banheira. Empurro-a contra a parede, com a água do chuveiro caindo na gente. Nós dois estamos respirando pesado, e eu a trago para perto de mim o máximo possível enquanto seus dedos puxam meu cabelo. Meu peito ofega toda vez que inspiro, e nós agarramos cada centímetro um do outro.

Tiro seu sutiã pela cabeça e o jogo para trás. Minha mão desliza até suas costas, e meus dedos vão descendo até entrar na sua calça. Ela geme e arqueia as costas, pressionando seu corpo no meu com mais força. Meus dedos deslizam lentamente para a frente de seu jeans e abrem o zíper. A calça dela está ensopada, por isso tenho dificuldade de tirá-la, mas acabo conseguindo.

Subo a mão por sua coxa e não encontro nada além de sua pele macia. Sorrio, encostado nos lábios dela.

— Sem calcinha, é?

Ela não desperdiça nenhum segundo e puxa minha boca para a dela. Estou bem debaixo d'água, então minhas roupas estão ensopadas e bem mais difíceis de tirar que as dela. Especialmente porque ela não quer me soltar por tempo suficiente para que eu possa tirar a camisa. Depois que conseguimos tirá-la, eu me encosto nela. Ela geme na minha boca quando nossas peles nuas se tocam, me obrigando a tirar minha calça imediatamente. Ela a tira da minha mão e a joga por cima do meu ombro, puxando-me para perto. Abaixo o braço, seguro sua perna direita por trás do joelho e a levanto ao lado do meu corpo.

Ela sorri.

— Foi *assim* que imaginei nosso primeiro banho juntos — confessa ela.

Prendo seu lábio inferior com os dentes e lhe proporciono o melhor banho de sua vida.

— Caraca — diz ela, caindo na cama. — Isso foi intenso.

Seus braços estão relaxados acima da cabeça, o roupão aberto o bastante para instigar minha imaginação. Eu me sento ao seu lado, aliso sua bochecha e depois acaricio seu pescoço. Ela estremece com o toque. Eu me curvo e pressiono os lábios em sua clavícula.

— Tem alguma coisa de especial nesse pedacinho aqui — digo, provocando seu pescoço. — Daqui... — Beijo sua clavícula até alcançar a curva do pescoço. — Até aqui. — Volto a beijar mais embaixo. — Fico louco.

Ela ri.

— Dá para perceber. Você não consegue tirar a boca daí. A maioria dos homens prefere bunda ou peito. Will Cooper prefere o *pescoço*.

Balanço a cabeça, discordando enquanto continuo roçando os lábios em sua pele incrivelmente macia.

— Não — digo. — Will Cooper prefere a *Lake* inteira.

Puxo a faixa de seu roupão até ele ficar frouxo entre as pontas dos meus dedos. Deslizo a mão para dentro dele e passo os dedos em sua barriga. Ela estremece debaixo de minha mão e ri.

— Will, não é possível. Não se passaram nem três minutos.

Ignoro-a e beijo os pelos arrepiados em seu ombro.

— Lembra a primeira vez em que não consegui resistir e beijei seu pescoço? — sussurro em sua pele.

o (primeiro) erro

JÁ SE PASSARAM três semanas desde que Julia me contou que estava doente, mas, pelo que observo de Lake e Kel, sei que ela ainda não contou para eles. Falei com Julia algumas vezes, mas só de passagem. Ela não parece querer mencionar o assunto novamente, então respeito sua vontade.

A presença de Lake em minha aula do terceiro horário continua sendo difícil. Aprendi a me adaptar e me concentrar no que estou ensinando, mas o fato de ela estar sentada a meio metro de mim todos os dias ainda me afeta emocionalmente do mesmo jeito. Toda manhã, quando ela entra na sala, tento perceber algum sinal revelando que Julia contou a verdade, mas todo dia é a mesma coisa. Lake nunca levanta a mão nem fala nada, e jamais pedi que participasse durante a aula. Faço questão de nem olhar para ela. Tem ficado mais difícil depois que Nick começou a marcar território. Sei que não é da minha conta, mas claro que fico me perguntando se estão mesmo saindo. Não o vi na casa dela, mas percebi que os dois almoçam juntos. Ela sempre parece ficar de bom humor quando está perto dele. Gavin deve saber mais sobre isso, mas acha que já superei, então não posso perguntar nada. Na verdade, não devia nem me importar com isso... mas não consigo.

Chego atrasado na aula. Ao entrar na sala, a primeira coisa que percebo é que Nick está virado para Lake. Ela está rindo de novo. Sempre ri de suas piadas idiotas. Gosto de vê-la rindo, mas odeio o fato de ela estar rindo por causa dele. Fico de mau humor na mesma hora, então decido cancelar a aula que planejei e pedir que escrevam uma poesia como tarefa. Depois que explico as regras e todos começam a escrever, me sento à mesa. Tento me concentrar no plano de aulas, mas não deixo de perceber que Lake não escreveu uma única palavra. Sei que ela não tem nenhuma dificuldade com o tema da aula. Na verdade, suas notas têm sido ótimas desde que se matriculou. O fato de não estar fazendo a tarefa faz com que eu me pergunte se está tendo os mesmos problemas de concentração que eu durante esse horário.

Desvio o olhar do papel em branco em sua mesa e percebo que está me encarando. Meu coração vai parar na garganta, e, de repente, as reações físicas e emocionais que me esforço tanto para conter começam a me dominar. É a primeira vez que fazemos contato visual em três semanas. Tento desviar o olhar, mas não consigo. Sua expressão não revela nenhum sentimento. Fico esperando ela desviar o olhar, mas em vez disso, fica me encarando com a mesma intensidade com a qual devo estar encarando-a. Nossa interação silenciosa faz meu pulso disparar tanto quanto no dia em que a beijei.

Quando o sinal toca, eu me obrigo a me levantar da cadeira e andar até a porta para abri-la. Depois que todos vão embora, incluindo Lake, eu a fecho com uma batida.

O que diabos eu estava pensando? Esses malditos vinte segundos acabaram de anular três semanas de esforço. Eu me encosto na porta e a chuto, frustrado.

Assim que chego no estacionamento depois das aulas, vejo que o capô do jipe de Lake está aberto. Olho ao redor, esperando que haja outra pessoa ali que possa ajudá-la.

Não seria nada bom ficar sozinho com ela agora, especialmente depois do que aconteceu na aula de hoje. Estou achando cada vez mais difícil não pensar nela, e esse problema do carro está me cheirando a encrenca.

Infelizmente, sou o único por ali. Não posso simplesmente deixá-la sozinha no estacionamento. Mas tenho certeza de que seria muito fácil me virar e entrar no meu carro antes que ela me visse. Outra pessoa acabaria aparecendo para ajudá-la. Apesar da minha hesitação, continuo seguindo em frente. Quando chego perto de seu carro, ela está forçando a bateria com um pé de cabra.

— Isso não é uma boa ideia — digo.

Espero que ela não estrague a bateria antes que eu a alcance. Ela se vira e olha para mim, observando-me dos pés à cabeça, e depois volta a prestar atenção debaixo do capô como se nem tivesse me visto.

— Você já deixou claro que não acha muitas das coisas que faço boa ideia — diz ela, com firmeza.

Está na cara que não ficou muito contente em me ver, o que reforça minha noção de que eu devia me virar e ir embora.

Mas não faço isso.

Não *posso* fazer isso.

Relutante, me aproximo e olho debaixo do capô.

— Qual é o problema? Não quer pegar? — Confiro as ligações da bateria e dou uma olhada no alternador.

— O que está fazendo, Will? — pergunta ela, com um tom de voz incomodado, quase irritado.

Tiro a cabeça de baixo do capô e olho para ela, que está com uma expressão séria. É óbvio que ergueu um muro invisível entre nós, o que provavelmente é uma boa ideia. Ela parece ofendida só por ter me oferecido para ajudar.

— O que acha que estou fazendo? — Desvio o olhar e volto a prestar atenção na bateria. — Estou tentando descobrir o que tem de errado com seu jipe — digo.

Vou até a porta e tento ligar o motor, mas não consigo, então me viro para sair do jipe quando vejo que ela está parada bem ao meu lado. No mesmo instante me lembro de como é ficar tão perto dela. Prendo a respiração e me contenho para não agarrar sua cintura e puxá-la para dentro do jipe junto comigo.

— Quero dizer, *por que* está fazendo isso? Deixou bem claro que não quer que eu fale com você — diz ela.

O fato de ela estar tão irritada com minha presença quase faz com que me arrependa de ter decidido ajudar.

— Layken, você é uma aluna que está encalhada no meio do estacionamento. Não vou simplesmente entrar no carro e ir embora.

Assim que as palavras saíram da minha boca, eu me arrependi do que disse. Ela move o queixo e desvia o olhar, chocada com minha frieza.

Suspiro e saio do carro.

— Olhe, não foi o que quis dizer — digo ao voltar para baixo do capô.

Ela se aproxima de mim e se encosta no jipe. Observo-a pelo canto do olho enquanto finjo mexer em outros fios. Ela morde o lábio inferior e fica encarando o chão com uma expressão triste.

— É que tem sido tão difícil, Will — diz ela baixinho. É bem mais difícil escutar a ternura em sua voz do que a irritação. Inspiro, temeroso em relação ao que ela está prestes a confessar. Lake respira fundo, como se estivesse com medo de completar a frase, mas continua falando mesmo assim. — Para você foi tão fácil aceitar e deixar isso no passado. Mas para mim, não. Só consigo pensar nisso.

A confissão e a honestidade em sua voz me fazem estremecer. Agarro a beirada do capô e me viro para ela. Ela está olhando para as próprias mãos com uma expressão transtornada.

— Você acha que é *fácil* para mim? — sussurro.

Ela me olha e dá de ombros.

— Bem, você passa essa impressão — diz ela.

Agora seria o momento certo de ir embora. Vá embora, Will.

— Lake, nada disso tem sido fácil — murmuro. Não tenho dúvida alguma de que não devia dizer nada do que morro de vontade de confessar, mas tudo nela acaba arrancando a verdade de mim, independentemente de eu querer contá-la ou não. — Para mim é uma luta diária ter de vir trabalhar sabendo que é justo por causa desse trabalho que não estamos juntos. — Fico de costas para o carro e me encosto a ele, parando bem ao lado dela. — Se não fosse por Caulder, eu teria pedido demissão no primeiro dia em que a vi no corredor. Poderia ter tirado um ano sabático... esperado até você se formar para voltar. — Eu me viro para ela e baixo o tom de voz. — Acredite em mim, pensei em todas as alternativas possíveis. Como acha que me sinto, sabendo que é por minha causa que você está sofrendo? Que é por minha causa que está tão triste?

Falei demais. Demais *mesmo*.

— Eu... me desculpe — diz ela. — Só achei que...

— Está tudo bem com sua bateria — digo assim que vejo Nick dar a volta no carro ao lado. — Pelo jeito o problema é com o alternador.

— O carro não quer pegar? — pergunta Nick.

Layken olha para mim com os olhos arregalados e se vira para Nick.

— Não, o Sr. Cooper acha que preciso de um alternador novo.

— Que saco — diz Nick, enquanto dá uma olhada embaixo do capô. E volta a olhar para Lake. — Posso dar uma carona para você, se precisar.

Por mais que prefira dar um soco na cara dele do que deixar ele levá-la para casa, sei que é a única opção de Layken, pois *eu* não posso levá-la para casa.

— Seria ótimo, Nick — digo.

Fecho o capô do jipe e me afasto antes que minha lista de decisões idiotas aumente.

Eu devia pegar a lista de decisões idiotas de novo, pois estou tomando mais uma delas neste exato momento.

Passei os últimos quinze minutos procurando Kel e Caulder desesperadamente. Achava que estavam na casa de Layken, sendo que ela presumira que estavam na minha. Finalmente os encontramos dormindo no banco de trás do meu carro, onde estão até agora.

Agora estou mexendo na minha bolsa, procurando as chaves do jipe de Lake. Pedi para meu mecânico colocar um alternador novo hoje à tarde, e depois fiz a idiotice de convidá-la para minha casa para devolver as chaves. Digo *idiotice* porque todas as células do meu corpo não querem que ela saia daqui. Meu coração dispara só por estar na presença dela. Acho as chaves e me viro para devolvê-las.

— Suas chaves — digo, soltando-as na mão dela.

— Ah, obrigada — agradece ela, olhando para as chaves Não sei o que esperava que eu fosse entregar, mas parece desapontada por terem sido as chaves.

— Agora ele está funcionando bem — comento. — Amanhã você já deve poder voltar para casa com ele.

Espero que ela consiga ser a pessoa mais forte entre nós dois e vá embora agora. Não consigo me obrigar a acompanhá-la até a porta, então volto para a sala e me sento no sofá. A conversa que tivemos próximo ao jipe essa tarde faz o clima continuar silencioso e tenso entre nós.

— O quê? Você consertou? — pergunta ela, andando até a sala também.

— Bem, não fui *eu* que consertei. Conheço um cara que conseguiu colocar um alternador novo agora à tarde.

— Will, não precisava — diz ela. Em vez de ir embora, o que nós dois sabemos que é o que ela devia fazer, Layken se senta ao meu lado no sofá. Quando seu cotovelo encosta no meu, ergo as mãos e uno as duas atrás da cabeça. Não é possível que nossos cotovelos não possam nem se esbarrar sem que eu fique com vontade de beijá-la. — Mas obrigada. Vou pagar de volta.

— Não se preocupe com isso. Vocês têm me ajudado muito com Caulder ultimamente. É o mínimo que posso fazer.

Ela olha para a mão e mexe nas chaves. Passa o polegar pelo chaveiro que tem o formato do Texas, e fico me perguntando se ela ainda prefere estar lá.

— E, então, podemos terminar a conversa que começamos mais cedo? — pergunta ela, ainda fitando o chaveiro.

Já estou arrependido de ter dito aquelas coisas quando estávamos perto do jipe. Fiz confissões demais. Não acredito que disse a ela que teria pedido demissão se não fosse por Caulder. Quero dizer, é verdade. Por mais que isso pareça desespero e maluquice, eu teria pedido demissão num piscar de olhos. E não posso afirmar que não seria capaz de fazer isso agora se ela me pedisse.

— Depende — digo. — Você arranjou alguma solução?

Ela balança a cabeça e olha para mim.

— Bem, não — responde, jogando as chaves na mesa de centro, puxando o joelho para cima e virando-se para mim no sofá. Ela suspira, quase como se estivesse com medo de me fazer uma pergunta. Passa os dedos pela almofada entre nós e contorna a estampa sem olhar para mim. — Imagine que nossos sentimentos só fiquem cada vez mais... complexos. — Ela hesita por um instante. — Eu não teria problemas em fazer um supletivo.

O plano dela é tão absurdo que quase preciso me segurar para não rir.

— Isso é ridículo — digo, lançando um olhar para ela. — Nem pense nisso. Você não pode abandonar o colégio de jeito nenhum, Lake.

Ela solta a almofada.

— Foi só uma ideia — diz ela.

— Bem, foi uma ideia idiota.

Ficamos em silêncio. A maneira como ela está virada para mim deixa todos os músculos do meu corpo contraídos, até mesmo o queixo. Estou me esforçando ao máximo para não me virar para ela e abraçá-la. Essa situação não é nada justa. Se as circunstâncias fossem outras, um namoro entre nós seria totalmente aceitável. Normal. A única coisa que está nos separando é um maldito emprego.

É tão difícil esconder o que sinto quando estamos a sós. Seria tão fácil dizer "que se dane" e fazer o que quero. Se eu conseguisse ignorar o aspecto moral e o risco de sermos descobertos, faria isso num piscar de olhos. Eu a abraçaria e a beijaria do jeito que passei as últimas três semanas imaginando. Beijaria sua boca, beijaria sua bochecha, beijaria aquela linha que vai da orelha até o ombro, pois não consigo parar de olhar para ela. E Lake deixaria. Sei como isso tem sido difícil para ela, dá para perceber pelo seu comportamento. Está deprimida. Quase me sinto tentado a facilitar tudo para ela, e agir de acordo com meus sentimentos. Se nenhum de nós disser nada, ninguém vai saber. Podemos manter isso em segredo até ela se formar. Se tomarmos cuidado, dá até para esconder de Julia e dos meninos.

Estalo os dedos atrás da cabeça para me distrair e não puxar sua boca para a minha. Só de pensar na possibilidade de beijá-la novamente, meu batimento cardíaco fica irregular. Inspiro pelo nariz e solto o ar pela boca, tentando me acalmar fisicamente antes que faça algo idiota. Ou algo inteligente. Não consigo distinguir o que é certo e errado quando estou perto dela porque o errado parece tão certo e o certo, tão errado.

Seu dedo encosta no meu pescoço, e o toque inesperado me faz estremecer. Defensivamente, ela levanta o dedo para mostrar o creme de barbear que acabou de limpar do meu pescoço. Sem nem pensar, seguro sua mão e a limpo na minha camisa.

O que acaba sendo um grande erro.

Assim que meus dedos tocam nos seus, todos os meus pensamentos conscientes desaparecem junto com o creme de barbear. Minha mão continua em cima da sua, e ela a relaxa em meu peito.

Minha força de vontade chegou ao limite. Minha pulsação está disparada, meu coração parece que vai explodir. Não consigo soltar sua mão nem parar de olhar em seus olhos. Nesse momento não tem nada acontecendo, e no entanto *tudo* está acontecendo. Cada segundo que passo olhando para ela em silêncio, segurando sua mão, anula os dias de força de vontade e determinação em que consegui manter distância. Cada pedacinho de energia que gastei para fazer a coisa certa foi em vão.

— Will? — sussurra ela sem desviar o olhar. A maneira como meu nome escapa de seus lábios faz meu pulso entrar em curto-circuito. Ela alisa o dedão de maneira bem delicada no meu peito. Talvez nem tenha percebido o gesto, mas meu corpo o sentiu dos pés à cabeça. — Vou esperar por você... até me formar.

Assim que as palavras saem de seus lábios, exalo e fecho os olhos. Ela acabou de dizer o que passei o mês inteiro querendo escutar. Aliso o dorso de sua mão com o polegar e suspiro.

— É muito tempo, Lake. Muita coisa pode acontecer em um ano.

Ela se aproxima de mim no sofá. Afasta a mão do meu peito e toca meu queixo delicadamente com as pontas dos dedos, me fazendo olhar para ela mais uma vez. Eu me recuso a olhá-la nos olhos. Sei que, se fizer isso, vou acabar cedendo e beijando-a. Deslizo os dedos por baixo da sua mão, com a intenção de parar em seu punho e afastar sua mão do meu rosto. Em vez disso, meus dedos vão além do seu punho e sobem lentamente pelo braço. Preciso parar. Preciso me afastar, mas, de repente, minha força de vontade e meu coração entraram em guerra.

Tiro as pernas da mesa de centro na minha frente. Espero que ela me empurre para longe, que faça o que nós dois sabemos que alguém precisa fazer. Mas ela não faz nada, e percebo que estou me aproximando. Tudo que quero é colocar os braços ao seu redor e abraçá-la. Quero abraçá-la como fiz do lado de fora do Club N9NE, antes de tudo sair de nosso controle. Antes de tudo se transformar nessa confusão avassaladora e complicada.

Antes que eu consiga me conter, ou parar um pouco para pensar no que estou fazendo, meus lábios se encostam no seu pescoço e eu perco o controle de vez. Ela passa os braços ao meu redor e inspira tão fundo, o suficiente por nós dois. A sensação e o gosto de sua pele nos meus lábios basta para destruir totalmente o restante da minha consciência.

Que se dane.

Beijo-a na clavícula, no pescoço e no queixo, depois seguro seu rosto entre as mãos e me afasto para olhá-la nos olhos. Preciso saber que estamos em sintonia. Que ela quer que isso aconteça tanto quanto eu. Que ela *precisa* que isso aconteça tanto quanto eu.

A tristeza em seus olhos, que a consumiu durante as três últimas semanas, desaparece. Há esperança neles novamente, e o que mais quero é ajudá-la a continuar sentindo o que está sentindo agora. Eu me aproximo devagar e pressiono os lábios nos dela. A sensação do beijo me mata e me ressuscita ao mesmo tempo. Ela arfa baixinho, separa os lábios para mim e segura minha camisa, puxando-me para si com delicadeza.

Eu a beijo.

Eu a beijo como se fosse a primeira vez.

Eu a beijo como se fosse nosso *último* beijo.

Suas mãos estão ao redor do meu pescoço, e meus lábios acariciam os dela. Tê-la nos meus braços é como se eu estivesse respirando pela primeira vez desde que a vi no corredor do colégio. Cada gemido que sai de sua boca e cada toque de suas mãos me fazem ressuscitar. Nada e nem ninguém pode ficar entre nós e esse momento. Nem Caulder, nem minha moral, nem meu emprego, nem minha faculdade, nem Julia.

Julia.

Cerro os punhos, lutando contra o ímpeto de soltá-la, quando a realidade fala mais alto. O peso de toda a situação volta a cair em cima de mim como uma tonelada de tijolos, voltando à minha mente à força. Lake não faz ideia do que está prestes a acontecer em sua vida, e estou complicando as coisas *ainda mais*? A cada movimento da minha boca encostada na dela, tudo que faço é nos levar cada vez mais fundo em um buraco do qual não conseguiremos sair.

Ela passa as mãos no meu cabelo e começa a se deitar no sofá, me puxando. Sei que, depois que nossos corpos se encostarem nesse sofá, nenhum de nós terá forças para parar.

Não posso fazer isso. Tem tanta coisa acontecendo na vida de Lake que ela nem sabe ainda. O que diabos estou pensando ao acrescentar mais um estresse como esse? Jurei para Julia que não complicaria a vida da filha, mas é exatamente isso que estou fazendo. De alguma maneira, encontro forças para separar meus lábios dos dela e me afastar. Depois que faço isso, nós dois ficamos ofegantes.

— Precisamos parar — digo, sem ar. — Não podemos fazer isso.

Fecho os olhos e os cubro com o antebraço, parando um instante para me recompor. Sinto-a se aproximar de mim. Sobe no meu colo e pressiona os lábios nos meus mais uma vez, implorando desesperadamente para a gente continuar. No segundo em que nossos lábios se encontram, ponho os braços ao seu redor instintivamente e a puxo para perto. Minha consciência está gritando tanto comigo que puxo o rosto dela para perto do meu, tentando calar minha voz interior. Minha mente está dizendo para eu fazer uma coisa, mas meu coração e minhas mãos imploram para que eu faça outra. Ela agarra minha camisa, puxa-a por cima da minha cabeça e depois põe os lábios de volta na minha boca, onde é o lugar deles.

Dentro da minha mente, a estou afastando para longe. Mas, na realidade, estou com uma das mãos em suas costas, puxando-a para perto de mim, e com a outra em sua nuca. Ela percorre meu peito com as mãos, e sinto uma vontade enorme de fazer o mesmo com ela. Assim que agarro a barra de sua camisa, cerro os punhos e a solto. Já deixei isso ir longe demais. Preciso parar antes que eu *não consiga* mais. É minha responsabilidade garantir que ela não sofra de novo, e nesse momento estou cometendo um erro gigantesco.

Afasto-a de mim, faço com que se sente no sofá e me levanto em seguida. Tenho apenas uma chance para provar a ela que isso não é bom. Por mais que pareça ser bom, é errado. Muito errado.

— Layken, levante-se! — peço, segurando sua mão. Estou me sentindo incrivelmente transtornado. Não queria que minha voz soasse tão ríspida, mas não sei mais como reagir. Estou tão furioso comigo mesmo que quero gritar, mas fico tentando me acalmar. Ela se levanta com um olhar envergonhado e confuso. — Isso... isso não pode acontecer! — digo. — Sou seu professor agora. Tudo mudou. Não podemos fazer isso. — Percebo o tom de irritação em minha voz mais uma vez. Estou fazendo meu máximo para não soar furioso, mas estou furioso *de verdade*. Não com Lake, mas como ela pode adivinhar isso? Talvez seja melhor ela não saber. Talvez seja mais fácil se ficar desapontada comigo. Talvez assim seja mais fácil me esquecer.

Ela volta a se sentar no sofá e apoia o rosto nas mãos.

— Will, não vou contar nada — sussurra ela. — Juro.

Ela olha para mim, e a tristeza em seus olhos reaparece. Toda a esperança sumiu.

A mágoa em sua voz faz com que eu perceba que sou mesmo um babaca. Não acredito que acabei de fazer *isso* com ela, que a iludi desse jeito. Lake não precisa disso agora.

— Desculpe, Layken, mas não é certo — digo, andando de um lado para o outro. — Isso não é bom para nenhum de nós. Não é bom para *você*.

Ela me fulmina com o olhar.

— Você não sabe o que é bom para mim — retruca ela.

Cometi o maior erro. O *maior* erro de todos. E preciso corrigir agora. Preciso *acabar* isso agora. De vez. Ela não pode sair daqui achando que isso vai se repetir. Fico parado e me viro para ela.

— Não vai esperar por mim. Não vou deixar que abdique do que deve ser o melhor ano da sua vida. Tive de crescer rápido demais e não vou deixar que aconteça o mesmo com você. Não seria justo. — Inspiro e digo a maior mentira de minha vida: — Não quero que espere por mim, Layken.

— Não vou abdicar de *nada* — responde ela, com sinceridade.

A mágoa em sua voz é tão grande que me deixa com uma vontade avassaladora de abraçá-la novamente. Não aguento mais essas mudanças emocionais. Num instante quero dar o maior beijo nela, abraçá-la e protegê-la de todas as lágrimas que vai derramar em breve, e logo depois minha consciência fala mais alto e quero expulsá-la de minha casa. Já a magoei demais, e ela não faz ideia do quanto sua vida ainda vai piorar. Como sei disso, me odeio ainda mais por ter permitido que aquilo acontecesse. Me *desprezo*, até.

Pego minha camisa e a visto, depois atravesso a sala e vou para trás do sofá. Respiro fundo, me sentindo um pouco mais sob controle por estar mais longe dela. Seguro o encosto do sofá e me preparo para corrigir uma situação incorrigível. Se conseguir fazer com que ela entendesse meus motivos, talvez não ficasse tão magoada.

— Minha vida se resume a responsabilidades. Pelo amor de Deus, estou criando um *garotinho*. Eu não poderia colocar suas necessidades em primeiro lugar. Caramba, não seria capaz de colocá-las nem em *segundo* lugar. — Ergo a cabeça e a olho nos olhos. — Você merece muito mais que um terceiro lugar.

Ela se levanta e atravessa a sala, ajoelhando-se no sofá na minha frente.

— Suas responsabilidades *devem* vir antes de mim, e é por isso que quero esperar por você, Will. Você é uma pessoa boa. Isso que chama de defeito... é o que fez com que eu começasse a me apaixonar por você.

O que quer que tivesse sobrado do meu coração antes que essas palavras saíssem de sua boca se transformou num milhão de pedacinhos. Não posso permitir que ela faça isso. Não posso permitir que se sinta assim. A única coisa que posso fazer para que ela não me ame é despertar seu ódio. Levo as mãos até suas bochechas e a encaro, depois digo as palavras mais difíceis de minha vida.

— Você *não* está se apaixonando por mim. *Não pode* se apaixonar por mim. — Assim que vejo as lágrimas se formarem nos cantos de seus olhos, preciso abaixar as mãos e andar até a porta. Não consigo vê-la chorando. Não quero ver o que estou fazendo com ela agora. — O que aconteceu hoje... — Aponto para o sofá. — Não pode acontecer de novo. E não *vai* acontecer de novo.

Abro a porta de casa e a bato após sair. Eu me encosto nela e fecho os olhos. Massageio o rosto e tento me acalmar. É tudo culpa minha. Deixei-a entrar aqui, sabendo como sou fraco quando estamos próximos. Eu que a beijei. *Eu* que *a* beijei. Não consigo acreditar que tudo isso acabou de acontecer. Vinte minutos a sós com ela e eu consigo estragar ainda mais minha vida.

Vê-la sentada no sofá agora, perplexa e magoada por causa de minhas atitudes e palavras... faz com que me *odeie*. E tenho certeza de que agora Lake também me odeia. Espero que tenha valido a pena. Por alguma razão, fazer a coisa *certa* nesse caso parece extrema e completamente *errado*.

Vou até o carro e tiro Caulder lá de dentro. Ele põe os braços ao redor do meu pescoço sem nem acordar. Kel abre as pálpebras e olha ao redor, confuso.

— Vocês pegaram no sono dentro do carro. Vá para casa dormir, está bem?

Ele esfrega os olhos, engatinha para fora do carro e atravessa a rua. Quando volto para dentro de casa com Caulder no colo, Lake ainda está sentada no sofá, encarando o chão. Por mais que eu queira abraçá-la e me desculpar imensamente por toda essa noite, percebo que ela precisa esquecer o que quer que esteja acontecendo entre nós. *Precisa* ficar com raiva de mim. E Julia precisa de Lake focada. Ela não pode ver a filha preocupada com isso, pois talvez esse seja o último ano que vai passar com a mãe.

— Kel acordou e está indo para casa. É melhor você ir também — digo.

Ela pega as chaves na mesa de centro e se vira para mim. Depois me olha bem nos olhos com lágrimas escorrendo pelo rosto.

— Você é um *babaca* — diz ela.

As palavras perfuram meu coração como uma bala. Ela sai da minha casa e bate a porta.

Levo Caulder para o quarto, coloco-o para dormir e sigo para meu quarto. Ao bater a porta, me encosto nela e fecho os olhos, deslizando até o chão. Pressiono a base das palmas das mãos nos olhos, contendo as lágrimas.

Meu Deus, essa *garota*. Essa garota é a única com quem me importo, e acabei de dar a ela todos os motivos do mundo para me odiar.

11.

a lua de mel

— Desculpe, Will, desculpe mesmo — sussurra ela, tapando o rosto e os olhos com as mãos. — Estou me sentindo péssima. Horrível. E *egoísta*. Não sabia como era difícil para você também. Achava que tinha me expulsado só porque não valia a pena correr nenhum risco por mim.

— Lake, você não sabia o que eu estava pensando. Para você, eu não passava de um babaca que a beijou e a expulsou de casa. Nunca a culpei. E claro que valia a pena correr riscos por você. Se eu não soubesse aquelas coisas sobre Julia, jamais a teria deixado ir embora.

Ela afasta as mãos do rosto e se vira para mim.

— E, meu Deus, os *xingamentos*. Nunca me desculpei por aquilo. — Ela rola para cima de mim e deixa o rosto a alguns centímetros do meu. — Desculpe mesmo por ter xingado você de todas aquelas coisas no dia seguinte.

— Não precisa se desculpar. — Ele dá de ombros. - Meio que mereci.

Ela balança a cabeça.

— Você não pode ficar sentado aí me dizendo que aquilo não o deixou furioso. Quero dizer, eu o xinguei de trinta coisas diferentes na frente da turma inteira!

— Eu não falei que não fiquei furioso. Só disse que mereci.

Ela ri.

— Ah, então você ficou *mesmo* furioso comigo. — Ela se deita novamente no travesseiro. — Quero saber sobre isso.

Arrependimentos

Estou fazendo isso o mais lentamente possível. Chamei cada aluno, sem apressá-los, sem cronometrá-los. Eles não costumam declamar os poemas com tanta rapidez. Claro que quando Gavin acaba de ler seu poema ainda restam cinco minutos de aula. Fico sem escolha e tenho de chamá-la. Deixei-a por último, na esperança de que o sinal tocasse antes. Não sei se estou tentando poupá-la de se levantar e falar depois de tudo o que aconteceu entre nós ontem ou se estou morrendo de medo do que ela vai falar. Seja como for, é a vez dela e não tenho mais escolha: preciso chamá-la.

Limpo a garganta e tento dizer seu nome, mas sai tudo embaralhado. Ela vai para a frente da sala e deixa o poema na mesa. Tenho certeza de que ela não escreveu uma única palavra na aula de ontem. E, considerando o que aconteceu na sala da minha casa ontem à noite, duvido que ela estivesse com cabeça para escrever qualquer coisa. No entanto, parece firme e confiante, e, pelo jeito, decorou o que está prestes a apresentar. Isso meio que me deixa apavorado.

— Tenho uma pergunta — diz ela antes de começar.

Merda. Afinal, o que precisa perguntar? Ela saiu lá de casa com tanta raiva ontem que não ficaria surpreso se me denunciasse bem aqui e agora. Cacete, ela provavelmente vai me perguntar se expulso *todas* as alunas de casa depois de ficar com elas. Faço que sim com a cabeça, indicando que faça a pergunta... Mas tudo que quero é sair correndo para o banheiro e vomitar.

— Tem um tempo mínimo de duração?

Meu Deus. Foi uma pergunta normal. Suspiro aliviado e limpo a garganta.

— Não, pode durar o tempo que for. Lembre-se de que não há regras.

— Ótimo — diz ela. — Então... Meu poema se chama "Malvado".

O sangue desce de minha cabeça e se acumula ao redor do meu coração depois que o título sai da boca de Layken. Ela se vira para a sala e começa.

De acordo com o dicionário...
e de acordo *comigo*...
há mais de trinta significados diferentes e sinônimos para a palavra
malvado.

(Ela ergue a voz e grita o resto do poema, me fazendo estremecer.)

Mau, idiota, cruel, imbecil, indelicado, grosso, perverso, detestável, odioso, desalmado, virulento, implacável, tirânico, malevolente, atroz, desgraçado, bárbaro, amargo, brutal, insensível, maligno, estúpido, imoral, ruim, feroz, difícil, implacável, rancoroso, pernicioso, desumano, monstruoso, impiedoso, inexorável.
E *meu* preferido — *babaca.*

Minha pulsação está disparando quase na mesma velocidade dos insultos que voam para fora de sua boca. Depois que o sinal toca, fico sentado, perplexo, enquanto a maioria dos alunos passa pela minha mesa. *Não acredito que ela acabou de fazer isso!*

— Sobre o encontro. — Escuto Eddie dizendo para ela. A palavra "encontro" me faz voltar ao presente. — Você não disse que precisava perguntar para sua mãe? — indaga Eddie.

Elas estão paradas ao lado da mesa de Lake, e Eddie está de costas para mim.

— Ah, isso — diz Lake. Ela olha direto para mim por cima do ombro de Eddie. — Sim, claro. Diga a Nick que eu adoraria.

Nunca tive problemas com meu temperamento, mas quase parece que, desde o dia em que conheci Lake, tudo que senti foi multiplicado por mil. Alegria, mágoa, raiva, amargura, amor, ciúmes. Sou incapaz de controlar esses sentimentos quando estou perto dela. Por alguma razão, o fato de Nick tê-la convidado para sair *antes* do nosso pequeno incidente de ontem à noite me deixa ainda mais furioso. Fulmino-a com o olhar, abro a gaveta, enfio o livro de notas lá dentro e a fecho. Quando Eddie se vira, assustada com o barulho, eu me levanto rapidamente e começo a apagar o quadro.

— Ótimo — diz Eddie, voltando a atenção para Lake. — Ah, e decidimos que vai ser na quinta, porque assim depois do Getty's podemos ver a competição de slam. Só faltam algumas semanas, é melhor nos livrarmos logo disso. Quer que a gente busque você?

— Hum, claro — responde Lake.

Lake podia ao menos ter a decência de aceitar o encontro quando não estivesse a um metro e meio de mim. Por mais que eu queira que ela fique furiosa comigo, nunca achei que ficaria furioso com ela. No entanto, parece que ela quer garantir que isso aconteça. Depois que Eddie sai da sala, largo o apagador e me viro para Lake. Cruzo os braços e fico a observando pegar suas coisas e seguir para a porta, sem olhar na minha direção nem uma vez sequer. Antes que ela saia, digo algo de que me arrependo antes mesmo de dizer.

— Layken.

Ela para ao chegar à porta, mas não se vira.

— Sua mãe trabalha na quinta à noite — digo. — Sempre chamo uma babá nas quintas para conseguir ir à competição. Pode mandar Kel lá para casa antes de sair. Você sabe, antes de ir para seu *encontro*.

Ela não se vira. Não grita. Não joga nada em mim. Simplesmente sai da sala, me fazendo sentir como cada um dos adjetivos que gritou no meio da aula.

Depois do quarto horário, me sento à mesa e fico encarando o nada, perguntando o que diabos está acontecendo comigo. Normalmente passo o horário de almoço na sala dos professores, mas sei que não vou conseguir comer nada agora. Estou sentindo um aperto no estômago há umas duas horas. Na verdade, há *vinte e quatro* horas.

Por que eu diria aquilo a Layken? Sei que o poema dela mexeu comigo de uma maneira que nunca aconteceu antes. Foi uma mistura de vergonha, raiva, mágoa e aflição. No entanto, para ela isso não bastou, pois teve de acrescentar *ciúmes* a essa lista. Se tem uma coisa que aprendi hoje, é que não lido muito bem com ciúmes. Não mesmo.

Sei que achei que a melhor maneira de ajudá-la a me esquecer fosse garantindo que me odiasse, mas simplesmente não sou capaz de fazer isso. Se quero manter minha sanidade, não posso permitir que ela me odeie. Mas também não posso deixar que ela me ame. *Merda!* Isso é tão errado. *Como vou corrigir isso, afinal?*

Quando chego na mesa onde eles estão almoçando, vejo que ela nem está participando da conversa. Está encarando a própria bandeja, alheia ao mundo. Alheia a mim. Eddie e eu tentamos chamar sua atenção. Quando ela finalmente sai do transe e olha para mim, seu rosto perde a cor. Ela se levanta devagar e me segue até a sala. Após entrarmos, fecho a porta, passo por ela e vou até minha mesa.

— Precisamos conversar — digo.

Minha cabeça está girando e não faço ideia do que quero dizer para ela. Sei que quero me desculpar pela maneira como reagi durante a aula, mas as palavras não estão vindo. Sou um adulto me comportando como um bobo de 14 anos.

— Então fala — retruca ela, que está do outro lado da sala, fulminando-me com o olhar.

Seu comportamento, somado ao fato de ela ter acabado de aceitar sair com outra pessoa bem na minha frente, me deixa furioso. Sei que toda a nossa situação é culpa minha, mas ela não está fazendo nada para ajudar.

— Que droga, Lake! — Eu me viro de costas, frustrado. Passo as mãos no cabelo, respiro fundo e volto a me virar para ela. — Não sou seu inimigo. Pare de me odiar.

Juro que ela começa a rir baixinho antes de seus olhos se encherem de fúria.

— Parar de *odiar* você? Tome uma maldita *decisão*, Will! Ontem à noite você disse para eu parar de amar você e agora está me dizendo para parar de *odiar* você? Você diz que não quer que eu te espere e, mesmo assim, age como um garotinho imaturo quando aceito sair com Nick! Quer que eu aja como se não o conhecesse, mas então me tira do refeitório na frente de todo mundo! Temos toda essa fachada entre nós, como se fôssemos pessoas diferentes o tempo inteiro, e isso é exaustivo! Nunca sei se você está sendo Will ou o Sr. Cooper e não sei *mesmo* quando eu devo ser Layken ou Lake.

Ela se joga numa cadeira e cruza os braços, soltando a respiração, frustrada. Ela está me observando com atenção, esperando que eu diga ou faça alguma coisa. Não tenho nada a dizer. Não posso argumentar contra nada do que ela acabou de falar pois é a pura verdade. O fato de não ter conseguido controlar meus sentimentos causou mais danos a ela do que eu imaginava.

Com calma, vou até ela e me sento na cadeira ao seu lado. Estou exausto. Emocional, física e mentalmente. Jamais imaginei que as coisas chegariam a esse ponto. Se tivesse percebido o menor sinal que fosse de que a decisão de escolher meu emprego em vez dela causaria esse efeito em mim, teria escolhido Layken, apesar do que quer que esteja acontecendo com Julia. Eu devia tê-*la* escolhido. *Ainda* devo escolhê-la.

Eu me inclino para a frente até ficar próximo a seu ouvido.

— Não achei que seria tão difícil — sussurro. E é verdade. Nunca em um milhão de anos achei que algo tão trivial quanto um primeiro encontro podia se transformar em algo tão incrivelmente *complicado*. — Me desculpe pelo que falei mais cedo sobre a quinta-feira — digo. — Em grande parte, estava sendo sincero. Sei que precisa de alguém para cuidar de Kel e sei que fiz da competição uma tarefa obrigatória. Mas eu não devia ter reagido daquela maneira. Por isso pedi que viesse aqui, só queria pedir desculpas. Não vai acontecer de novo, prometo.

Escuto-a fungar, o que só pode significar que ela está chorando. *Meu Deus*. Só consigo piorar tudo, quando tudo o que quero é consertas as coisas. Levanto a mão para acariciar seu cabelo e consolá-la, mas nesse momento a porta da sala se abre. Imediatamente, afasto a mão e me levanto num movimento brusco que demonstra culpa. Eddie está parada no vão, segurando a mochila de Lake. Ela olha para mim, e nós dois olhamos ao mesmo tempo para Lake, que vira a cabeça para mim, e eu finalmente vejo as lágrimas escorrendo por suas bochechas. As lágrimas que eu provoquei.

Eddie põe a mochila em uma das mesas e estende as mãos, saindo da sala.

— Foi mal. Continuem — diz ela.

Assim que a porta se fecha, começo a entrar em pânico. O que quer que Eddie tenha acabado de presenciar não foi uma mera conversa entre professor e aluna. Acabei de acrescentar mais uma merda fantástica a minha lista de idiotices.

— Que maravilha — murmuro. Como sequer posso começar a consertar tudo isso?

Lake se levanta e começa a andar em direção à porta.

— Deixe para lá, Will. Se ela perguntar, digo que você estava chateado porque falei babaca. E idiota. E desgra...

— Já entendi — digo, interrompendo-a antes que possa terminar a lista de insultos.

Ela pega a mochila e estende a mão para a porta.

— Layken? — digo cautelosamente. — Também queria pedir desculpas... por ontem à noite.

Ela se vira para mim bem devagar. Suas lágrimas cessaram, mas os efeitos residuais de sua tristeza ainda permanecem no rosto.

— Está arrependido porque aconteceu? Ou porque você parou?

Não consigo entender a diferença entre as duas coisas. Dou de ombros.

— Tudo. Aquilo nunca deveria ter acontecido.

Ela vira de costas e abre a porta.

— Desgraçado.

O insulto atinge no mesmo instante meu coração, bem onde ela mirou.

Assim que a porta se fecha, chuto a mesa.

— Merda! — grito, apertando o pescoço para aliviar a tensão.

Solto vários palavrões enquanto ando de um lado para o outro. Não só piorei as coisas para Lake, mas também piorei toda a situação ao deixar Eddie desconfiada. Sinto como se tivesse deixado a situação dez vezes pior. Meu Deus, daria tudo por um conselho do meu pai agora.

A Sra. Alex e suas perguntas inúteis fazem com que me atrase mais uma vez para a aula do terceiro horário. No entanto, não ligo para meu atraso de hoje. Depois da interação que tive com Lake na sala ontem, ainda não estou preparado para vê-la.

Os corredores ficaram vazios e estou me aproximando da sala quando passo pelas janelas que dão para o pátio. Paro imediatamente, aproximo-me da janela e vejo Lake. Ela está sentada num dos bancos, olhando para as próprias mãos. Fico um pouco confuso, pois ela devia estar na minha sala nesse momento. Ela olha para o céu e suspira fundo, como se estivesse tentando não chorar. Pelo visto o último lugar em que ela poderia estar agora é a meio metro de mim, na sala de aula. Vê-la lá fora, preferindo enfrentar o frio do Michigan a ficar na minha aula, me faz sofrer por ela.

— Ela é especial, não é?

Eu me viro e vejo Eddie parada atrás de mim com os braços cruzados, sorrindo.

— O quê? — pergunto, sem dúvida tentando me recuperar do fato de que ela acabou de me pegar no flagra encarando Lake.

— Você me ouviu — diz ela, passando por mim e seguindo para a entrada do pátio. — E concorda comigo.

Ela sai para o pátio sem olhar para trás. Quando Lake olha para ela e sorri, eu me afasto.

Não é nada de mais. Lake é uma aluna matando aula, e eu a estava observando. Só isso. Não aconteceu nada que Eddie possa denunciar. Apesar das tentativas fracassadas de me acalmar, passo o resto do dia à beira de um ataque de nervos.

12.

a lua de mel

— Deixe eu entender uma coisa — diz Lake, me fulminando com o olhar. — Você estava sendo um babaca, me encarando pela janela do pátio. Eddie vê você fazendo isso, o que naquele momento só aumenta a curiosidade dela. Mas aí, no final de semana seguinte, na sua sala, quando Eddie descobre tudo, você fica com raiva *de mim*?

— Não fiquei com raiva de você — digo.

— Will, você ficou furioso! Chegou a me expulsar de sua casa!

Rolo para o lado e penso naquela noite.

— É, acho que fiquei, não foi?

— Sim, ficou — concorda ela. — E ainda foi no pior dia da minha vida. — Ela rola para cima de mim e entrelaça os dedos nos meus, erguendo-os para cima de minha cabeça. — Acho que está me devendo um pedido de desculpas. Afinal, limpei sua casa inteira naquele dia.

Olho-a nos olhos e a vejo sorrir. Sei que não está chateada, mas quero muito me desculpar com sinceridade. Agi de uma maneira puramente egoísta no fim daquele dia e sempre me arrependo de tê-la expulsado da minha casa num dos piores momentos de sua vida. Levo as mãos até suas bochechas e a puxo para o travesseiro ao meu lado enquanto mudamos de posições. Faço com que ela se deite de costas e apoio a cabeça em uma das mãos, alisando seu rosto com a outra. Aliso sua bochecha, sua testa e seu nariz até meus dedos pararem em seus lábios.

— Me desculpe pela maneira como tratei você naquela noite — sussurro, levando meus lábios até os dela. Beijo-a lentamente, mas depois percebo que ela achou a sinceridade do meu pedido de desculpas algo bem atraente, pois empurra meu braço para longe, me puxa para perto e sussurra:

— Está desculpado.

— O que está fazendo? — pergunto, acordando de um cochilo induzido por pura exaustão. Lake está de camisa, vestindo a calça.

— Preciso de ar fresco. Quer vir? — diz ela. — A área da piscina é bem legal e só fecha daqui a uma hora mais ou menos. Podemos ficar por lá e tomar um café.

— Ah, claro. — Rolo para fora da cama e procuro minhas roupas.

Quando chegamos do lado de fora, a área externa está vazia, assim como a piscina, apesar de ser aquecida. Há várias espreguiçadeiras, mas Lake escolhe uma mesa, com cadeiras parecidas com bancos, para que a gente possa se sentar junto. Ela se enrosca em mim e apoia a cabeça no meu braço, segurando o café entre as mãos.

— Espero que os garotos estejam se divertindo — comenta ela.

— Você sabe que eles estão. Vô Paul os levou para fazer *geocaching* hoje.

— Ótimo — diz ela. — Kel adora caça ao tesouro. — Ela leva o café até a boca e toma um gole. Ficamos observando o reflexo da lua na superfície da água, escutando os barulhos noturnos. Está tudo calmo. — Lá no Texas a gente tinha uma piscina — continua ela. — Não tão grande quanto essa, mas era legal. O calor é tão forte que a água parecia aquecida mesmo quando não estava. Aposto que a água do Texas no dia mais frio do ano ainda é mais quente que essa piscina aquecida.

— Você nada bem? — pergunto a ela.

— Claro. Passava metade do ano naquela piscina.

Eu me inclino e a beijo, distraindo-a para que não perceba que estou tirando o café de suas mãos. Eu me curvo para ela lentamente, colocando o braço debaixo de seus joelhos. Ela está acostumada às minhas demonstrações públicas de afeto então nem percebe o que estou prestes a fazer. Assim que passa as mãos no meu cabelo, coloco-a no colo e me levanto, aproximando-me da água. Ela afasta os lábios dos meus e lança um olhar para a piscina e depois para mim.

— Não se atreva, Will Cooper!

Eu rio e continuo andando até a piscina enquanto ela começa a se debater para se soltar. Quando chego na beirada da piscina, ela está se segurando com firmeza no meu pescoço.

— Se eu for, você vai — diz ela.

Sorrio e tiro os sapatos.

— Não aceitaria que fosse diferente.

Assim que a jogo na água, eu pulo. Após emergir, ela vem nadando até mim, rindo.

— Essa foi a única roupa que eu trouxe, idiota!

Quando ela me alcança, ponho o braço ao seu redor e ergo suas pernas, colocando-as em volta da minha cintura. Ela prende os braços no meu pescoço, e nado de costas até encostar na lateral de azulejo da piscina. Ponho o braço na beirada de concreto para nos segurar e coloco o outro braço ao redor de sua cintura, prendendo-a ao meu corpo.

— Agora eu provavelmente vou precisar jogar essa camisa fora. Deve estragar com o cloro — diz ela.

Deslizo a mão por debaixo de sua camisa, subindo por suas costas, e pressiono os lábios na área logo abaixo de seu ouvido.

— Se jogar fora essa camisa feia, peço o divórcio.

Ela inclina a cabeça para trás e ri.

— Até que enfim! Você ama minha camisa feia!

Puxo-a para tão perto que nem a água consegue passar entre nós. Encosto a testa na dela.

— *Sempre* amei essa camisa, Lake. Você estava vestindo essa camisa na noite em que finalmente admiti para mim mesmo que estava apaixonado por você.

O canto do lábio dela se encurva, formando um sorriso.

— E que noite foi essa?

Inclino a cabeça para trás até encostá-la no concreto e olho para o céu.

— Não foi uma noite boa.

Ela beija a base do meu pescoço.

— Conte mesmo assim — sussurra.

eu a *amo*

— Caulder, tem certeza de que Julia disse que você podia passar a noite lá? — Ele está mexendo em sua cômoda, procurando meias, enquanto Kel enche uma bolsa com brinquedos.

— Tenho. Ela disse que amanhã à noite não posso ir porque vai ser uma noite só para a família, mas que hoje eu posso.

Noite só para a família? Será que Julia finalmente vai contar a Lake que está doente? Sinto um aperto na barriga e fico nervoso por ela no mesmo instante.

— Vou pegar sua escova de dentes, Caulder.

Estou no banheiro preparando a bolsa de Caulder quando escuto gritos vindo do lado de fora. Corro imediatamente até a janela da sala e vejo Lake saindo furiosa de casa, indo em direção ao carro de Eddie. Não consigo escutar o que diz, mas é óbvio que está irritada. O rosto dela está quase do mesmo tom de vermelho de sua camisa. Ela escancara a porta de trás do carro de Eddie e se vira, ainda gritando.

E então vejo Julia.

O olhar em seu rosto faz meu coração afundar. O carro de Eddie se afasta, e Julia fica parada na beira do pátio, chorando enquanto observa o carro ir embora. Assim que o carro desaparece, abro a porta da frente e corro para o outro lado da rua.

— Está tudo bem? Ela está bem? — pergunto ao alcançá-la.

Julia olha para mim e balança a cabeça.

— Você contou para Lake que estou doente? — pergunta ela.

— Não — respondo imediatamente. — Não, eu disse que não faria isso.

Julia fica encarando a rua, ainda balançando a cabeça.

— Acho que ela sabe. Não sei como descobriu, mas ela sabe. Eu devia ter contado antes — diz, chorando.

A porta da minha casa se fecha, e, ao me virar, vejo Kel e Caulder saindo de lá.

— Garotos! Vocês vão dormir aí em casa hoje. Voltem lá para dentro — grito.

Eles reviram os olhos, resmungam e voltam para dentro de casa.

— Obrigada, Will — diz Julia. Ela se volta para sua casa, e vou atrás dela.

— Quer que fique com você até ela voltar?

— Não — responde ela baixinho. — Só quero ficar um pouco sozinha. — Ela entra em casa e fecha a porta.

Passo as próximas duas horas me perguntando se devo mandar uma mensagem para Gavin. Estou muito angustiado por não saber se Lake está bem. Fico no sofá com as cortinas da sala escancaradas, esperando ela voltar. Já passa das onze da noite, e não aguento esperar nem mais um segundo. Jogo a cautela para o alto e pego o telefone para mandar uma mensagem para Gavin.

Lake está bem? Onde vocês estão? Ela vai dormir na casa de Eddie ou vai voltar para a casa hoje?

Acabo não tendo que esperar muito pela resposta.

Sim. Cinema. Não.

Hein? Ele não podia ter elaborado um pouco mais?

Como ela pode estar bem? E, afinal, porque vocês a levaram para o cinema com ela desse jeito?

Após dois minutos sem receber resposta alguma, envio outra mensagem.

Ela ainda está chorando? Quando vão trazê-la de volta para casa?

Espero mais alguns minutos e não recebo resposta alguma, então começo a escrever outra mensagem. Antes que eu apertasse enviar, meu telefone toca.

— Alô? — digo, quase desesperado.

— O que diabos está *fazendo*, Will? — grita Gavin ao telefone. — Está agindo como um namorado psicótico.

— Ela está com você? — pergunto.

— O filme acabou agora, e ela está no banheiro com Eddie. Saí para ligar para você porque acho que está precisando que alguém o lembre de que é o *professor* dela.

Agarro o telefone, balanço-o devido à frustração e o levo de volta ao ouvido.

— Isso não importa agora. Eu a vi saindo de casa depois de descobrir sobre o câncer da mãe. Só preciso saber que ela está bem, Gavin. Estou preocupado.

Não escuto nada além de silêncio. Gavin não responde, mas dá para ouvir os barulhos do cinema ao fundo, então sei que não é nenhuma falha da ligação.

— Gavin?

Ele limpa a garganta.

— A mãe dela está com câncer? Tem certeza?

— Sim, tenho certeza. Lake não contou para vocês por que estava chorando quando entrou no carro? De alguma maneira, Layken descobriu. Julia não sabe como.

Gavin fica em silêncio por mais alguns segundos e suspira pesado ao telefone.

— Will — diz ele, com um tom de voz mais baixo que antes. — Layken acha que a mãe tem um namorado novo. Ela não faz ideia de que ela tem câncer.

Caio no sofá, mas parece que meu coração atravessa diretamente o chão.

— Will? — chama Gavin.

— Estou aqui — digo. — Traga Layken para casa, Gavin. Ela precisa conversar com a mãe.

— OK. Estamos indo.

Passo os próximos minutos me perguntando se devo atravessar a rua e contar a Julia que Layken entendeu tudo errado. Infelizmente, quando decido conversar com ela, o carro de Eddie chega. Fico observando Lake saltar e entrar em casa. Então, fecho as cortinas da sala e apago a luz. O que mais queria era estar ao lado dela agora. Conheço o sofrimento que está prestes a sentir. O fato de eu estar a cem metros de distância e não poder fazer porcaria nenhuma é a parte mais difícil de tudo.

Vou até o quarto de Caulder e dou uma conferida nos garotos. Os dois estão dormindo, então desligo a televisão, fecho a porta e vou para meu quarto. Já percebi que não vou conseguir dormir essa noite. Estou imaginando Lake chorando até pegar no sono. Meu Deus, daria tudo para abraçá-la agora. Se pudesse tirar tudo isso da vida dela, eu tiraria.

Estou deitado com as mãos debaixo da cabeça, e meus olhos não estão focados em nada em particular. Uma lágrima escorre pela minha bochecha, e eu a enxugo. A tristeza que sinto por essa garota está me deixando arrasado.

Meia hora depois, escuto baterem à porta da sala. Pulo da cama imediatamente, corro até a sala e escancaro a porta. Ela está parada na entrada da minha casa, as bochechas marcadas pelo rímel escorrido. Está enxugando os olhos com a camisa e olha para mim. Coloco de lado todas as coisas que me obriguei a fazer no último mês devido à intensa tristeza em seus olhos. Passo o braço ao seu redor, trazendo-a para dentro de casa e fecho a porta. Tenho certeza de que a essa altura ela já sabe a verdade sobre a mãe, mas ainda assim ajo com cautela.

— Lake, o que foi?

Ela tenta recobrar o fôlego, arfando entre os soluços. Sinto que está perdendo as forças, mas consigo colocar os braços ao seu redor enquanto ela desaba no chão. Assim, desabo junto, puxo-a para perto e a deixo chorar. Apoio o queixo no topo de sua cabeça e aliso seu cabelo enquanto ela continua chorando por vários minutos. Seguro a parte de trás de sua camisa e enterro a cabeça em seu pescoço, bem ciente do fato de que ela veio atrás de mim. Ela estava precisando de alguém e foi a *mim* que procurou.

— Me conte o que aconteceu — sussurro finalmente.

Ela começa a soluçar, então a puxo mais para perto. Inspirando, ela diz as palavras mais difíceis de sua vida.

— Ela está morrendo, Will. Ela está com câncer.

Sei por experiência própria que palavra alguma é capaz de consolar alguém depois disso. Aperto sua mão e faço o que ela precisa: ser tranquilizada em silêncio. Pego-a no colo, levo-a para meu quarto, coloco-a na cama e a cubro. A campainha toca, então me curvo, beijo sua testa e volto para a sala.

Antes mesmo de abrir a porta, já sei que é Julia. Quando a vejo, percebo que está tão arrasada quanto Lake.

— Ela está aqui? — pergunta Julia entre as lágrimas.

Aponto a cabeça para meu quarto.

— Está deitada — digo.

— Pode chamá-la? Preciso que ela volte para casa para conversarmos sobre isso.

Olho para o corredor atrás de mim e suspiro. Não quero que ela vá. Sei como ela precisa de um tempo para assimilar tudo. Eu me viro para Julia, prestes a correr o maior risco de minha vida.

— Deixe ela ficar aqui, Julia. Lake está precisando de mim.

Julia fica em silêncio por um instante. O fato de eu estar discordando dela parece deixá-la um pouco confusa. Ela balança a cabeça.

— Não posso fazer isso, Will. Não posso deixar que ela passe a noite aqui.

— Já passei por isso antes. Ela precisa de tempo para assimilar, confie em mim. Deixe que tenha essa noite para se acalmar.

Os ombros de Julia se abaixam, e ela olha para baixo, sem conseguir me encarar. Não sei se é porque está com raiva de mim por eu querer que Lake fique ou se está triste por saber que tenho razão. Ela concorda com a cabeça, vira-se e começa a voltar para casa. Sua postura de derrota me faz sentir como se tivesse acabado de partir seu coração. Ela acha que está perdendo Lake para mim, mas isso não é verdade de jeito algum.

— Julia, espere — digo, chamando-a. Ela para no pátio e se vira para mim. Ao fazermos contato visual, ela desvia imediatamente o olhar para o chão e põe as mãos nos quadris. Eu a alcanço, mas mesmo assim ela não olha para mim. Não sei o que dizer. Limpo a garganta, mas não faço ideia do que falar. — Escute, Julia — começo. — Sei como seu tempo com Lake é importante para você, sei mesmo. *Acredite* em mim. Quero que ela fique ao seu lado. Ela preferir ficar aqui agora não significa nada. Só precisa de um tempo para processar tudo isso. Nada mais. Você não vai perdê-la.

Ela passa as mãos nos olhos, enxugando novas lágrimas. Mexe a terra com o pé, parando um segundo para botar os pensamentos em ordem. Após um tempo, levanta a cabeça e me olha bem nos olhos.

— Está apaixonado por ela, não está?

Faço uma pausa.

Estou?

Suspiro e junto as mãos atrás da cabeça, sem saber o que dizer.

— Estou me esforçando muito para que isso *não* aconteça — digo baixinho, admitindo para mim mesmo pela primeira vez.

Depois que ela ouve minha confissão, olha para mim com uma expressão estoica.

— Então se esforce *mais*, Will. Preciso dela. Lake não pode ficar tão envolvida nesse romance conturbado e proibido. É a última coisa de que precisamos agora. — Julia balança a cabeça e desvia o olhar mais uma vez.

O fato de ela estar desapontada dói em mim. Eu a desapontei.

Dou um passo, me aproximando, e a olho nos olhos, fazendo mais uma promessa e pedindo a Deus para ter forças para cumpri-la.

— O que sinto por ela não importa, está bem? Não quero que ela seja consumida pelo que há entre nós, assim como você. Mas ela precisa de um amigo agora, só isso.

Ela passa os braços ao redor do corpo e olha para minha casa.

— Vou deixá-la passar essa noite aí — diz, por fim. — Mas só porque concordo que ela precisa de tempo para processar isso tudo. — Ela volta a olhar para mim, ainda com lágrimas nos olhos. Não posso fazer nada além de concordar com a cabeça. Julia responde fazendo o mesmo e se vira para casa. — Acho bom você dormir no sofá — conclui por cima do ombro.

Depois que Julia entra em casa, volto para minha própria casa e tranco a porta. Entro no meu quarto, mas Lake não faz nada. Eu me deito atrás dela, colocando um braço em sua cabeça e o outro em cima do seu peito. Puxo-a para perto e a abraço enquanto ela chora até pegar no sono.

13.

a lua de mel

Continuamos relaxados dentro d'água, nos abraçando. Ela está apoiando a cabeça no meu ombro, em silêncio e sem se mexer. Pressiona os lábios no meu ombro, abrindo-os um pouco, e me beija. Inspiro enquanto seus lábios tocam meu ombro, beijam delicadamente minha clavícula e depois sobem até meu pescoço. Ao encostar no meu queixo, ela se afasta e olha para mim.

— Amo você, Will Cooper — diz, com lágrimas nos olhos.

Lake se aproxima e pressiona os lábios nos meus. Suas pernas apertam mais minha cintura, e ela põe as mãos na parte de trás de minha cabeça, me enchendo de beijos profundos e lentos. Acho que ela nunca tinha me beijado com tanta paixão e intensidade antes. É como se estivesse tentando demonstrar a gratidão através do beijo.

E eu a deixo fazer isso. Deixo ela me agradecer por cinco minutos inteiros.

Quando seus lábios finalmente se separam dos meus, ela desengancha as pernas do meu corpo e sorri.

— Isso foi por você me amar da maneira como me ama.

Ela pega impulso empurrando as pernas na lateral da piscina e fica boiando. Ao chegar ao outro lado, apoia os cotovelos na borda de concreto e sorri para mim. Fico sem fôlego, querendo voltar para o quarto do hotel imediatamente.

— Pena que agora você está gostando da minha camisa — diz ela, sorrindo com malícia.

— Por quê?

Ela solta a borda da piscina e leva a mão até o primeiro botão de sua camisa.

— Porque — sussurra ela, com sensualidade. — Cansei de usá-la. — Ela desabotoa o botão superior, deixando à mostra o contorno do sutiã. Por mais que eu tenha visto esse sutiã inúmeras vezes nas últimas vinte e quatro horas, agora está sendo muito mais sensual.

— Ah — digo.

Por mais que queira lhe arrancar a camisa, estamos na área externa de um hotel. Olho nervoso ao redor para garantir que não há ninguém ali. Quando volto a olhar para ela, o segundo botão já está desabotoado e seus dedos estão em cima do terceiro. Ela não desviou o olhar do meu.

— Lake.

— *O que foi?* — pergunta ela inocentemente.

Agora o quarto botão já está desabotoado, e ela está indo para o quinto.

Balanço a cabeça devagar.

— Isso não é uma boa ideia.

Ela desliza a camisa até metade dos braços, deixando à mostra o sutiã.

— Por que não?

Tento pensar num motivo, mas não consigo. Não consigo pensar. Tudo o que quero fazer é ajudá-la a terminar de tirar a maldita camisa. Nado até ela e me aproximo até nossos rostos ficarem a centímetros de distância. Sem desviar os olhos, agarro as mangas de sua camisa, deslizo-a por seus braços e depois a puxo com força para longe de seu corpo. Jogo a camisa no chão de concreto e baixo as mãos para desabotoar sua calça jeans. Ela arfa. Eu me aproximo e sussurro em seu ouvido enquanto abaixo o zíper.

— Por que parar por aqui?

Achei que tinha feito ela parar de blefar, mas estava errado. Ela põe o braço ao redor do meu pescoço e me ajuda a tirar sua calça jeans com a outra mão. Agarro suas coxas, puxo-a para mim e nos faço mudar de posição até eu me encostar na lateral da piscina mais uma vez. Ela põe os braços na borda, atrás da minha cabeça. Abaixo nossos corpos até ficarmos com os queixos só um pouco acima da superfície da água.

Nossos corpos se encostam com firmeza, sendo que não há nada além da minha calça jeans e da calcinha dela nos separando, e uma dessas coisas está prestes a desaparecer. Deslizo o polegar por baixo do elástico em seu quadril e começo a puxar a calcinha para baixo. Puxo apenas o suficiente.

— E agora? — pergunto, movendo a mão mais para baixo enquanto espero ela dizer que é hora de recuar.

Ela respira pesadamente em meus lábios enquanto seu queixo sobe e desce nas ondas da água. Em vez de pedir para recuarmos, ela fecha os olhos, me desafiando a continuar.

Ela arfa quando abro o fecho do seu sutiã com a outra mão e começo a removê-lo.

— Will — diz ela encostada em meus lábios. — E se alguém aparecer aqui? — Ela se cobre com os braços depois que tiro o sutiã.

Jogo-o no concreto, ao lado de sua camisa, e sorrio.

— Foi você quem começou isso. Não me diga que vai me pedir para recuar *agora*. — Beijo-a no pescoço e, com meus lábios, traço um caminho até seu maxilar. Ela cobre os seios e afunda um pouco mais na água. Em seguida, me puxa para perto.

— Recuar não é uma palavra que pertence mais ao meu vocabulário — diz ela, encontrando o botão da minha calça.

— Vocês dois já estão saindo? — pergunta alguém atrás da gente, fazendo Lake abandonar sua missão. Ela joga os braços ao meu redor e enterra a cabeça em meu pescoço. Olho para a esquerda e vejo um funcionário do hotel parado ao lado do portão de entrada, com as mãos nos quadris. — Preciso trancar o lugar.

— Ai, meu Deus, ai, meu Deus, ai, meu Deus — sussurra ela. — Cadê a droga da minha roupa?

Eu rio.

— Eu falei que isso não era uma boa ideia — digo em seu ouvido.

Continuo abraçando-a com firmeza e olho para o homem que parece estar um pouco entretido demais com nossa situação.

— Hum. Você pode jogar aquilo ali para mim? — peço, apontando para a camisa e o sutiã de Lake, que estão a vários metros de distância. Ela está agarrando meu pescoço com toda a força.

O funcionário olha para as roupas, dá uma risada, volta a olhar para Lake e sorri, quase como se eu não estivesse ali. Ele passa pelo portão, vai até a borda da piscina e joga a camisa para nós, sem desviar os olhos dela. Ponho a camisa por cima dos ombros de Lake, mas o homem continua lá parado, encarando-a.

— Pode nos dar licença? — peço a ele, que finalmente desvia os olhos dela e percebe meu olhar. Com certeza, ele entende a expressão no meu rosto e se vira para voltar para dentro do hotel.

Lake veste a camisa enquanto pego sua calça e a entrego a ela.

— Você é uma péssima influência, Sra. Cooper — digo.

— Ei, meu plano era parar na camisa — retruca ela. — Foi você que teve outras ideias.

Deixo ela se segurar em mim enquanto a ajudo a colocar a calça jeans.

— Bem, se o que acabou de acontecer não era sua intenção, então por que me fez entrar na água junto com você?

Ela ri e balança a cabeça.

— Acho que não consigo resistir a esse abdômen.

Beijo seu nariz, ponho-a nas minhas costas e a carrego para fora da piscina. Deixamos um rastro molhado por todo o caminho até nosso quarto.

LAKE ESTÁ TODA esparramada na cama, deitada de barriga para baixo e vestindo o roupão pelo qual me apaixonei. Vou roubar esse roupão antes de irmos embora. Ela está mudando os canais da televisão com o controle remoto, então vou para seu lado e pego o controle da sua mão.

— Minha vez — digo.

Ponho na ESPN, e ela pega o controle de volta.

— A lua de mel é *minha* — rebate ela. — Eu escolho o que assistir — E volta a se concentrar na televisão.

— *Sua* lua de mel? E eu, sou o quê? Só um detalhe?

Ela continua encarando a televisão sem responder. Olha para mim e, em seguida, para a televisão. Depois de alguns segundos, lança um olhar para mim, e eu ainda estou encarando-a.

— O que foi que você disse? — brinca ela. — Falou alguma coisa?

Pego o controle de suas mãos, pressiono o botão para desligar a televisão e o arremesso para o outro lado do quarto. Agarro seus pulsos e a faço virar de costas, prendendo-a na cama.

— Talvez você esteja precisando se lembrar de quem é que veste calças nessa família.

Ela ri.

— Ah, vá por mim, sei muito bem que é você quem veste calça, Will. Você usa calça até mesmo na banheira, lembra?

Rio e beijo sua orelha.

— E, se lembro bem, você também já tomou banho de roupa uma vez.

— Foi *à força*! — Ela ri.

insanidade

Depois que termino de preparar o café da manhã para os meninos, vou até meu quarto, entro e fecho a porta. A última coisa que quero é que saibam que Lake passou a noite aqui ontem.

Eu me sento na beirada da cama, perto dos pés dela. Se me sentasse mais perto, não conseguiria deixar de estender o braço e encostar nela, abraçá-la ou acariciar seu cabelo. Foi uma tortura ficar abraçado com ela ontem à noite enquanto precisava me conter para não beijá-la na tentativa de fazer sua dor passar. *Tortura*. Não que eu não tenha dado um leve beijo nela depois de ter certeza de que estava dormindo. Talvez também tenha dito que a amava depois de beijar seu cabelo.

Tortura.

— Lake — sussurro.

Como ela não se move, repito seu nome. Ela se mexe um pouco, mas não abre os olhos. Parece tão em paz, tão serena. Se eu a acordar, ela vai ter de assimilar toda a realidade mais uma vez. Eu me levanto e decido deixar que ela tenha mais alguns momentos de paz. Antes de sair do quarto, vou até a beirada da cama e dou um beijo suave em sua testa.

— E se ela perder peso? — pergunta Kel.

— Ela não precisa perder peso — digo, colocando uma colherada de ovos em seu prato. Volto para o fogão e ponho a panela em cima dele.

— Bem, se não acha ela gorda e gosta de beijá-la, por que não quer que ela seja sua namorada?

Eu me viro para os garotos.

— Eu gosto de *beijá-la*? — pergunto, temendo a resposta. Ele faz que sim com a cabeça e começa a comer.

— Você a beijou naquela noite em que saiu com ela no encontro de teste. Lake diz que você *não* a beijou, mas vi vocês dois. Ela diz que você pode se meter numa confusão por tê-la beijado e que eu não vi o que acho que vi.

— Ela disse isso? — pergunto.

Caulder faz que sim com a cabeça.

— Foi o que ela disse para a gente. Mas Kel diz que viu o que acha que viu e eu acredito nele. Por que você se meteria numa confusão por beijá-la, hein?

Não estava esperando um interrogatório desses de manhã cedo. No entanto, estou cansado demais para transformar isso numa lição de vida. Depois de tudo que aconteceu noite passada, com Lake na minha cama, tenho certeza de que não dormi nem uma hora.

— Olhe só, garotos — digo, voltando para perto deles. Apoio a mão no balcão e fico cara a cara com eles. — Às vezes algumas coisas na vida estão fora do nosso controle. Não posso ser o namorado de Lake, e ela não pode ser minha namorada. Não vamos nos casar, e vocês dois não vão se tornar irmãos. É melhor se contentarem em serem melhores amigos e vizinhos.

— É por que você é professor? — pergunta Caulder, com a voz firme.

Abaixo a cabeça e a apoio nas mãos. Eles não desistem. E são bem intuitivos.

— É — confirmo, exasperado. — É, sim. É por que sou professor. E professores não podem pedir alunas em namoro e vice-versa. Então Lake não vai ser minha namorada.

E não vou ser namorado dela. Nós não vamos nos casar. Nunca. Agora esqueçam esse assunto. — Volto para o fogão e tampo as panelas para que a comida continue quente. Não sei quando Lake vai acordar, mas preciso alimentar esses garotos e tirá-los dessa casa antes que ela saia do meu quarto. Como diabos eu poderia explicar que professores e alunas não podem namorar, mas podem dormir na mesma cama?

Depois que a hora do café da manhã passa e Lake continua dormindo, levo os garotos para a casa de Julia. Kel e Caulder entram correndo, mas sinto que preciso bater na porta antes, então fico mais atrás. Quando Julia a abre, protege os olhos do sol e desvia o olhar.

— Desculpe. Acordei você?

Ela dá um passo para o lado para que eu possa entrar, e balança a cabeça.

— Acho que nem dormi — responde. Ela volta para a sala, então a sigo e me sento no sofá. — Como ela está?

Dou de ombros.

— Ainda está dormindo. Não saiu da cama desde que se deitou ontem à noite.

Julia balança a cabeça, encosta-se no sofá e esfrega as mãos no rosto.

— Ela está com medo, Will. Ela ficou com tanto medo quando contei. Sabia que ela ficaria abalada, mas não tanto assim. Não estava mesmo esperando uma reação dessas. Preciso que ela seja forte quando a gente for contar para Kel, mas não posso contar para ele com ela tão emotiva.

— Só faz sete meses que o pai dela morreu, Julia. Perder um dos pais é difícil, mas a possibilidade de perder os dois é algo incompreensível para alguém da idade dela.

— Pois é — sussurra ela. — Você deve saber como é isso.

Ela ainda não parece ter se convencido de que a reação de Lake é normal. Cada pessoa reage de maneira diferente ao receber notícias devastadoras. Eu nem chorei no instante em que soube que meus pais tinham morrido, mas isso não significa que aquele não foi o pior momento da minha vida.

Estava a caminho de um jogo quando recebi o telefonema. Eu era o contato de emergência deles. A pessoa do outro lado da linha me disse que tinha acontecido um acidente e que eu precisava ir até um certo hospital de Detroit. Não queriam me contar mais nada, por mais que eu implorasse. Tentei ligar para o celular dos meus pais várias vezes, mas ninguém atendeu. Liguei para meus avós e contei sobre o acidente, pois eles estavam a apenas alguns minutos do hospital. Foi uma das ligações mais difíceis que tive de fazer na vida.

Dirigi o mais rápido que pude, segurando o celular na mão que também estava no volante, olhando para o aparelho sem parar. Só conseguia pensar em Caulder. Sabia que algo terrível tinha acontecido e que meus pais não estavam atendendo aos meus telefonemas porque queriam me contar pessoalmente.

Depois que uma hora se passou sem que nem mesmo meus avós me telefonassem, liguei para eles pela quinta vez. Mas os dois também não atenderam. Acho que foi na sexta vez que liguei, quando deixaram a ligação cair na caixa postal, que percebi.

Meus pais. Caulder. Todos eles. Todos tinham morrido.

Parei o carro na emergência e entrei correndo. A primeira coisa que vi foi minha avó sentada numa cadeira, encurvada para a frente e chorando.

Não, ela não estava chorando. Estava urrando de dor. Meu avô estava de costas para mim, mas vi que seus ombros tremiam. Seu corpo inteiro tremia. Fiquei ali parado, observando-os por vários minutos, me perguntando quem eram aquelas pessoas na minha frente. Aquelas pessoas fortes e independentes que eu tanto admirava e respeitava. Aquelas pessoas inabaláveis.

No entanto, lá estavam elas. Abaladas e fracas. A única coisa capaz de abalar uma pessoa inabalável é algo impensável. No instante em que os vi sozinhos na sala de espera, percebi que meus piores medos eram mesmo verdade.

Todos tinham morrido.

Eu me virei e saí de lá. Não queria ficar lá dentro. Precisava sair. Não conseguia respirar. Quando cheguei ao gramado em frente ao estacionamento, caí de joelhos. Não chorei. Em vez disso, passei mal. Era meu estômago repelindo a verdade na qual me recusava a acreditar. Depois de não ter mais nada dentro de mim, caí de costas no gramado e fiquei encarando o céu, as estrelas me encaravam de volta. Milhões de estrelas encaravam o mundo inteiro. Um mundo em que pais e irmãos morriam e em que nada parava para respeitar esse fato. O universo inteiro apenas segue em frente como se nada tivesse acontecido, mesmo quando a vida inteira de uma pessoa é interrompida tão bruscamente.

Fechei os olhos e pensei nele. Não falava com ele pelo telefone havia duas semanas. Prometi a ele que apareceria no final de semana seguinte e que o levaria para seu jogo de futebol. Foi no mesmo final de semana em que Vaughn implorou para que eu não fosse. Ela disse que as provas começariam em duas semanas e que precisávamos passar um tempo junto antes disso. Então liguei para Caulder e cancelei a viagem. Foi a última vez que falei com ele.

A última vez em que falei com ele na vida.

— Will?

Ergui o olhar após ouvir a voz do meu avô, que estava parado ao meu lado, me encarando.

— Will, você está bem? — perguntou ele, enxugando as lágrimas de seus olhos arrasados. Odiava ver aquela expressão nos olhos dele.

Não me mexi. Apenas fiquei deitado na grama, olhando para ele, sem querer que dissesse mais nada. Não queria ouvir o que tinha acontecido.

— Will... eles...

— Eu sei — respondi depressa, sem querer ouvir as palavras saindo da boca dele.

Ele balançou a cabeça e desviou o olhar.

— Sua avó quer...

— Eu *sei* — respondi mais alto.

— Talvez você devesse entrar...

— Não quero.

E eu *não* queria. Não queria colocar os pés no hospital novamente. Lá dentro era onde estavam eles três. *Mortos*.

— Will, você precisa entrar...

— Eu *não* quero! — gritei.

Meu avô... meu pobre avô só concordou com a cabeça e suspirou. O que mais ele poderia ter feito? O que mais poderia ter dito? Minha vida inteira tinha sido arrancada de mim, e eu não estava a fim de escutar palavras de consolo de enfermeiras, de médicos, de clérigos, nem mesmo dos meus avós. Não queria escutar nada disso.

Hesitante, meu avô se afastou e me deixou sozinho no gramado. Antes de voltar para dentro do hospital, ele se virou uma última vez.

— É que Caulder estava perguntando por você. Ele está assustado. Então quando estiver pronto...

Virei o rosto para ele imediatamente.

— Caulder? — respondi. — Caulder não está...

Meu avô começou a balançar a cabeça no mesmo instante.

— Não, filho. Não. Caulder está bem.

Foi só quando aquelas palavras saíram de sua boca que tudo me atingiu de uma vez só. Meu peito se inflou, e o calor subiu até meu rosto, chegando aos meus olhos. Levei as mãos para a testa e fiquei de joelhos, enterrando os cotovelos na grama, e então perdi o controle de vez. De dentro de mim saíram sons que eu nem imaginava ser capaz de fazer. Foi a vez que chorei com mais intensidade na vida — e até hoje nunca chorei daquele jeito. Eu me sentei no gramado do hospital e derramei lágrimas de alegria, pois Caulder estava a salvo.

— Você está bem? — pergunta Julia, me fazendo sair do transe.

Faço que sim com a cabeça, tentando afastar as lembranças daquele dia.

— Sim, estou.

Ela muda de posição no sofá e suspira.

— Não quero que ela tenha que criar Kel — confessa. — Lake precisa ter a oportunidade de viver a própria vida. Não quero que fique com um fardo desses.

— Julia — digo, falando com confiança devido a minha própria experiência —, para ela seria um fardo *não* ficar com ele. — Não ter a oportunidade de criar Kel acabaria *matando* Lake. Assim como morri quando achei que tinha perdido Caulder. Ela ficaria completamente arrasada.

Julia não responde, indicando que provavelmente passei dos limites com esse comentário. Ficamos sentados em silêncio por um tempo. Sinto que nenhum de nós dois tem mais alguma coisa a dizer então me levanto.

— Vou sair com os garotos hoje à tarde. E vou acordar Layken antes de sair para que vocês duas possam conversar com calma.

— Obrigada — diz ela, sorrindo para mim genuinamente. É uma sensação boa. Respeito a opinião de Julia, e perceber que ela está desapontada comigo é quase tão ruim quanto perceber que Lake está assim comigo.

Balanço a cabeça, me viro e vou embora. Volto para casa e entro no meu quarto, onde Lake ainda está dormindo. Eu me sento ao lado dela na cama.

— Lake — sussurro, tentando realmente acordá-la dessa vez.

Ela não se mexe, então tiro as cobertas de cima de sua cabeça. Ela geme e as puxa de volta.

— Lake, acorde.

Ela chuta e joga as cobertas para longe. O horario do almoço já passou faz tempo, e ela está agindo como se pudesse dormir mais umas doze horas. Layken abre os olhos, estreita-os e me vê sentado a seu lado. Há manchas de rímel embaixo de seus olhos e no travesseiro. O cabelo está bagunçado. O elástico que o prendia está a seu lado no lençol. Ela está acabada. Acabada e *linda*.

— Você não é *mesmo* de acordar cedo — digo.

Ela se senta na cama.

— Banheiro. Onde é o banheiro?

Aponto para o banheiro do outro lado do corredor e fico a observando pular para fora da cama e andar apressadamente até a porta. Agora ela acordou de vez, mas tenho quase certeza de que está precisando tomar um café.

Vou até a cozinha e faço um pouco para nós dois. Quando ela sai do banheiro, eu me sento e deixo seu café perto de mim.

— Que horas são?

— Uma e meia.

— Ah — diz ela, chocada. — Bem... sua cama é muito confortável.

Sorrio e empurro de leve seu ombro.

— Pelo jeito, é.

Tomamos nosso café, e ela não diz mais nada. Não faço ideia do que está pensando, então continuo em silêncio, deixando-a refletir. Após terminarmos o café, ponho as canecas na pia e digo que vou levar os garotos para uma matinê.

— Vamos sair daqui a alguns minutos. Depois, devo levá-los para jantar, então só devemos voltar lá pelas seis horas. Assim você e sua mãe têm tempo de conversar.

Ela franze a testa.

— E se eu não quiser conversar? E se quiser ir à matinê?

Eu me inclino por cima do balcão.

— Você não precisa ver um filme. Precisa conversar com sua mãe. Vamos. — Pego as chaves e o casaco, e me aproximo da porta de casa.

Ela se encosta na cadeira e cruza os braços.

— Acabei de acordar. A cafeína nem fez efeito ainda. Posso ficar aqui mais um pouquinho?

Ela está praticamente fazendo bico, com o lábio inferior para fora, implorando. Fico encarando sua boca por tempo demais. Acho que deu para perceber, pois ela põe os dentes em cima do lábio inferior e suas bochechas ficam coradas. Balanço a cabeça de maneira sutil, desviando o olhar de sua boca.

— Tudo bem — digo, saindo do meu transe. Aproximo-me dela e beijo sua testa. — Mas não o dia inteiro. Você precisa conversar com ela.

Eu me afasto, tomando consciência de que beijar sua testa foi algo inadequado. No entanto, o fato de ela ter dormido na minha cama essa noite já confundiu um pouco mais as coisas. Nem tudo continua sendo preto no branco. Tenho quase certeza de que o cinza passou a ser minha cor preferida.

JÁ SE PASSARAM mais de cinco horas desde que saí com os garotos, então é provável que Lake e Julia já tenham tido oportunidade de se resolverem. Digo para Kel dormir lá em casa, assim as duas terão mais tempo para se adaptar. Destranco a porta de casa e sigo os garotos até a sala. Todos paramos bruscamente ao vermos Lake no chão da sala. Há dúzias de fichas pautadas espalhadas na frente dela.

Afinal o que ela está *fazendo*?

— O que está fazendo? — pergunta Caulder, verbalizando exatamente o que estou pensando.

— Colocando em ordem alfabética — responde ela, sem erguer o olhar.

— Colocando *o que* em ordem alfabética? — retruco.

— Tudo. Primeiro foram os filmes, depois os CDs. Caulder, também fiz isso com os livros do seu quarto. E também com alguns jogos, mas um ou outro começava com número, por isso ordenei os números primeiro e depois os títulos. — Aponto para as pilhas na minha frente. — Isso são receitas. Encontrei-as em cima da geladeira. Estou colocando em ordem alfabética de acordo com a categoria, tipo: cordeiro, frango, porco, vaca. E dentro das categorias estou organizando por ordem alfabética...

— Meninos, vão para casa de Kel. Vão avisar a Julia que já voltaram — digo, sem olhar para eles.

Os garotos não se mexem. Continuam encarando Lake.

— Agora! — grito.

Dessa vez eles obedecem, abrem a porta e saem.

Eu me aproximo lentamente do sofá e me sento. Com medo de dizer qualquer coisa. Tem alguma coisa estranha. Ela parece... *alegre* demais.

— Você que é professor — diz ela, depois olha para mim e dá uma piscadela — Me diga se devo colocar "Sopa de Batata" na seção de sopa ou de batata?

O que diabos é isso? Ela não está querendo aceitar a realidade. Não *mesmo*.

— Pare — digo.

Não vou retribuir seu sorriso. Não sei o que se passou com a mãe dela hoje, mas, seja lá o que estiver acontecendo, precisa acabar. Ela precisa enfrentar a situação.

— Não posso parar, bobo. Ainda estou na metade. Se parar agora, você não vai saber onde encontrar... — Ela pega uma ficha no chão. — Frango caipira?

Dou uma olhada na sala e percebo que todos os DVDs foram organizados ao lado da televisão. Eu me levanto e ando lentamente até a cozinha, observando ao meu redor. Ela limpou até os malditos *rodapés*? Sabia que não devia tê-la deixado sozinha hoje. Meu Deus, aposto que ela limpou a casa inteira e nem foi conversar com a mãe. Vou até meu quarto, que está com a cama arrumada. Não só arrumada, mas perfeita. Hesito antes de abrir a porta do armário, com medo do que posso encontrar. Todos os meus sapatos foram reorganizados. Minhas camisas foram colocadas do lado direito do armário, e as calças, do lado esquerdo. Tudo está pendurado de acordo com a cor, indo do mais claro ao mais escuro.

Ela organizou meu *armário* por cores? Estou com medo de terminar a inspeção. Não tenho como saber tudo que ela fez nessa casa. Provavelmente não deixou nada intocado.

Merda. Corro até a cama e abro a mesa de cabeceira. Pego o livro e o abro, mas a nota fiscal do leite achocolatado de Lake não parece ter mudado de lugar. Suspiro aliviado, contente por ela não ter encontrado isso, e guardo o livro no lugar. Nem imagino como teria sido constrangedor.

Volto para a sala, sabendo que minha casa está impecável. Ela se ocupou demais com isso, o que só pode significar uma coisa: ainda está evitando a mãe.

— Você organizou meu armário por cores? — pergunto, do corredor, fulminando-a com o olhar. Ela dá de ombros e sorri, como se aquele fosse um dia normal.

— Will, não foi tão difícil. Você só tem, tipo, três cores diferentes de camisa. — Quando ela ri, eu me encolho.

Ela precisa *parar* com isso. Negar a realidade é prejudicial e não ajudaria em nada no instante em que Julia contar a Kel. Vou depressa para a sala, me curvo e pego as receitas. Nós dois vamos ter uma conversa séria.

— Will! Pare! Demorei um tempão para fazer isso! — Ela começa a pegar as fichas enquanto eu as afasto.

Percebo que isso não vai dar em nada, então largo as fichas e tento levantá-la do chão. Preciso que me olhe nos olhos e se acalme.

Mas não é o que acontece.

Na verdade, ela começa a me chutar. Está *literalmente* me chutando. E se comportando como uma maldita criança.

— Me solte! — grita ela. — Eu... não... acabei!

Largo suas mãos, como me pediu, e ela cai de volta no chão. Vou até a cozinha, pego uma jarra vazia embaixo da pia e a encho d'água. Sei que vou me arrepender disso, mas ela precisa sair desse transe. Volto para a sala, e ela nem percebe minha presença. Estendo o braço e viro a jarra em cima da sua cabeça.

— Porra! — grita ela, jogando as mãos para cima, chocada, e me encara com um olhar de puro ódio.

Quando ela começa a me atacar, percebo que talvez não tenha sido uma ideia muito boa. Será que eu devia ter colocado mais água?

Quando ela se levanta e tenta me bater, agarro seu braço, prendo-o em suas costas e sigo atrás dela enquanto a empurro até o banheiro. Após entrarmos, coloco os braços ao seu redor e a pego no colo à força. Não há outra maneira de fazer isso. Lake está fazendo tudo o que pode para me bater e está quase conseguindo. Seguro-a na parede do boxe com um braço e abro o chuveiro com a mão livre. Assim que a água cai em seu rosto, ela ofega.

— Babaca! Idiota! Desgraçado!

Ajusto a água e olho nos olhos dela.

— Tome um banho, Layken! Tomo logo um maldito banho! — Solto-a e me afasto. Ao fechar a porta do banheiro, seguro a maçaneta caso ela tente sair. E é claro que faz isso.

— Deixe eu sair, Will! Agora! — Ela bate na porta e balança a maçaneta.

— Layken, não vou deixar você sair do banheiro até que tire a roupa, entre no chuveiro, lave o cabelo e se acalme.

Continuo segurando a maçaneta até escutar a cortina do chuveiro se fechar um minuto depois. Após ter certeza de que ela não vai mais tentar sair, calço os sapatos e atravesso a rua para pegar roupas limpas para ela.

— Ela está bem? — pergunta Julia assim que abre a porta.

Ela gesticula para trás indicando que Kel e Caulder estão escutando nossa conversa.

— Está bem *demais* — sussurro. — Mas está se comportando de um jeito estranho. Vocês conversaram hoje?

Julia faz que sim com a cabeça, mas não entra em detalhes. Está claro que não quer correr o risco de que Kel ouça a conversa.

— Layken está tomando banho. Vim buscar roupas limpas para ela.

Julia assente, dá um passo para o lado e vai até a cozinha.

— Pode pegar no quarto dela. Última porta à direita — diz. — Estou lavando a louça. — Ela volta para a pia, e eu hesito, um pouco constrangido com a ideia de entrar no quarto de Lake.

Sigo pelo corredor e abro lentamente a porta do quarto. Após abrir, vejo que não é o que eu esperava. Não sei se estava achando que ia encontrar o quarto típico de uma adolescente, mas fico positivamente surpreso ao ver que não tem nenhum pôster na parede nem luz negra no teto. É um quarto surpreendentemente maduro para uma garota de 18 anos. Vou até a cômoda, abro a gaveta de cima e pego uma regata. Ao abrir a segunda gaveta em busca de uma calça, deparo com uma cheia de sutiãs e calcinhas. Eu me sinto um tanto culpado, pois ela não faz ideia de que estou aqui agora. Digo a mim mesmo para pegar logo um de cada e fechar a gaveta, mas começo a examinar tudo que vejo, imaginando como ela ficaria com cada peça.

Droga, Will! Pego um conjunto que está logo em cima, fecho a gaveta e dou uma procurada até encontrar alguma calça de pijama. Ao fechar a última gaveta, a regata escorrega da minha mão e cai no chão. Eu me abaixo para pegá-la e avisto um prendedor de cabelo. Parece um prendedor infantil. Pego-o e o seguro entre os dedos, ficando curioso para saber por que ela ainda guarda algo tão antigo.

— Ela achava que isso era mágico — diz Julia da porta.
Viro depressa a cabeça, assustado com a voz dela.
— Isso? — pergunto, erguendo o prendedor.
Julia confirma com a cabeça, entra no quarto e se senta na cama.

— Quando ela era pequena, o pai dela a encontrou logo depois que ela havia cortado um pedaço enorme da franja. Estava chorando, com medo de que eu fosse ficar com raiva, então ele penteou o cabelo dela para o lado e colocou o prendedor. Ele disse que aquilo era mágico e que, enquanto ela o usasse no cabelo, eu não perceberia.

Eu rio, tentando imaginar Lake sem um pedaço da franja.
— Aposto que você percebeu, não?
Julia ri.

— Ah, estava tão óbvio. Terrivelmente óbvio. Ela cortou uma mecha de sete centímetros bem na parte da frente do cabelo. O pai dela me ligou para avisar e me pediu para não comentar nada. Foi tão difícil. Demorou meses para o cabelo crescer de novo, e ela ficou ridícula. Mas eu não podia dizer nada, porque todo santo dia a primeira coisa que ela fazia ao acordar era colocar o prendedor para que eu não descobrisse.

— Caramba — digo. — Então ela era determinada desde criança, hein?

Julia sorri.

— Você não faz ideia. Jamais conheci uma pessoa de determinação tão indômita na *vida*.

Eu me abaixo, deixo o prendedor onde o encontrei e me viro para Julia. Ela está olhando para as próprias mãos, cutucando as unhas. Está muito parecida com Lake nesse momento, só que ainda mais triste que ela.

— Agora ela me odeia, Will. Não está entendendo meus motivos. Ela quer ficar com Kel, mas não sei se posso fazer isso com ela.

Não sei se estou em posição de aconselhá-la, mas parece que está pedindo algo desse tipo. Tudo o que sei é que já passei pela mesma situação que Lake e nada teria me impedido de levar Caulder da casa dos meus avós naquela noite.

Coloco as roupas de Lake debaixo do braço, vou até a porta e me viro para Julia.

— Talvez você devesse tentar entender os motivos de sua filha. Kel é a única coisa que sobrou na vida dela. A *única* coisa. E agora ela está achando que você também está tentando tirar isso dela.

Julia olha para mim.

— Não estou tentando tirá-lo dela. Só quero que ela seja feliz.

Feliz?

— Julia — digo. — O pai dela acabou de morrer. Você está quase morrendo. Ela tem 18 anos e está aceitando que vai passar o resto da vida sem as duas pessoas que mais ama. Não há nada que possa fazer para deixá-la feliz. O mundo dela está desmoronando, e ela não pode fazer nada quanto a isso. O mínimo que você pode fazer é deixá-la ajudar quando for tomar a decisão sobre a única coisa que vai restar na vida dela. Porque posso dizer por experiência própria... Caulder foi a *única* coisa que me fez seguir em frente. Tirar Kel dela por achar que isso vai facilitar as coisas para ela... é a pior coisa que você pode fazer aos dois.

Com medo de ter falado algo inadequado mais uma vez, saio do quarto e volto para casa.

ABRO A PORTA do banheiro e entro. Ponho as roupas e a toalha na bancada e olho para o espelho, que está bem embaçado, mas ainda assim consigo ver o chuveiro no reflexo. Há um espaço de alguns centímetros onde a cortina devia tocar na parede, mas ela não foi puxada até o fim. O pé de Lake está encostado na banheira de cerâmica, e ela está raspando as pernas. Usando minha gilete.

E minha banheira.

E as roupas dela estão no chão, ao lado dos meus pés. E não no *corpo* dela. Ela está a quase um metro de distância de mim sem roupa alguma.

É um dos piores dias da vida dela, e estou aqui parado, pensando no fato de Lake não estar vestindo nada. Babaca.

Se eu tivesse uma consciência minimamente decente, nem teria deixado ela entrar aqui em casa ontem à noite para início de conversa. Agora estou vendo a lâmina subir por seu tornozelo, rezando para que ela esteja chateada demais para voltar para casa e acabe passando mais uma noite aqui.

Só mais uma noite. Não estou pronto para me separar dela.

Saio do banheiro em silêncio e fecho a porta. Vou até a pia da cozinha e jogo água no rosto.

Seguro a beirada da bancada e respiro fundo, elaborando um pedido de desculpas fantástico para quando ela sair furiosa do banheiro. Lake está furiosa por eu ter gritado com ela e a enfiado debaixo do chuveiro. E não a culpo. Com certeza havia uma maneira mais fácil de acalmá-la.

— Preciso de uma toalha! — grita ela do banheiro. Ando até o fim do corredor.

— Está na pia. Suas roupas também.

Volto para a sala e me sento no sofá, numa tentativa patética de manter um ar casual. Se eu não parecer tão irritado, talvez ela mantenha a calma.

Meu Deus, a ideia de ela passar mais um dia com raiva de mim é insuportável. O dia em que recitou aquele poema na aula foi provavelmente o golpe mais forte que meu coração já recebeu de uma garota... e aconteceu na frente de outros 17 alunos. Sei que, além de Gavin, ninguém sabia que eu era o alvo do poema, mas *mesmo assim*. Parecia que meu coração estava sendo baleado cada vez que um insulto saía de sua boca.

A porta do banheiro começa a se abrir, e minha ideia de agir normalmente desaparece na hora. Pulo por cima do sofá, querendo apenas abraçá-la e me desculpar por tudo o que fiz essa noite.

Quando ela vê que estou me aproximando depressa, seus olhos se arregalam e ela se encosta na parede. Ponho os braços ao seu redor e a abraço com firmeza.

— Desculpe, Lake. Me desculpe por ter feito isso. É que você estava *surtando* — digo, me esforçando ao máximo para ser desculpado pelo que fiz.

Em vez de me bater, ela põe os braços ao redor do meu pescoço, fazendo com que sinta um aperto no peito enquanto tento manter o autocontrole antes que suma mais uma vez.

— Tudo bem — diz ela baixinho. — Meio que tive um dia ruim.

Tudo o que mais quero agora é abafar suas palavras com minha boca. Quero lhe contar o tanto que preciso dela. O quanto a amo. Que independentemente de como as coisas se compliquem, vou ficar ao seu lado cada segundo.

Mas não faço isso. Por causa de Julia, não faço isso. Eu me afasto relutantemente e ponho os braços em seus ombros.

— Então, somos amigos? Não vai tentar dar um soco em mim de novo?

— Amigos — responde ela, com um sorriso forçado.

Percebo que ela quer ser minha amiga tanto quanto quero ser amigo dela. Preciso me virar e seguir pelo corredor antes que as palavras "eu amo você" escapem de minha boca sem que eu possa fazer nada.

— Como foi a matinê? — pergunta ela atrás de mim.

Não consigo jogar conversa fora agora. Preciso descobrir por que ela está aqui, se não vou acabar esquecendo que ela não está aqui por minha causa.

— Você conversou com sua mãe? — pergunto.

— Nossa. Que mudança brusca de assunto.

— Falou com ela? Por favor, não me diga que passou o dia inteiro limpando. — Entro na cozinha e pego dois copos. Ela se senta na frente do balcão.

— Não. O dia inteiro, não. Nós conversamos.

— E? — pergunto.

— E... ela tem câncer.

Maldita determinação indômita.

Reviro os olhos devido à teimosia dela, vou até a geladeira e pego o leite. Quando começo a servi-la, ela se vira de costas para o balcão, joga a cabeça para trás e tira a toalha da cabeça. Com o cabelo solto, começa a desembaraçá-lo com os dedos. Lake alisa as mechas, passando os dedos entre elas delicadamente. O que eu não daria para tocar aquele cabelo — merda! No instante em que ela olha para cima, percebo que coloquei leite demais. Ele está escorrendo pela minha mão e caindo no balcão. Enxugo depressa com um pano.

Caramba, espero que ela não tenha visto isso.

Pego o achocolatado no armário e uma colher, depois misturo um pouco do pó dentro do copo.

— Ela vai ficar bem?

— Não. Provavelmente não.

Eu devia ter percebido que fazer essas perguntas diretas não ia dar em nada. Mas não perguntei nenhum detalhe para Julia e estou curioso.

— Mas ela está fazendo tratamento?

Ela revira os olhos, parecendo incrivelmente irritada.

— Ela está morrendo, Will. *Morrendo*. Deve morrer em um ano, talvez até menos. Está fazendo quimioterapia apenas para se sentir melhor. Enquanto morre. Porque ela vai morrer. Pronto. Era isso que queria ouvir?

Sua resposta me faz sentir uma culpa súbita. Estou fazendo com ela exatamente o que odiava que fizessem comigo. Obrigando-a a conversar sobre algo que ainda não aceitou direito. Decido deixar isso de lado. Lake vai aceitar a situação da sua maneira. Vou até a geladeira, encho a mão de gelo, coloco os cubos em seu copo e o empurro pelo balcão.

— Com gelo.

Ela olha para o leite achocolatado e sorri.

— Obrigada — diz ela, e bebe o leite em silêncio.

Após tomar tudo, ela se levanta e vai até a sala. Deita-se no chão e alonga os braços por cima da cabeça.

— Apague as luzes — pede ela. — Quero ficar só escutando música por um tempo.

Apago as luzes, vou até onde ela está, e me acomodo a seu lado. Ela está em silêncio, mas dá para sentir o estresse emanando de seu corpo.

— Ela não quer que eu cuide de Kel — sussurra. — Quer dar ele para Brenda.

Inspiro fundo, entendendo completamente seu sofrimento. Estendo o braço até encontrar sua mão e a seguro, querendo mais que tudo que ela saiba que não está sozinha.

Meus olhos se abrem bruscamente quando escuto a voz de Eddie. Sento-me no chão, chocado por ter pegado no sono, e vejo Lake observar Eddie sair de casa.

Merda! Merda, merda, merda! O que diabos Eddie estava fazendo em minha casa? Por que Lake sequer a deixaria *entrar* aqui? Vou ser demitido. Já era. Não tem mais jeito.

Depois que a porta se fecha, Lake se vira e me vê ali sentado no chão. Ela comprime os lábios e tenta sorrir, mas sabe que não estou nada contente.

— Afinal, o que ela estava fazendo aqui?

Lake dá de ombros.

— Fazendo uma visita — murmura. — Vendo como estou.

Ela não faz ideia do risco imenso que isso significa para minha carreira!

— Droga, Layken! — Eu me levanto e jogo as mãos para cima, frustrado. — Está *tentando* fazer com que eu seja demitido? É tão egoísta assim a ponto de não estar nem aí para os problemas das *outras* pessoas? Sabe o que aconteceria se ela espalhasse por aí que você passou a noite aqui?

Lake baixa o olhar para o chão.

Ah, meu Deus. Ela sabe. Eddie já sabe da gente.

Dou um passo para a frente, me aproximando dela, que olha para mim novamente.

— Ela sabe que você passou a noite aqui? — pergunto. Ela olha para o próprio colo. — Layken, o que ela sabe?

Ela não olha para mim, o que responde minha pergunta.

— Meu Deus, Layken. Vá para casa.

Ela assente e vai até a porta. Calça os sapatos e para antes de sair, olhando para mim como quem pede desculpas. Estou parado no meio da sala, com as mãos unidas atrás da cabeça, observando-a. Por mais que esteja com raiva agora, é difícil deixá-la ir embora. Sei que ela está precisando de mim, mas a essa altura nós dois temos muitas coisas para processar. Além disso, ela precisa ir para casa ficar com a mãe. Ficar aqui e não na própria casa não vai ajudá-la em nada a enfrentar essa situação.

Uma lágrima escorre por sua bochecha, e ela se vira depressa.

— Lake — digo baixinho, abaixando as mãos ao lado do corpo.

Não posso deixá-la ir embora com o estresse adicional do meu acesso de raiva. Vou até a porta, onde ela está, estendo os braços para tocar em seus dedos e seguro uma de suas mãos. Ela me permite fazer isso, mas não se vira para mim. Mantém a outra mão na maçaneta e funga, ainda olhando para a porta.

Essa garota. Apaixonada pelo garoto com quem não pode ficar. Em luto pela morte do pai e ainda por cima descobre que em breve também ficará de luto pela única pessoa adulta que sobrou em sua vida. Essa garota que soube que não vai poder ficar com o único membro da família que lhe restou. Aperto sua mão e a aliso com o polegar. Lake vira-se lentamente, olhando para mim. Ver o sofrimento em seus olhos e saber que boa parte dele é por minha causa me faz lembrar todos os motivos pelos quais preciso deixar que ela vá embora.

A mãe dela.

Minha carreira.

A reputação dela.

O meu futuro e o de Caulder.

O futuro *dela*.

Fazer a coisa certa. A coisa *responsável* a se fazer.

Apesar de todas as razões para que ela vá embora, só consigo pensar em uma razão para ela ficar. Eu a amo. Essa é a *única razão* que resulta do puro egoísmo. Se eu der continuidade ao que nós dois temos, seja lá o que for, vai ser algo totalmente egoísta de minha parte. Assim arriscarei tudo pelo que trabalhei e a vida de todas as pessoas que amo, só para satisfazer meus desejos.

Solto sua mão.

— Vá para casa, Layken. Ela precisa de você.

Eu me viro.

E vou embora.

14.

a lua de mel

AGORA ESTOU SEGURANDO SUA MÃO E NÃO TENHO INTENção alguma de deixar ela sair da minha vida novamente.

Lake percebe que me arrependo do que aconteceu naquela noite, segura meu rosto e sorri para me tranquilizar.

— Sabia que você é a pessoa mais altruísta que conheço?

Balanço a cabeça.

— Lake, não sou altruísta. Eu arriscava tanta coisa toda vez que estava perto de você e mesmo assim não conseguia me controlar. Era como se não conseguisse respirar a não ser que estivesse perto de você.

— Você *não* é egoísta. Estávamos apaixonados. *Muito* apaixonados. Você tentava fazer a coisa certa, o que diz muito a seu respeito. E o respeito por isso, Will Cooper.

Sabia que tinha me casado com ela por algum motivo. Seguro sua nuca, puxo sua testa para perto e a beijo.

Ela encosta a cabeça no meu peito e põe o braço ao meu redor.

— Além disso, você não tinha como se comportar perfeitamente durante *todo* o tempo em que a gente foi obrigado a ficar separado — diz ela. — É difícil demais *não* me amar, considerando como sou irresistível.

Rio e a viro, deitando-a de costas.

— É verdade — concordo, fazendo cócegas em suas costelas.

Tento me sentar em cima dela e prendê-la na cama, mas ela se debate, acaba conseguindo se soltar e se afasta. Seguro seu pulso e ela o puxa de volta, me levando para a frente. Ela se vira e tenta se soltar, mas acaba tropeçando na cadeira. Seguro sua cintura quando ela cai no chão, deslizo para cima dela e prendo seus pulsos no tapete.

— Está vendo como sou irresistível? — Ela ri. — Você não deixa nem eu sair dessa borboleta de cama sem você!

Meus olhos absorvem cada centímetro dela, dos pés à cabeça.

— Se você estivesse vestida, talvez minha vontade de atacá-la fosse menor.

Ela solta a mão da minha e estende o braço para a cadeira acima de sua cabeça, onde o roupão foi arremessado mais cedo.

— Sem problemas — diz ela, puxando-o da cadeira. — Vou ficar usando isso até irmos embora amanhã.

Arranco o roupão de suas mãos e o jogo para trás.

— Não vai *mesmo*. Já disse o que você podia vestir na lua de mel, e esse roupão não estava na lista.

— Bem, tudo que *estava* na lista ficou encharcado, graças a você.

Eu rio.

— Mas isso só é inconveniente para outra pessoa, não para mim.

Assim que a beijo, ela encontra o único ponto de minha barriga em que sinto cócegas e me ataca. Saio de cima dela na mesma hora, tentando escapar de suas mãos. Volto para a cama, e ela pula em cima de mim. Quando percebo que está me prendendo à cama, desisto imediatamente e a deixo vencer.

E quem *não* deixaria?

— Diversão devia ter sido a quarta coisa na lista da minha mãe — diz ela, acomodando-se ao meu lado, ofegante devido à energia que gastou tentando me atacar. Ergo a sobrancelha, curioso para saber a que lista está se referindo. Lake percebe que não entendi e explica: — Ela disse que toda mulher devia buscar três coisas num homem. Se divertir com ele não estava na lista, mas acho que devia estar. — Ela se senta e se encosta na cabeceira. — Me conte algo de uma época divertida. De uma época feliz. Preciso de um descanso depois de tantas lembranças tristes.

Penso nos meses logo depois que nos conhecemos, e não consigo me lembrar de nenhum mês feliz.

— É difícil, Lake. Claro que alguns momentos foram felizes, mas não foi uma época feliz. Foi um ano inteiro de muito sofrimento.

— Então conte algum de seus momentos felizes.

esculpindo abóboras

São QUASE 17 horas, então, depois de descarregar as compras, atravesso a rua para buscar Caulder. Julia e Lake precisam conversar, então acho que vou me oferecer para ficar um pouco com Kel. Antes de bater à porta, respiro fundo e me preparo para a reação de Lake, seja ela qual for. Hoje a coloquei na detenção para poder conversar com ela e Eddie, e depois deixei as duas aos prantos na minha sala de aula. Não sei se ela está furiosa comigo, mas senti que precisava explicar melhor minha situação, e isso foi o que me levou a fazer isso. Acho que agora estou prestes a descobrir se Lake realmente entendeu minha intenção.

Quando a porta se abre, fico chocado ao ver Caulder.

— Ei, cara. Já está até abrindo a porta daqui, é?

Ele sorri e segura minha mão, levando-me para dentro da casa.

— Estamos esculpindo abóboras para o Halloween. Venha, Julia também comprou uma para você.

— Não, tudo bem. Posso esculpir a minha outra hora. Só queria levar você para casa, para que eles possam ter um tempinho em família.

Olho para cima e vejo os quatro sentados na frente do balcão, esculpindo abóboras. Sei que Lake não teve oportunidade de conversar com Julia, pois ela deve ter acabado de chegar em casa, então fico um pouco confuso ao ver aquela família serena na minha frente.

Julia puxa uma cadeira e dá um tapinha, indicando que me quer ali.

— Sente-se, Will. Hoje nós vamos esculpir abóboras. E *nada* além disso. Só esculpir abóboras.

Pelo tom de sua voz, fica óbvio que Lake deve ter dito para ela que não queria discutir o assunto novamente. O que não me surpreende.

— Tudo bem, então. Vamos esculpir abóboras.

Eu me sento na cadeira que Julia puxou para mim, bem na frente de Lake. Olhamos um para o outro enquanto me sento. Ela está com uma expressão serena e não muito reveladora. Não sei o que está pensando sobre o que eu disse na detenção hoje, mas, pela sua expressão, não parece estar com raiva. Quase parece querer se desculpar.

— Por que demorou tanto para chegar em casa hoje, Layken? — pergunta Kel.

Desvio o olhar no instante em que Lake vira o rosto para ele. Foco a atenção na abóbora a minha frente.

— Eddie e eu tivemos de ficar na detenção — diz ela, em tom neutro.

— Detenção? Por que ficou na detenção? — pergunta Julia.

Posso sentir o sangue se acumulando nas bochechas.

Minta para ela, Lake.

— Cochilamos no pátio semana passada e acabamos matando aula.

Minha garota. Suspiro aliviado em silêncio.

— Lake, por que você faria algo desse tipo? Que aula você matou? — pergunta Julia, nitidamente desapontada.

Lake não responde, o que me faz erguer o olhar. Ela e Julia estão me encarando.

— Ela matou minha aula! — digo, rindo. — Eu devia ter feito o quê?

Julia ri e dá um tapinha nas minhas costas.

— Só por causa disso, seu jantar é por minha conta.

Quando a pizza chega, vou até a porta com Julia e pego a comida enquanto ela paga o entregador. Coloco as caixas em cima do balcão e preparo os pratos dos garotos.

— Quero tentar essa história do chato-e-legal que Kel me contou — diz Julia, depois de todos nos sentarmos. Lake olha para ela, confusa por não saber o que é chato-e-legal, mas não pergunta nada.

— Boa ideia, eu começo. Vou mostrar a vocês como se brinca — digo. Tomo um gole da minha bebida e começo a contar qual foi a parte chata do meu dia.

— O chato do meu dia foi a Sra. Alex.

— Quem é a Sra. Alex e por que ela foi o seu chato? — pergunta Julia.

— Ela é a secretária e... digamos que tem uma certa *atração* por mim. Hoje precisei entregar os relatórios de presença. Nós sempre os deixamos nos escaninhos antes do fim do dia, e a Sra. Alex pega todos eles e insere os dados no sistema. Quando olhei para meu nome no escaninho, havia dois corações roxos desenhados em cima das letras "o" do meu sobrenome. A Sra. Alex é a única pessoa que usa caneta roxa.

Lake e Julia caem na gargalhada.

— A Sra. Alex tem uma *quedinha* por você? — pergunta Lake, rindo. — Ela é... *velha*. E *casada*!

Sorrio e concordo com a cabeça, um pouco envergonhado. Tento voltar a prestar atenção em Julia, mas ver Lake finalmente rindo assim é algo cativante. É incrível como um sorriso dela é capaz de mudar meu dia inteiro. Lake suspira e se encosta na cadeira.

— E agora você conta a parte legal do seu dia? É assim que funciona?

Faço que sim com a cabeça, sem conseguir desviar os olhos dela. Seu sorriso também está sendo transmitido pelo olhar, e apesar de eu saber que ela vai ter muito o que enfrentar nos próximos dias, sinto-me aliviado só por ver sua felicidade vindo à tona, mesmo que apenas por um instante. O fato de ela ainda conseguir encontrar algo positivo nas circunstâncias atuais me faz ter mais certeza de que vai ficar bem.

— A parte legal do meu dia... — digo, olhando diretamente para ela. — A parte legal está sendo agora.

Por um instante, parece que estamos só nós dois na sala. Não escuto nem percebo ninguém ao nosso redor. Ela sorri para mim, sorrio de volta, e ficamos nos encarando. É como se uma trégua silenciosa tivesse surgido entre nós, e de repente tudo está correndo bem no mundinho que criamos.

Julia limpa a garganta e se inclina para a frente.

— Então, acho que agora nós aprendemos a brincadeira — diz ela, interrompendo nosso momento.

Olho para Julia, que está observando os garotos.

— Kel, você é o próximo — diz Julia, fingindo não ter percebido o pequeno "momento" que eu e Lake compartilhamos.

Fico observando Kel, me obrigando a não olhar para Lake mais uma vez. Se fizer isso, não vou conseguir me segurar. Vou ter de pular por cima do balcão e dar um beijo nela.

— O chato do meu dia é que ainda não sei que fantasia vou usar no Halloween — diz Kel. — O legal foi que Will aceitou nos levar para fazer *geocaching* de novo no final de semana.

— Vou levar vocês para fazer *geocaching*? — É a primeira vez que ouço falar disso.

— Vai? — pergunta Kel sarcasticamente. — Ah, caramba, Will. Que legal! Vou *adorar* fazer *geocaching* no final de semana.

Eu rio e olho para Caulder.

— Sua vez.

Ele aponta a cabeça na direção de Kel.

— Minha resposta é a mesma que a dele — confessa.

— Assim está fugindo da brincadeira — diz Julia para Caulder. — Você precisa dar uma resposta diferente.

Caulder revira os olhos.

— Tá bom — resmunga ele, pondo seu pedaço de pizza no prato. — O chato do meu dia é que meu melhor amigo ainda não sabe que fantasia usar no Halloween. O legal é que o legal do meu melhor amigo é que Will concordou em nos levar para fazer *geocaching* no final de semana.

— Que espertinho — digo para Caulder.

— Minha vez — diz Julia. — O legal do meu dia é que a gente pôde esculpir abóboras juntos. — Ela se encosta na cadeira e sorri para todos nós.

Olho para Lake, que está encarando as próprias mãos em cima da mesa. Está descascando o esmalte, algo que percebi que ela faz quando está estressada, assim como Julia. Sei que está pensando o mesmo que eu. Que provavelmente esta é a última vez que Julia vai esculpir abóboras. Lake leva as mãos até os olhos, como se estivesse tentando conter uma lágrima. Eu me viro depressa para Julia, para que ninguém preste atenção em Lake.

— Qual foi sua parte chata? — pergunto.

Julia continua observando Lake ao responder:

— A parte chata é a parte legal — diz Julia baixinho. — Ainda estamos esculpindo abóboras.

Estou começando a perceber que "esculpir abóboras" adquiriu um significado totalmente novo. Lake levanta-se nesse instante e tira os pratos vazios do balcão, ignorando completamente o olhar da mãe.

— Para mim, o chato é que hoje é minha vez de lavar a louça — comenta Lake.

Ela vai até a pia e abre a torneira. Kel e Caulder começam a conversar sobre fantasias novamente, então Julia e eu colaboramos com algumas ideias.

Ninguém pergunta a Lake qual foi sua parte legal do dia.

15.

a lua de mel

— Uma coisa legal aconteceu naquela noite — diz ela. — Se lembra da conversa que tivemos quando fomos levar o lixo para fora? Quando me contou como foi a primeira vez que me viu?

Assenti.

— Essa foi a parte legal do meu dia. Viver aquele momento com você. Todos os pequenos momentos que nós dois tínhamos juntos eram as partes legais dos meus dias.
— Ela beija minha testa.

— Aquela também foi a parte legal do meu dia — digo.
— E também o olhar intenso que você lançou para mim quando estávamos brincando de chato-e-legal.

Ela ri.

— Ah, se você soubesse o que eu estava pensando.

Ergo a sobrancelha.

— Pensamentos sórdidos?

— Assim que você disse "a parte legal do meu dia está sendo agora", fiquei com vontade de pular por cima do balcão e me jogar em cima de você — confessa ela.

Rio. Nunca teria achado que estávamos pensando exatamente a mesma coisa.

— O que será que sua mãe teria feito se nós dois tivéssemos nos agarrado bem em cima do balcão?

— Ela teria dado uma surra em você — diz Lake. Ela se vira, ficando de frente para o outro lado. — Se aconchegue em mim — pede ela. Eu me aproximo e deslizo um braço por baixo de sua cabeça, pondo o outro braço ao redor de seu corpo com firmeza. Ela boceja forte no travesseiro. — Me conte sobre "O Lago". Quero saber por que escreveu aquilo.

Beijo o cabelo dela e ponho a cabeça em seu travesseiro.

— Escrevi o poema na noite seguinte. Depois que comemos lasanha com sua mãe — digo. — Quando todos nós estávamos sentados à mesa naquela noite, discutindo como cuidaríamos dos garotos durante o tratamento dela, percebi que você estava conseguindo. Estava fazendo exatamente o que eu queria que meus pais tivessem feito antes de morrerem: estava assumindo as responsabilidades. Se preparando para o inevitável. Estava enfrentando a morte de frente e sem nenhum medo. — Ponho a perna por cima das dela e a puxo para perto de mim. — Toda vez que nós estávamos perto, você me inspirava a escrever. E eu só queria escrever sobre você.

Ela inclina a cabeça para mim.

— Isso estava na lista — diz ela.

— Na lista da sua mãe?

— Sim. "Ele inspira você?" é uma das perguntas.

— E *eu* inspiro você?

— Todos os dias — sussurra ela.

Beijo sua testa.

— Bem, como eu estava dizendo, você também me inspirou. Eu já sabia que a amava havia bastante tempo, mas naquela noite, durante o jantar, alguma coisa mudou dentro de mim. Era como se tudo ficasse bem no mundo quando estávamos juntos. Eu tinha presumido, e sua mãe também, que se ficássemos separados, vocês ficariam mais unidas, mas estávamos errados. Eu sabia que nós dois só ficaríamos verdadeiramente felizes se estivéssemos juntos. Eu queria que você esperasse por mim. Queria muito, mas não sabia como dizer isso sem que acabasse soando inadequado.

"Na noite seguinte, na competição de slam, quando vi você entrar, foi inevitável apresentar aquele poema para que ouvisse. Sabia que era errado, mas queria que soubesse o tanto que eu pensava em você. Quanto eu realmente a amava."

Ela se vira para mim e franze a testa.

— Como assim, quando me viu entrar? Você tinha falado que só soube que eu estava lá quando me viu ir embora.

Dou de ombros.

— Eu menti.

o lago

Assim que chego perto do microfone, eu a vejo. Ela passa pelas portas e segue direto para uma das mesas, sem olhar para o palco nem uma vez sequer. Meu coração dispara e gotas de suor se formam na minha testa, então as enxugo com a palma da mão. Não sei se é o calor do holofote ou o ataque de nervos que surgiu quando a vi na porta. Não posso mais apresentar meu poema. Não com ela aqui. *Por que está aqui?* Ela disse que não viria hoje à noite.

Dou um passo para longe do microfone, para colocar os pensamentos em ordem. Será que devo apresentá-lo mesmo assim? Se fizer isso, ela vai saber exatamente o que sinto. O que pode acabar sendo bom. Se eu apresentá-lo, talvez eu veja como ela vai reagir, e assim descubro se é certo ou não pedir para que espere por mim. *Quero* que ela espere por mim. Quero muito que ela espere por mim. Não quero nem sequer pensar na possibilidade de ela deixar outra pessoa amá-la, outra pessoa que não seja eu. Ela precisa saber o que sinto antes que seja tarde demais.

Balanço os ombros para tentar diminuir a tensão. Chego perto do microfone, ponho minhas dúvidas de lado e digo as palavras que vão remover tudo, deixando apenas a verdade.

>Eu costumava *amar* o oceano.
>Amava *tudo* a seu respeito.
>Os *recifes* de corais, as *cristas* espumosas, as *ondas* barulhentas, as *rochas* que elas *saltam*, as lendas de *piratas* e as caudas de *sereias,*
>Tesouros *perdidos* e tesouros *encontrados*...

E *TODOS*
Os *peixes*
No *mar*.
Sim, eu costumava *amar* o oceano,
Amava *tudo* a respeito dele.
A maneira como ele *cantava* até eu *dormir* enquanto eu ficava *deitado* na *cama*
e depois me *acordava* com uma *força*
Que *logo* passei a *temer*.
As *fábulas*, as *mentiras*, os olhos *enganadores*,
Eu o drenaria até que *secasse*
Se me *importasse* tanto assim.
Eu costumava *amar* o oceano,
Amava tudo a respeito dele.
Os *recifes* de corais, as *cristas espumosas*, as *ondas* barulhentas, as rochas que elas *saltam*, as lendas de *piratas* e as caudas de *sereias*,
Tesouros *perdidos* e tesouros *encontrados*...
E *TODOS*
Os *peixes*
No *mar*.
Bom, se você já tentou *navegar* um *veleiro* em seus *mares* tempestuosos, *percebeu* que as *cristas espumosas* são suas *inimigas*. Já tentou *nadar até a costa* quando sua *perna* está com *cãibra* e você acabou de comer uma *refeição enorme* de hambúrgueres do *In-N-Out*, que o estão deixando mais *pesado*, e as *ondas barulhentas* o estão deixando sem *fôlego*, enchendo seus *pulmões* com *água* enquanto você *agita* os braços, tentando chamar a *atenção de alguém*, mas seus amigos

só fazem

acenar

de volta?

E se você cresceu com *sonhos* na *cabeça*

sobre a *vida* e como qualquer dia desses você roubaria o

próprio navio e teria a *própria* tripulação e *todas*

as sereias

amariam

apenas

você?

Bem, assim você *perceberia...*

Assim como terminei percebendo...

Que todas as coisas *boas?*

Toda a *beleza?*

Não é *real*.

É *mentira*.

Então, pode *ficar* com seu *oceano*,

Que eu *fico* com meu *Lago*.

FECHO OS OLHOS e expiro, sem saber o que fazer em seguida. Será que devo ir até a mesa onde ela está? Será que espero que venha atrás de mim? Lentamente, me afasto do microfone e sigo para a escada lateral, descendo um degrau por vez, com medo do que vai acontecer em seguida, se é que vai acontecer alguma coisa. Só sei que preciso vê-la.

Ao chegar no fundo da boate, vejo que ela não está mais na mesa. Vou até a frente da boate, voltando para perto do palco, caso ela tenha vindo me procurar aqui. Ela não está em lugar algum. Depois de procurar por vários minutos, vejo Eddie e Gavin sentando à mesa onde Lake estava alguns instantes atrás.

O que estão fazendo aqui? Lake tinha me dito que ninguém viria. Ainda bem que estão atrasados, pois não queria que Gavin ouvisse aquele poema. Eu me aproximo dos dois e tento me comportar normalmente, mas meu corpo todo está nervoso e tenso.

— Oi, Will — diz Gavin. — Quer se sentar com a gente?

Balanço a cabeça.

— Ainda não. Vocês... — Faço uma pausa, sem querer que Gavin lance um daqueles seus olhares quando perceber que estou procurando Lake. — Vocês viram Layken? — Gavin encosta-se e ergue a sobrancelha.

— Vimos — responde Eddie, com um sorriso. — Ela disse que estava indo embora e foi para o estacionamento atrás da boate, mas acabei de encontrar a bolsa dela aqui — diz ela, erguendo uma bolsa. — Ela vai voltar assim que perceber que esqueceu.

Ela *foi embora*? Eu me viro no mesmo instante para a porta, sem dizer mais nada para os dois. Se Lake escutou o poema inteiro e depois simplesmente se levantou e foi embora é porque deve ter ficado furiosa comigo. Por que não apresentei outro poema? Por que não pensei em como ela se sentiria? Escancaro a porta e dou a volta na boate, seguindo para o estacionamento que fica mais atrás. Louco para alcançá-la antes que se vá, percebo que começo a andar depressa, depois a trotar e, em seguida, a correr desesperadamente. Avisto seu jipe, mas ela não está lá dentro. Eu me viro, buscando-a, mas não a vejo. Quando decido voltar, para procurá-la dentro da boate mais uma vez, escuto sua voz e a de outra pessoa. Parece uma voz masculina. Cerro os punhos imediatamente, preocupado com sua segurança. Não gosto da ideia de ela estar aqui sozinha com outra pessoa, então sigo as vozes até encontrá-la.

Até encontrar *os dois*.

Ela está encostada na caminhonete de Javi, as mãos no peito do garoto, as mãos dele em suas bochechas. Ver os lábios dele tocando os de Lake provoca uma reação dentro de mim, algo que nem sabia que era capaz de sentir. A única coisa que passa pela minha cabeça a essa altura é como posso tirar esse babaca de cima dela. De todos os garotos que Lake pode escolher para me esquecer, Javi nunca será uma opção.

Antes que eu possa pensar numa decisão mais sensata, minhas mãos seguram a camisa dele, e eu o afasto dela. Depois que ele tropeça e cai de costas, ponho o joelho em cima de seu peito e dou um murro nele. Assim que meu punho atinge seu maxilar, percebo que só precisei de três segundos para jogar para o alto tudo pelo que tanto trabalhei. Não tenho mais como conseguir sair dessa confusão mantendo meu emprego.

Meu pensamento momentâneo me distraiu o suficiente para que Javi pudesse se levantar e me dar um soco bem no olho. Caio no chão antes mesmo de conseguir reagir. Pressiono a mão no rosto e sinto o sangue quente escorrendo entre os dedos. Escuto Lake gritando para ele parar. Ou para eu parar. Talvez para nós dois pararmos. Eu me levanto e abro os olhos no instante em que Lake pula na frente de Javi. Ela cai quando Javi a atinge nas costas, com um golpe que obviamente era direcionado para mim.

— Lake! — grito, virando-a para cima.

Assim que vejo que ela está consciente, sou tomado pela raiva.

Pela vingança.

Pelo ódio.

Quero *matar* esse imbecil. Agarro a maçaneta do carro mais próximo e me levanto. Javi está se aproximando de Lake para se desculpar. Mas não dou tempo para ele pedir desculpas. Eu o golpeio com toda a força do meu punho e fico observando-o cair no chão. Me ajoelho e dou outro golpe, dessa vez por Lake. Assim que afasto meu pulso para bater nele mais uma vez, Gavin me puxa para longe, fazendo nós dois cairmos para trás. Gavin segura meus braços e grita para que me acalme. Puxo os braços para longe e me levanto, querendo tirar Lake dali e levá-la para longe de Javi. Ela deve estar mais que furiosa comigo agora, mas esse sentimento é bem recíproco.

Lake está se sentando, agarrando o peito e tentando respirar. Por mais que eu queira gritar com ela, a preocupação toma conta de mim assim que percebo que está machucada. Tudo o que quero é levá-la para longe de todos. Seguro sua mão, levanto-a e ponho o braço ao redor de sua cintura para ajudá-la a andar.

— Vou levar você para casa.

Quando chegamos no meu carro, eu a ajudo a entrar, fecho a porta e vou para o lado do motorista. Antes de entrar, respiro fundo várias vezes para me acalmar. Não consigo imaginar o que se passou na sua cabeça para que ela o beijasse logo depois de me ver praticamente confessar o amor que sinto no palco. Será que *não* está nem aí para isso tudo, porra? Fecho os olhos e inspiro pelo nariz. Em seguida, abro a porta e entro.

Saio do estacionamento, sem conseguir formar um único pensamento, muito menos uma frase coerente. Minhas mãos tremem, o coração está prestes a pular para fora do peito, sem contar que provavelmente preciso levar pontos e minha carreira agora está correndo risco... mas só consigo pensar que ela o beijou.

Ela o *beijou*.

Esse pensamento me consome durante todo o caminho para casa. Lake não disse uma única palavra, então deve estar se sentindo bastante culpada. Assim que sinto vontade de me virar para ela e dizer exatamente o que penso sobre o que fez hoje, considero melhor sair do carro, em vez disso. Vai ser melhor para nós dois se eu parar para tomar um ar. Não consigo mais guardar isso tudo dentro de mim. Paro o carro no acostamento e esmurro o volante. Percebo pelo canto do olho que ela estremece, mas continua sem dizer nada. Escancaro a porta do carro e saio depressa antes que diga algo de que vou me arrepender. Começo a andar para clarear a cabeça. Mas não adianta. Quando estou a uns cinquenta metros do carro, eu me abaixo, encho a mão de pedaços de cascalho e os arremesso no nada.

— Merda! — grito. — Merda, merda, merda!

A essa altura, não sei nem do que, de quem ou por que estou com raiva. Lake não tem compromisso algum comigo. Ela pode namorar quem quiser, pode beijar quem quiser. Minha reação exagerada não é sua culpa de maneira alguma. Eu nunca devia ter apresentado aquele poema. Eu a assustei. Nós dois finalmente estávamos num momento bom, e eu fui lá e estraguei tudo.

Mais uma vez.

Inclino a cabeça para o céu e fecho os olhos, deixando os flocos frios de neve caírem no meu rosto. Sinto a pressão e a tensão aumentarem perto do meu olho. Está doendo pra cacete. Mas espero que Javi esteja sentindo mais dor que eu.

Babaca.

Jogo mais uma pedra e entro no carro. Voltamos para casa com muitas coisas que precisam ser ditas, mas ninguém diz absolutamente nada.

Ao chegarmos na minha casa, ajudo-a a se acomodar no sofá, vou até a cozinha e pego a bolsa térmica no freezer. A tensão entre nós nunca foi tão grande, mas não consigo me obrigar a conversar sobre isso com ela. Não quero saber por que saiu correndo depois da minha apresentação. Não quero saber por que, de todas as pessoas, ela saiu correndo atrás de *Javi*. E nem a pau que quero saber por que o beijou.

Seus olhos estão fechados quando volto a me aproximar do sofá. Parece tão tranquila deitada ali. Fico observando-a por um instante, querendo saber o que diabos está se passando em sua cabeça, mas me recuso a perguntar. Também sei esculpir abóboras, assim como ela.

Eu me ajoelho ao seu lado, e ela abre os olhos. Uma expressão de horror surge em seu rosto, e ela estende a mão para meu olho.

— Will! Seu olho!

— Está tudo bem. Vou ficar bem — digo, me desviando. Ela afasta a mão, e eu me inclino para a frente, segurando a borda de sua camisa. — Posso? — Ela balança a cabeça, então puxo a camisa para cima pelas costas. Ela já está com um machucado na área onde aquele desgraçado a atingiu. Ponho a bolsa térmica no local e depois a escondo com a camisa.

Vou até a porta de casa, deixando-a no sofá enquanto atravesso a rua para contar a Julia o que aconteceu. Depois que bato na porta, ela demora um instante para atender. Ao ver sangue no meu rosto, ela pronuncia imediatamente o nome de Lake, arfando.

— Ela está bem. — Vou logo dizendo. — Houve uma briga na boate, e ela levou um soco nas costas. Está no meu sofá.

Antes que possa dizer mais alguma coisa, Julia me empurra para trás e sai correndo até o outro lado da rua. Quando estou de volta na minha sala, a vejo abraçando Lake. Julia segura sua mão e a ajuda a se levantar. Lake nem olha nos meus olhos ao ir embora. Fecho a porta depois que elas saem, vou para o banheiro e começo a me limpar. Após fazer um curativo, pego o celular e envio uma mensagem para Gavin.

Se eu passar na sua casa amanhã cedo, você pode ir comigo buscar o jipe de Lake e dirigi-lo de volta para Ypsi?

Aperto o botão de enviar e me sento no sofá. Nem consigo assimilar tudo o que aconteceu essa noite. Sinto como se estivesse dentro do sonho de outra pessoa. Dentro do *pesadelo* de outra pessoa.

Cedo que horas?

Cedo. Preciso chegar no colégio às 7h30. Pode ser às 6h?

Com uma condição: se você não for demitido amanhã, não vou ter de fazer mais nenhum trabalho da sua aula até o final do ano.

Nos vemos às 6h.

Ele abre a porta do carona e entra. Antes mesmo de eu dar ré para sair da entrada de sua casa, Gavin começa o sermão:

— Você sabe que fez merda, não é? Sabe quem é o pai de Javi? Se ainda tiver seu emprego quando chegar ao colégio, à tarde não vai ter mais.

Balanço a cabeça, mas não respondo.

— Afinal o que o levou a bater num aluno, Will?

Suspiro, pego a estrada principal e fico olhando para a frente.

— Sei que o que aconteceu teve a ver com Layken. Mas o que foi que Javi fez? Você batia nele como se ele fosse seu saco de pancadas. Por favor me diga que foi para se defender, pois assim você ainda pode ter alguma chance de não perder o emprego. Foi autodefesa? — pergunta ele, olhando para mim em busca de uma resposta.

Nego com a cabeça. Ele suspira e se encosta com força no banco.

— E depois você ainda a levou para casa! Por que você deixaria ela entrar sozinha no seu carro na frente dele, porra? Isso já bastava para que você ser demitido, nem precisava da surra. E afinal por que deu aquela surra nele, hein?

Olho para ele.

— Gavin, fiz merda. Sei disso. Pode calar a boca.

Ele faz que sim com a cabeça, apoia a perna no painel e não fala mais nada.

É A PRIMEIRA vez que chego na administração antes da Sra. Alex. Tudo está estranhamente quieto, e, por um instante, até chego a desejar que ela estivesse aqui. Dou a volta na mesa dela, aproximando-me da sala do Sr. Murphy. Dou uma olhada lá dentro e vejo que ele está sentado na frente da mesa de forma casual, com o telefone ao ouvido e os pés apoiados na mesa. Seu rosto se alegra ao me ver, mas a alegria logo desaparece no instante em que vê o estrago no meu olho. Ele ergue um dedo, então me afasto um pouco da porta para lhe dar privacidade.

Já pensei muitas vezes nesse momento. No momento em que eu entraria na sala do Sr. Murphy e pediria demissão. Claro que sempre imaginei que a consequência disso seria sair do escritório dele e entrar na vida de Lake.

Minha fantasia era totalmente diferente da realidade. Lake me odeia agora e com razão. Eu a afasto toda vez que tenta ficar mais próxima de mim, e depois, quando finalmente se acostuma a viver sem mim, faço alguma coisa que a deixa ainda mais confusa. Por que achei que apresentar aquele poema ontem à noite era uma boa ideia? Finalmente estávamos nos entendendo. Ela finalmente estava lidando com todas as coisas negativas em sua vida, e lá vou eu e pioro tudo.

Mais uma vez.

Tudo que faço é piorar a vida de Lake. É provavelmente por isso que ela foi atrás de Javi. Até gostaria de pensar que ela o estava beijando só para me deixar com ciúmes, mas meu maior medo é que o tenha beijado por já ter me esquecido de vez. É meu maior medo, mas sei que é exatamente disso que Lake precisa.

— Sr. Cooper — diz o Sr. Murphy, passando por mim. — Podemos conversar depois que eu voltar? Tenho uma reunião às 8 horas.

— Hum — hesito. — Bem, na verdade é algo bem importante.

Ele para perto dos escaninhos e pega o que tem dentro do seu.

— É tão importante assim? Não dá nem para esperar até às 10 horas?

Dou de ombros.

— Não dá para esperar — digo, relutante. — Eu, hum... meio que me meti numa briga ontem à noite. Com um aluno.

O Sr. Murphy para de conferir sua correspondência e imediatamente vira a cabeça na minha direção.

— Meio que se meteu numa briga? Ora, você brigou com ele ou não, Sr. Cooper. Qual das duas opções é a verdadeira?

— Briguei — respondo. — Briguei, com certeza.

Ele vira o corpo inteiro para mim e se encosta nos escaninhos.

— Com quem?

— Javier Cruz.

Ele balança a cabeça e massageia o pescoço enquanto pensa.

— Vou pedir para a Sra. Alex marcar uma reunião com o pai dele às 10 horas. Por enquanto, sugiro que encontre alguém para dar sua aula — diz ele. — E esteja aqui às 10 horas.

Ele vai até a mesa da Sra. Alex e escreve alguma coisa. Aquiesço, nem um pouco surpreso com sua reação cautelosa. Pego minha mochila e sigo para a porta de saída da administração.

— Sr. Cooper? — chama ele.

— Sim, senhor?

— Mais algum aluno se envolveu na briga? Alguém mais pode dar um relato detalhado do que aconteceu?

Suspiro. Não queria mesmo envolvê-la nisso tudo, mas pelo jeito não tenho escolha.

— Sim. Layken Cohen — respondo.

— Ela é namorada de Javier? — pergunta ele, anotando o nome de Layken.

A pergunta me faz estremecer, mas pelo que vi ontem à noite, diria que essa pergunta é bem válida.

— Sim, imagino que sim. — Saio da sala da administração, torcendo para que eles não peçam para Lake e Javi comparecerem às 10 horas. Não sei se seria capaz de me controlar estando na mesma sala que os dois.

Estou sentado à mesa, esperando a reunião começar. Felizmente, o Sr. Murphy conversou com Javier a sós, sem querer que nós dois interagíssemos. Devo encontrar o Sr. Murphy assim que a reunião com o pai de Javier acabar. Não estou muito entusiasmado para dar minha versão dos fatos, pois está bem claro que sou eu que estou errado. O fato de o Sr. Murphy ter pedido para um dos seguranças do colégio comparecer só me deixa ainda mais apreensivo. Não sei quais são as consequências legais do que aconteceu ontem, nem se Javier está planejando prestar queixa contra mim, mas acho que mereço as consequências das minhas ações, quaisquer que sejam.

A porta se abre, e Lake entra. Preciso me esforçar para não olhar para ela. A reação emocional que tenho a ela é algo inevitável, e fico com medo de que todos ali percebam isso. Continuo olhando para a mesa na minha frente.

— Srta. Cohen, sente-se, por favor — diz o Sr. Murphy.

Lake dá um passo para a frente e se senta ao meu lado. Cerro os punhos para lidar com a tensão entre nós dois que parece só ter aumentado desde ontem.

— Este é o Sr. Cruz, o pai de Javier — apresenta o Sr. Murphy. — Este é o policial Venturelli. — Ele aponta para os dois homens. — Tenho certeza de que sabe por que está aqui. É de nosso conhecimento que houve um incidente fora do colégio envolvendo o Sr. Cooper — continua ele. — Apreciaríamos se pudesse nos contar sua versão dos acontecimentos.

Olho para Lake no instante em que ela vira a cabeça para mim. Seus olhos procuram os meus, buscando uma orientação, então balanço a cabeça, incentivando-a silenciosamente a contar a verdade. Ela vira-se para o Sr. Murphy. Nossa interação não durou mais que três segundos, mas a preocupação em seus olhos se revelou inegável.

Lake não me odeia. Está *preocupada* comigo.

Ela limpa a garganta e se ajeita na cadeira. Põe as mãos na mesa à sua frente e começa a cutucar o esmalte enquanto fala.

— Tive um mal-entendido com Javier — diz ela. — O Sr. Cooper apareceu e puxou-o para longe de mim.

Sinto meu rosto arder no instante em que as mentiras começam a sair da boca de Lake. Por que está mentindo por mim? Não deixei claro que queria que contasse a verdade sobre o que aconteceu ontem? Encosto o joelho no dela no momento em que ela para de falar. Lake olha para mim, mas, antes que eu possa dizer que é para ela contar a verdade, o Sr. Murphy me interrompe:

— Pode contar desde o início, por favor, Srta. Cohen? Precisamos deixar a sequência de acontecimentos bem clara. Onde você estava e o que todos vocês estavam fazendo ali?

— Estávamos em Detroit para uma competição de poesia slam. É uma atividade obrigatória da matéria do Sr. Cooper. Cheguei cedo, antes dos outros alunos. Aconteceu uma coisa que me deixou constrangida e precisei ir embora, então saí de lá poucos minutos depois de ter chegado, e foi então que encontrei Javier do lado de fora.

— O que a deixou constrangida? — pergunta o policial Venturelli.

Ela lança um olhar para mim, mas só por um instante, depois volta a olhar para o policial Venturelli e dá de ombros.

— Talvez constrangida não seja a palavra certa — diz ela baixinho. — Uma das pessoas que estava se apresentando... — Ela para de falar e respira fundo. Antes de continuar, encosta o joelho no meu e não o afasta, me fazendo engolir em seco. É um movimento proposital que me deixa confuso para caramba. — Fiquei muito comovida com um dos poemas que foi apresentado ontem. Significou muito para mim — sussurra ela. — Tanto que achei melhor ir embora antes que ficasse emotiva demais.

Eu me inclino para a frente, ponho os cotovelos na mesa e seguro o rosto com as mãos. Não acredito que ela acabou de dizer essas palavras, e que fez isso só para meu bem. Saber que ela está tentando me dizer o que sentiu com meu poema está tornando essa situação insuportável. Estou sentindo uma vontade avassaladora de puxá-la da cadeira, beijá-la bem na frente de todo mundo e depois gritar pedindo demissão, o mais alto que puder.

— Deixei meu jipe estacionado atrás do estabelecimento e, quando estava indo para lá, encontrei Javier. Ele se ofereceu para me acompanhar até meu carro. Eu precisava usar o celular dele, então ficamos parados perto da caminhonete dele enquanto o telefone carregava. A gente estava conversando sobre o clima e... — Ela abaixo o tom de voz e se mexeu na cadeira, constrangida.

— Srta. Cohen, prefere me contar isso em particular? — pergunta o Sr. Murphy.

Ela balança a cabeça.

— Não, está tudo bem — diz ela. — Eu estava... estava perguntando sobre o clima, e ele simplesmente começou a me beijar. Eu disse não e tentei empurrá-lo, mas ele não parava de me beijar. Eu não sabia o que fazer. Ele me pressionava na caminhonete, e acho que foi nesse momento que o Sr. Cooper viu o que estava acontecendo e o puxou para longe de mim.

Estou segurando a beirada da mesa com muita força e só percebo isso quando Lake encosta na minha perna e olha para minhas mãos. Solto a mesa e fecho os olhos, respirando lenta e calmamente. Era para a confissão dela me deixar aliviado, pois agora sei que meu ataque de ciúmes vai ser interpretado como se eu a estivesse protegendo. No entanto, alívio é a *última* coisa que estou sentindo. Estou furioso. Javier tem uma sorte desgraçada por não estar aqui.

Caso contrário, eu reencenaria a noite de ontem em todos os detalhes, bem nesta sala.

Lake continua contando sua versão da história, só que não escuto mais nada. Faço meu máximo para me conter até todos serem dispensados, mas nunca foi tão difícil me segurar por cinco minutos. Assim que ela é dispensada, o Sr. Cruz e o policial Venturelli a acompanham até lá fora. Eu me levanto e solto o ar. Fico andando de um lado para o outro enquanto o Sr. Murphy me encara atentamente. Não consigo nem falar devido à raiva que percorre meu corpo, então continuo me movimentando e ele segue me observando em silêncio.

— Sr. Cooper — diz ele, com calma —, tem algo que quer acrescentar ou a versão dela está correta?

Paro e olho para ele.

— Eu queria que a versão dela *não* estivesse correta — digo —, mas infelizmente está.

— Will — diz o Sr. Murphy. — Você fez a coisa certa. Pare de ser tão exigente consigo mesmo. Javier agiu de maneira totalmente inadequada e, se você não estivesse lá para detê-lo, só Deus sabe o que teria acontecido com aquela garota.

— Ele vai ser expulso? — pergunto, parando para segurar o encosto da cadeira.

O Sr. Murphy levanta-se e vai até a porta. Lá fora, o policial Venturelli está conversando com o Sr. Cruz. Ele fecha a porta e se vira para mim.

— Não podemos expulsá-lo. Ele alega que foi um mal-entendido e que achava que ela queria que ele a beijasse. Vamos suspendê-lo por alguns dias por causa da briga, mas a punição não vai passar disso.

Concordo com a cabeça, sabendo muito bem que o que estou prestes a dizer é a única resposta que posso dar depois disso tudo. Nunca vou ser capaz de ficar na mesma sala com Javier outra vez sem que acabe em confusão.

— Então eu gostaria de pedir demissão — digo calmamente.

16.

a lua de mel

— Você PEDIU DEMISSÃO? — PERGUNTA LAKE, PERPLEXA. — Achei que tinha sido um acordo entre vocês. Eles teriam deixado você manter seu emprego, Will. Então por que *pediu* demissão?

— Lake, eu jamais conseguiria continuar ensinando lá. Já havia passado do meu limite. Acabaria sendo demitido de qualquer jeito se não tivesse pedido para sair naquele dia.

— Por que acha isso?

— Porque é verdade. Teriam me mandado embora no instante em que Javier voltasse para o colégio, pois eu teria dado a maior surra nele assim que o visse. Se não fosse isso, eles me demitiriam porque, se passássemos mais um segundo na mesma sala, eu ia acabar me jogando em cima de *você*, mas por um motivo completamente diferente.

Ela ri.

— Pois é. A tensão estava enorme. A gente ia acabar perdendo o controle.

— A gente *ia acabar* perdendo? Nós *perdemos* o controle naquele mesmo dia — digo, fazendo-a se lembrar do nosso incidente na área de serviço.

Ela franze a testa, fecha os olhos e suspira fundo.

— O que foi? — pergunto a ela.

Ela balança a cabeça.

— Nada. É que é difícil pensar naquela noite. Fiquei muito magoada — sussurra ela.

Beijo-a delicadamente na testa.

— Eu sei. Me desculpe.

área de serviço

De alguma maneira, consegui terminar meu dia de trabalho sem ser suspenso, demitido ou preso. Diria que ser transferido para acabar meu estágio como professor estudante em Detroit é um dos melhores resultados que eu poderia ter imaginado.

Paro o carro na frente de casa, e os garotos estão ajudando Lake e Julia com as compras. Antes mesmo de eu sair do carro, Caulder vem até mim todo entusiasmado.

— Will! — diz ele, segurando minha mão. — Você precisa ver isso!

Atravesso a rua com ele, pego o resto das sacolas e as levo para dentro. Ao me sentar, percebo que não são compras de supermercado. Parece material de costura.

— Adivinha o que a gente vai ser no Halloween? — diz Caulder.

— Hum...

— O câncer da Julia! — grita ele.

Será que escutei direito?

Julia aparece com a máquina de costura, e olho para ela interrogativamente.

— A gente só vive uma vez, não é? — Ela sorri e põe a máquina em cima do balcão.

— Ela vai deixar a gente fazer os tumores dos pulmões — diz Kel. — Quer fazer um? Deixo você fazer um grandão.

Nem sei o que responder.

— Hum...

— Kel — interrompe Lake. — Will e Caulder não vão poder ajudar, eles vão passar o final de semana inteiro fora.

— Ao ver o entusiasmo no rosto de Caulder, percebo que não há nenhum outro lugar em que eu preferiria estar.

— Na verdade, isso foi antes de eu saber que a gente ia fazer câncer de pulmão — digo. — Acho que vamos precisar remarcar a viagem.

— ONDE ESTÁ a fita métrica? — pergunta Lake para Julia.

— Não sei — diz ela. — Na verdade, nem sei se temos uma.

Tenho uma fita métrica, então fico tentando pensar numa forma de fazer Lake ir buscá-la comigo. Sei que ela está morrendo de curiosidade para saber o que aconteceu hoje e preciso me desculpar imensamente por ter me comportado daquele jeito ontem. Ela havia passado por algo terrível com Javi, e agi como um babaca no caminho para casa. Estava tentando me conter para não gritar com ela quando na verdade devia tê-la consolado.

— Will tem uma, podemos usar a dele — diz Lake. — Will, você se incomoda de ir lá pegar?

Finjo que não sei de nada.

— Tenho uma fita métrica?

Ela revira os olhos.

— Sim, está no seu kit de costura.

— Eu tenho um kit de costura?

— Está na sua área de serviço. — Ela espalha o tecido na frente dela. — Ao lado da máquina de costura na prateleira atrás dos moldes da sua mãe. Eu os organizei por ordem cronológica de acordo com os nú... Deixa para lá — diz ela depressa, balançando a cabeça e se levantando. — Eu mostro para você.

Isso.

Eu me levanto rapidamente, talvez até um pouco empolgado demais.

— Você colocou os moldes em ordem cronológica? — pergunta Julia.

— Estava tendo um dia ruim — responde Lake por cima do ombro.

Seguro a porta para Lake passar e depois a fecho. Ela se vira, e seu jeito calmo some de vez.

— O que aconteceu? Nossa, passei o dia morrendo de preocupação.

— Não fui tão repreendido — digo, enquanto andamos até minha casa. — Eles me disseram que, como eu estava defendendo outra aluna, não seria correto me punir.

Dou alguns passos trotando e abro a porta para ela, afastando-me para Lake poder entrar.

— Que bom. E seu estágio? — pergunta ela.

— Bem, é um pouco complicado. As únicas vagas aqui em Ypsilanti são no ensino fundamental. Vou me formar em ensino médio, então me mandaram para um colégio de Detroit.

Ela se vira para mim com um olhar preocupado.

— Como assim? Cês vão se mudar?

Amo o fato de ela ficar tão assustada com a possibilidade de a gente se mudar daqui. Dou risada.

— Não, Lake, não vamos nos mudar. Serão só oito semanas. Mas vou ter de dirigir um bocado. Na verdade, até ia falar sobre isso mais tarde com você e sua mãe. Não vou poder levar nem buscar os garotos na escola. Vou passar muito tempo fora. Sei que não é uma boa hora para pedir a ajuda de vocês...

— Pode parar. Sabe que vamos ajudar.

Ela pega a fita métrica, fecha a caixa e leva o kit de volta para a área de serviço. Vou atrás dela, mas não sei por que faço isso. Tenho medo de que ela volte para casa logo, quando ainda preciso lhe dizer tanta coisa. Entro na área de serviço logo atrás dela e paro perto da porta. Lake está olhando para a frente em silêncio, passando os dedos em cima dos moldes da minha mãe. Está com aquele olhar distante mais uma vez. Eu me encosto e a fico observando.

Ainda não acredito que pensei que ela deixaria Javi beijá-la, especialmente após ter visto minha apresentação ontem à noite. Devia ter raciocinado direito, e ela merece alguém muito melhor que Javi.

Porra, ela merece alguém muito melhor que *eu*.

Ela estende o braço, apaga a luz e se vira para mim. Para ao ver que estou bloqueando a entrada. Arfa em silêncio e me olha outra vez com seus lindos olhos verdes cheios de esperança. Seus olhos percorrem minhas feições, observando meu rosto, esperando que eu fale alguma coisa ou saia da frente dela. Mas não quero fazer nenhuma dessas coisas. Tudo que quero é puxá-la para perto e demonstrar o que sinto, mas não posso fazer isso. Ela fica me encarando e baixa o olhar lentamente até minha boca. Morde o lábio inferior e, nervosa, desvia o olhar para o chão.

Nunca na minha vida senti tanta vontade de ser os dentes de alguém.

Respiro fundo e me preparo para dizer o que é preciso, apesar de saber que não devia falar nada. Só preciso que ela saiba por que fiz aquilo ontem e por que me comportei daquele jeito. Cruzo os braços no peito e apoio o pé na porta, olhando para ele. Provavelmente é melhor evitar o contato visual, considerando minha falta de determinação nesse momento. Faz tempo que não ficamos numa situação como essa. As circunstâncias das últimas semanas me convenceram de que sou mais forte do que pensava e de que superei a fraqueza que sinto quando estou perto dela.

Mas estava totalmente errado.

Meu coração dispara numa velocidade recorde, e sou consumido por um desejo insaciável de agarrá-la pela cintura e puxá-la para mim. Abraço meu próprio corpo com mais firmeza, tentando conter minhas mãos. Movo o maxilar para a frente e para trás, tentando de todo jeito encontrar uma maneira de segurar minha urgência de contar a verdade, mas não consigo. As palavras saem da minha boca antes que eu seja capaz de detê-las.

— Ontem à noite — começo, e minha voz quebra a tensão como uma marreta. — Quando vi Javi beijando você... Achei que você estava retribuindo o beijo dele.

Olho para ela, procurando alguma reação. *Qualquer* reação. Sei que ela tenta disfarçar o que sente mais que qualquer outra pessoa que já conheci.

Seus olhos ficam arregalados quando ela percebe que eu não a estava defendendo ontem, e sim reagindo como um namorado possessivo e não como seu príncipe encantado.

— Ah — diz ela.

— Só soube da história inteira hoje de manhã, quando você contou sua versão — confesso.

Não sei como consegui manter a compostura naquela sala hoje de manhã ao descobrir a verdade. Tudo que queria era me jogar em cima da mesa e dar um soco no pai de Javi por ter criado um garoto tão babaca. Meu sangue esquenta só de pensar nisso. Inspiro fundo, enchendo ao máximo meus pulmões antes de suspirar. Percebo que estou cerrando os punhos, então os relaxo e passo as mãos no cabelo, me virando para ela.

— Nossa, Lake. Você não tem ideia da raiva que senti. Queria tanto bater nele. E agora? Agora que sei que ele estava *mesmo* machucando você? Quero *matar* aquele garoto.

Encosto a cabeça na porta e fecho os olhos. Preciso parar de pensar em Javi. Ele a machucou, e não cheguei a tempo de protegê-la. A imagem do garoto tocando a boca de Lake contra a vontade dela está bem nítida em minha mente, assim como o fato de que aqueles lábios foram os últimos a encostar nos dela. Ela não merece ser beijada daquele jeito. Merece ser beijada por alguém que a ama. Por alguém que passa todos os segundos tentando agir da forma correta. Por alguém que preferiria morrer a machucá-la. Lake não merece ser beijada por ninguém além de mim.

Agora está com a testa franzida, me encarando com uma expressão confusa.

— Como você... — Ela se interrompe. — Como soube que eu estava lá?

— Vi você. Quando terminei o poema, vi você indo embora.

Lake olha para mim e inspira silenciosamente após minha confissão. Sua mão procura algo onde se apoiar, e ela dá um passo para trás, para se firmar. Apesar da escuridão, consigo ver seus olhos cheios de esperança.

— Will, isso significa que...

Imediatamente, dou dois passos para a frente, sem deixar nenhum espaço entre nós. Meu peito ofega toda vez que respiro enquanto tento acalmar meu desejo de demonstrar que as palavras que disse ontem foram sinceras. Passo a parte de trás dos dedos na pele suave de sua bochecha, depois ponho o polegar debaixo de seu queixo, aproximando seu rosto do meu. Só de tocar sua pele com os dedos me lembro do que o beijo dela é capaz de provocar em mim. É algo que me hipnotiza. Seu toque me faz estremecer por completo, de corpo e alma, e tento me obrigar a desacelerar.

Ela toca meu peito no instante em que ponho os braços ao seu redor. Sinto que ela está querendo resistir, mas seu desejo é tão forte quanto o meu. Dou um passo para a frente, até ela se encostar em algo, me inclino rapidamente e pressiono meus lábios nos dela antes que algum de nós tenha tempo para mudar de ideia. Quando minha língua encontra a sua, ela solta um gemido baixinho e amolece nas minhas mãos, soltando os braços ao lado do corpo. Beijo-a com paixão, carinho e empolgação, tudo ao mesmo tempo.

Seguro-a pela cintura e a coloco em cima da secadora com facilidade, me posicionando entre suas pernas, sem perder o contato com seus lábios nem por um segundo. Ela começa a puxar minha camisa, querendo que me aproxime, então obedeço puxando-a para perto de mim enquanto suas pernas me cercam. Ela enterra as unhas suavemente nos músculos dos meus antebraços, e seus dedos sobem pelos meus braços. Ao alcançar meu pescoço, suas mãos deslizam pelo meu cabelo, me deixando arrepiado em partes do corpo que *nem* sabia que era possível. Ela agarra mechas do meu cabelo entre as mãos e puxa minha cabeça para baixo, reposicionando minha boca na pele doce de seu pescoço. Lake aproveita a oportunidade para recuperar o fôlego, ofegando e gemendo baixinho enquanto meus lábios provocam seu ombro. Estendo o braço e agarro seu cabelo da mesma forma como ela fez comigo. Em seguida puxo de leve, fazendo-a inclinar a cabeça para trás, me dando mais acesso à pele incrivelmente perfeita que sinto com os lábios. Ela faz exatamente o que eu estava querendo e arqueia as costas, permitindo em silêncio que meus lábios desçam mais uma vez pelo seu pescoço. Solto seu cabelo e deslizo a mão por suas costas, enfiando os dedos entre sua pele e sua calça jeans. As pontas dos meus dedos encostam na parte superior de sua calcinha, e com isso solto um gemido baixinho.

Tê-la em meus braços preenche o vazio que tomou conta do meu coração desde a primeira noite em que a beijei. No entanto, a cada momento que se passa, a cada beijo, a cada carinho que recebo, um desejo ainda maior surge dentro de mim. Preciso de mais do que esses momentos roubados de paixão. Preciso de muito mais que isso.

— Will — sussurra ela.

Murmuro na pele dela, sem conseguir dar uma resposta audível. Não estou muito a fim de falar nesse momento. Levanto a outra mão pela parte de trás de sua camisa até alcançar seu sutiã. Depois, a puxo para mim enquanto volto ao pescoço, na direção de sua boca.

— Quer dizer que... — diz ela, ofegante. — Quer dizer que não precisamos mais... fingir? Podemos ficar... juntos? Agora que... que você não é mais meu professor?

Meus lábios congelam em seu pescoço após essas palavras ofegantes. O que mais quero é cobrir sua boca com a minha e fazer com que ela pare de falar sobre isso. Só queria esquecer tudo por uma noite. Só por uma noite.

Mas não posso.

Meu momento de fraqueza incrivelmente irresponsável passou a impressão errada. Ainda sou um professor. Talvez não seja mais professor *dela*, mas continuo sendo um professor. E ela, uma aluna. E tudo o que está acontecendo entre nós nesse momento é totalmente errado, independentemente do quanto eu queira que seja certo.

Enquanto penso na complexidade de sua pergunta, eu a solto e me afasto dela por alguma razão.

— Will? — chama ela, saindo de cima da secadora. Lake se aproxima de mim, e o medo em seus olhos me faz sentir um aperto no estômago. Fui eu que causei esse medo.

De novo.

Sinto o arrependimento e a aflição subirem até meu rosto, e está na cara que ela também percebeu isso.

— Will? Me responda: as regras ainda estão valendo para nós? — pergunta ela, temerosa.

Não sei o que dizer para tornar minha resposta menos dolorosa. Está na cara que cometi um grande erro.

— Lake — sussurro, a voz cheia de vergonha. — Esse foi só um momento de fraqueza. Me desculpe.

Ela dá um passo para a frente e empurra meu peito.

— Um *momento* de fraqueza? É assim que você chama? Um *momento* de fraqueza? — grita ela. Estremeço com suas palavras, sabendo que disse a coisa errada. — O que pretendia *fazer*, Will? Quando é que ia parar de ficar comigo e me expulsar da sua casa *desta* vez?

Ela se vira e sai, furiosa, da área de serviço. Vê-la ir embora me faz entrar em pânico com a possibilidade de não apenas tê-la deixado chateada, mas de perdê-la de vez.

— Lake, não — imploro, seguindo-a. — Desculpe. Desculpe mesmo. Não vai acontecer de novo, juro.

Ela se vira para mim, com lágrimas escorrendo pelas bochechas.

— Não vai mesmo, pode ter certeza! Demorou, mas aceitei, Will! Depois de um mês inteiro de tortura, estava conseguindo finalmente ficar *ao seu lado* outra vez. E aí você vai e faz *isso*! Para mim não dá mais — diz ela, jogando os braços para cima, desistindo. — Sabe a maneira como você consome minha mente quando não estamos juntos? Pois não tenho mais tempo para isso. Tenho coisas mais importantes em que pensar que não seus *momentos de fraqueza*.

As palavras dela acabam comigo. Tem toda razão. Passei tanto tempo tentando fazer com que Lake aceitasse as coisas e seguisse em frente, para que minha vida não se tornasse um fardo para ela, mas jamais consigo resistir totalmente e acabo me entregando ao desejo egoísta que sinto. Eu *não* a mereço. Não mereço seu perdão, muito menos seu amor.

— Pegue a fita métrica — ordena ela, parando com a mão na porta.

— O... o quê?

— Está no chão, porra! Pegue a fita métrica para mim!

Volto para a área de serviço, pego a fita e a entrego para ela, colocando-a em sua mão. Ela olha para a minha em cima da sua e enxuga as lágrimas. Está se recusando até mesmo a me encarar. O fato de que ela pode passar a me odiar por causa do que acabou de acontecer me deixa apavorado. Eu a amo tanto e o que mais quero é abdicar de tudo por ela.

Mas não posso fazer isso. Ainda não.

Ela precisa saber como isso também é difícil para mim.

— Não me faça de vilão, Lake. *Por favor*.

Ela afasta a mão da minha e me olha nos olhos.

— Bem, com certeza você não é mais o mártir. — Ela sai da minha casa e bate a porta.

As palavras "espere por mim" escapam dos meus lábios enquanto a porta se fecha, mas ela não as escuta.

— Quero que espere por mim — repito.

Sei que ela não pode mais me ouvir, mas ao conseguir dizer isso em voz alta ganho a confiança de que preciso para sair correndo atrás dela e lhe dizer isso pessoalmente.

Eu a amo. E sei que ela me ama. Apesar do que Julia acha que é bom para nós dois, quero que Lake espere por mim. Precisamos ficar juntos. *Temos* de ficar juntos. Se eu não a impedir de ir embora agora, vou me arrepender pelo resto da vida.

Escancaro a porta de casa, preparado para correr atrás dela, mas paro ao vê-la. Lake está na entrada, enxugando as lágrimas que provoquei. Fico observando-a respirar fundo algumas vezes, tentando se recompor antes de entrar em casa. Ao ver o esforço que está fazendo para superar o que acabou de acontecer e ajudar a mãe dentro de casa, volto a enxergar tudo sob a perspectiva correta.

Nesse momento, a última coisa de que ela precisa na vida sou eu. Tenho responsabilidades demais e, com tudo o que está acontecendo agora, a última coisa de que ela precisa é parar a própria vida por minha causa. Tudo o que digo ou faço só lhe causa mais tristeza e mágoa, e não posso pedir para ela se ater a isso enquanto espera por mim. Não tem de se focar em mim. Julia tem razão. Lake precisa se focar na própria família.

Relutante, volto para dentro de casa e fecho a porta. Perceber que preciso deixá-la ir de vez me faz cair de joelhos.

17.

a lua de mel

— Tudo o que eu mais queria naquela noite era ir atrás de você — digo. — Devia ter lhe falado exatamente o que queria. Assim teria nos poupado de um mundo de mágoas.

Lake senta-se na cama e abraça os joelhos, olhando para mim.

— Não acho — diz ela. — Fico feliz com a maneira como as coisas aconteceram. Acho que nós dois precisávamos daquele espaço. E não me arrependo de jeito nenhum do tempo que passei com minha mãe durante aqueles três meses. Foi bom para nós duas.

— Que bom. — Sorrio. — Foi só por isso que não saí correndo atrás de você.

Ela solta os joelhos e volta a se deitar na cama.

— Mas mesmo assim. Era tão difícil morar na casa na frente da sua. Tudo o que eu queria era ficar com você, mas não queria que ninguém soubesse disso. Foi como se eu tivesse passado três meses fingindo ser feliz enquanto estava na frente de outras pessoas. Só Eddie sabia como eu estava me sentindo de verdade. Não queria que minha mãe descobrisse porque achava que, se ela soubesse como eu estava triste, acabaria sendo mais um fardo para ela.

Eu me levanto e me inclino para a frente, engatinhando para cima dela.

— Mas ainda bem que ela sabia o que nós dois realmente sentíamos. Você acha que teria aparecido na competição de slam na véspera da minha formatura se ela não a tivesse incentivado a ir?

— Não, de jeito nenhum. Se ela não tivesse me contado a conversa que tiveram, eu teria passado o resto do ano achando que você não me amava como eu o amava.

Pressiono a testa na dela.

— Fico tão feliz por você ter ido — sussurro. — Você mudou minha vida para sempre naquela noite.

lição

FALEI COM LAKE uma vez nos últimos três meses.
Uma vez.
Era de se imaginar que a situação fosse ficar mais fácil, mas não foi o que aconteceu. Ainda mais hoje, pois finalmente é meu último dia como professor-estudante. Minha formatura é amanhã, e eu devia estar ansiando por esse dia mais que tudo. No entanto, estou totalmente apreensivo, pois sei que Lake não estará esperando por mim.

Há duas emoções no mundo com as quais percebi que sei lidar. Amor e ódio. Lake me amou em alguns momentos e me odiou em outros. Amor e ódio, apesar de serem opostos, são sentimentos induzidos pela paixão. E sei lidar com isso.

É a indiferença que não entendo.

Fui até a casa dela algumas semanas atrás para contar sobre o novo emprego que arranjei no ensino médio de um colégio, e Lake pareceu nem se importar. Teria sido bom se ela tivesse ficado contente por mim e me desejado boa sorte. Teria sido melhor ainda se tivesse chorado e implorado para que eu não o aceitasse. Era o que eu mais queria que acontecesse. Foi só por isso que fui contar para ela em primeiro lugar. Não teria aceitado o emprego se achasse que nós dois ainda tínhamos alguma chance.

Em vez disso, Lake não reagiu de um jeito nem de outro. Ela me parabenizou, mas com uma nítida indiferença na voz. Só estava sendo educada. Sua indiferença selou nosso destino de vez, e naquele momento percebi que tinha brincado demais com seu coração. Lake já tinha me esquecido.

Ela me *esqueceu*.

Vou ter duas semanas livres, durante as quais não vou ser um estudante. Não vou ser professor. Vou ser um recém-formado de 21 anos. Pensei em ir até a casa de Lake hoje para lhe dizer o tanto que a amo, apesar de tecnicamente ainda ser um professor, se considerarmos o contrato que assinei com o novo colégio. Nem *isso* teria me impedido se não fosse pela maneira como ela reagiu mês passado, com tamanha indiferença. Parecia ter aceitado nosso destino, e foi bom ver que estava lidando muito bem com tudo, por mais que eu tenha ficado magoado. A última coisa que quero fazer, ou que *preciso* fazer, é vê-la retroceder junto comigo.

Meu Deus, vão ser as duas semanas mais difíceis de minha vida. Preciso ficar longe dela, disso tenho certeza.

Quando a plateia começa a aplaudir, volto à realidade imediatamente. Estou julgando as apresentações, mas não prestei atenção em nenhuma palavra dos poemas. Levanto minha nota nove padrão sem nem olhar para o palco. Nem queria estar aqui hoje. Na verdade, não queria estar em *lugar algum* hoje.

Depois que as notas são somadas, o apresentador começa a anunciar os vencedores. Eu me recosto na cadeira e fecho os olhos, na esperança da noite passar depressa. Tudo o que quero é voltar para casa e dormir para que a formatura chegue logo e tudo acabe o mais rápido possível. Não sei por que estou tão receoso em relação à cerimônia. Provavelmente porque sou o único que não tem pessoas suficientes para convidar. Uma pessoa normal nunca tem convites *suficientes*. Já eu tenho convites de sobra.

— Gostaria de apresentar um poema que escrevi.

Endireito a postura no instante em que ouço sua voz, e o movimento brusco quase faz minha cadeira tombar. Ela está parada no palco, segurando o microfone. O rapaz ao meu lado ri com o restante da plateia quando todos percebem que Lake está interrompendo a programação da noite.

— Olhe só essa garota — diz ele, me dando uma cotovelada.

Fico paralisado ao vê-la. Tenho quase certeza de que esqueci como se respira. Tenho quase certeza de que estou prestes a morrer. *O que diabos ela está fazendo?* Fico observando atentamente enquanto aproxima o microfone da boca mais uma vez.

— Sei que não é o procedimento padrão, mas é uma emergência — diz ela.

A risada da plateia a faz arregalar os olhos, e ela se vira na direção do apresentador. Lake está com medo. Seja lá o que estiver fazendo, é algo totalmente atípico para ela. O apresentador indica que ela deve se virar para a plateia. Respiro fundo, desejando em silêncio que ela mantenha a calma.

Lake põe o microfone de volta no lugar e ajusta a altura. Fecha os olhos e inspira. O rapaz ao meu lado grita:

— Três dólares!

Vou socar a cara dele.

Os olhos dela abrem-se repentinamente, e ela enfia a mão no bolso, pegando o dinheiro para entregar ao apresentador. Depois que ele o pega, ela se prepara outra vez.

— Meu poema se chama... — O apresentador a interrompe, batendo em seu ombro.

Ela lança um olhar irritado para ele. Expiro fundo, também ficando irritado com tantas interrupções. Ela pega o troco com ele, guarda-o no bolso e diz algo que o faz sair do palco. Então vira-se para a plateia, e seus olhos examinam a multidão.

Ela só pode saber que estou aqui. Afinal o que está fazendo?

— Meu poema se chama "Lição" — diz ela no microfone.

Engulo em seco. Se eu quisesse me mover, meu corpo não conseguiria. Estou totalmente paralisado enquanto a observo respirar fundo várias vezes antes de começar o poema.

Este ano levei a maior *lição*
De *todo mundo*
Do meu irmãozinho...
Dos *Avett* Brothers...
da minha *mãe*, da minha melhor *amiga*, do meu *professor*,
do meu *pai*,
e
de
um
garoto.
Um garoto por quem estou *seriamente*, *profundamente*,
loucamente, *incrivelmente* e *inegavelmente apaixonada*.
Levei a maior *lição* de todas esse ano.
De um garoto de 9 anos.
Ele me ensinou que é *bom* viver a *vida*
um pouco *ao contrário*.
E me ensinou a *rir*
Do que você *acharia*
impossível de rir.
Eu levei a maior *lição* esse ano

De uma *banda*!
Eles me ensinaram a encontrar aquele *sentimento* de *sentir* novamente
E me ensinaram a *decidir* o que eu queria *ser*
E a *ser* isso.
Eu levei a maior *lição*
de uma pessoa com *câncer*.
Ela me ensinou *tanto*. E *ainda* me ensina tanto.
Ela me ensinou a *questionar*.
A *nunca* me arrepender.
Ela me ensinou a *ampliar* meus limites,
Porque é *para isso* que eles *existem*.
Ela me disse para encontrar um *equilíbrio* entre *cabeça* e *coração*
E então
me ensinou *como* fazer isso...
Eu levei a maior *lição* esse ano
De uma *garota que mora com uma família de adoção*.
Ela me ensinou a *respeitar* a sorte que me foi *dada*.
E a ter *gratidão* por ao menos ter recebido *alguma*.
Ela me ensinou que *família*
Não precisa ser *de sangue*.
Que, às vezes, sua *família*
são seus *amigos*.
Levei a maior *lição* esse ano
Do meu *professor*,
Ele me ensinou
Que a *pontuação* não é o *objetivo*;
O *objetivo* é a *poesia*...
Eu levei a maior *lição* esse ano

Do meu *pai*.
Ele me ensinou que os *heróis* nem sempre são *invencíveis*
E que a *mágica*
está *dentro de* mim.
Eu levei a maior *lição* esse ano
de
um
garoto.

Um garoto por quem estou *seriamente, profundamente, loucamente, incrivelmente* e *inegavelmente apaixonada*.
E ele me ensinou que a coisa mais importante de *todas*...

É *enfatizar*
A *vida*.

TOTALMENTE.

Extremamente.

Paralisado.

Olho para a mesa à frente quando ela termina. Ainda estou assimilando suas palavras.

Um garoto por quem estou seriamente, profundamente, loucamente, incrivelmente e inegavelmente apaixonada.

Apaixonada?

Foi o que ela disse.

Por quem *estou* apaixonada. No *presente*.

Ela me *ama*. Layken Cohen me *ama*.

— Mostre sua nota, cara — pede o rapaz ao meu lado, empurrando o cartão de pontuação para mim. Olho para o cartão e depois para o palco. Ela não está mais lá. Eu me viro e a vejo indo apressada para a saída.

Afinal o que estou fazendo aqui parado? Lake está esperando minha reação ao que ela acabou de dizer, e estou aqui paralisado feito um imbecil.

Me levanto quando os juízes a minha direita erguem suas pontuações. Três deram nota nove, o outro deu oito e meio. Vou para a frente da mesa e mudo as pontuações de todos para dez. A pontuação pode até não ser o objetivo, mas o poema dela arrebentou.

— Ela merece dez.

Eu me viro e subo no palco. Pego o microfone da mão do apresentador, que revira os olhos, jogando as mãos para cima.

— De novo, não — diz ele, frustrado.

Avisto-a assim que ela abre a porta para sair.

— Isso não é uma boa ideia — digo ao microfone. Ela para de maneira brusca e lentamente se vira para o palco. — Não devia ir embora antes de escutar suas notas.

Ela olha para a mesa dos jurados e depois para mim. Quando seu olhar encontra o meu, Lake sorri.

Pego o microfone, decidido a apresentar o poema que escrevi para ela. No entanto, há uma força magnética avassaladora querendo me fazer descer do palco e sair correndo para abraçá-la. Fico firme, pois antes quero que ela escute o que tenho a dizer.

— Eu gostaria de apresentar um poema — digo, olhando para o apresentador. — É uma *emergência*. — Ele assente e dá alguns passos para trás. Eu me viro para Lake mais uma vez. Agora ela está parada no meio da boate, me encarando.

— Três dólares — grita alguém da multidão.

Merda. Tateio os bolsos, percebendo que deixei a carteira no carro.

— Estou sem dinheiro — digo para o apresentador.

Ele olha para Lake, e eu também. Ela tira os dois dólares que recebeu de troco e se aproxima do palco, espalmando-os no chão na nossa frente.

— Ainda falta um dólar — anuncia ele.

Caramba! Um dólar de nada!

O silêncio do local é interrompido por várias cadeiras sendo arrastadas de baixo das mesas. Pessoas de todos os cantos da boate se aproximam do palco, cercando Lake e jogando notas de um dólar no palco. Todos voltam rapidamente para seus lugares, e Lake fica encarando o dinheiro, perplexa.

— Está certo — diz o apresentador, olhando para a pilha de dinheiro a meus pés. — Acho que isso dá. Qual é o nome do poema, Will?

Olho para Lake e sorrio para ela.

— "Mais do que Terceiro Lugar."

Ela dá alguns passos para longe do palco e fica esperando eu começar. Respiro fundo e me preparo para dizer tudo que devia ter dito a ela três meses atrás.

> Eu conheci uma garota
> Uma garota *linda*
> E me apaixonei por ela.
> Me apaixonei *pra valer*.
> Infelizmente, às vezes, a *vida* fica no *caminho*
> A vida *com certeza* ficou no meio do *meu* caminho.
> Ficou *totalmente* no meio do meu maldito caminho,
> A vida *bloqueou* a *porta* com um monte de tábuas de
> madeira *gigantes*, marteladas juntas e *grudadas* numa
> *parede de concreto* de quarenta centímetros, atrás de uma

fileira de *barras* de aço maciço, *parafusadas* numa *estrutura de titânio* e *não importava* com quanta *força* eu tentasse *empurrar...*
Aquilo
não
se
mexia.
Às vezes, a *vida* não se *mexe*.
Ela apenas vai *bem* para o meio do seu *maldito* caminho.
Ela bloqueou meus *planos*, meus *sonhos*, meus *desejos*,
meus
anseios, minhas *vontades*, minhas *necessidades*.
Ela bloqueou aquela garota *linda*
por quem *me apaixonei tanto*.
A *vida* tenta dizer o que é *melhor* para você.
O que deve ter mais *importância* para você.
O que deve vir em *primeiro lugar*
Ou *segundo*
Ou *terceiro*.
Tentei *tanto* deixar tudo *organizado, empilhado, em ordem alfabética* ou *cronológica*, tudo em seu *espaço perfeito, em seu lugar perfeito*.
Achei que era isso que a vida *queria* que eu fizesse.
É isso que a vida *precisava* que eu fizesse.
Não é?
Deixar *tudo ordenado?*
Às vezes, a vida fica no meio do *caminho*.
Fica totalmente no meio do seu maldito *caminho*.
Mas ela não fica totalmente no meio do seu maldito caminho por querer que você *desista* e deixe que *assuma o controle*. A vida não fica totalmente no meio do seu

maldito caminho só porque quer que você deixe tudo nas
mãos dela e seja *levado por ela*.
A vida quer que você *lute*.
Que aprenda a fazer uma vida *sua*.
Ela quer que você pegue um *machado* e *destrua*
a *madeira*.
Ela quer que você pegue um *martelo de forja* e *quebre*
o *concreto*.
Ela quer que você pegue um *maçarico* e *queime* o *metal* e
aço até conseguir alcançar lá dentro e *agarrar*.
A vida quer que você *agarre* tudo que há de *organizado*,
em ordem alfabética e *cronológica*. Ela quer que você
junte tudo.
mexa tudo,
misture.
A *vida* não quer que você deixe que ela *diga* que seu
irmão
mais novo é a *única* coisa que vem em *primeiro lugar*.
A *vida* não quer que você deixe que ela *diga* que sua
carreira e seu *estudo* são as *únicas* coisas que vêm em
segundo lugar.
E a vida não quer *mesmo* que *eu*
simplesmente deixe que ela me *diga*
que a *garota* que conheci —
a garota *linda, forte, incrível* e *corajosa*
por quem me apaixonei *tanto* —
deve vir *somente* em *terceiro lugar*.
A vida *sabe das coisas*.
A vida está tentando me *dizer*
Que a *garota* que eu *amo*
A garota por quem me apaixonei

tanto
Pode sim ficar em *primeiro lugar*.
Eu vou colocá-*la* em primeiro lugar.

Assim que a última frase sai dos meus lábios, deixo o microfone no palco e desço dali. Vou diretamente até ela e seguro seu rosto entre as mãos. Lágrimas escorrem por suas bochechas, então as enxugo com os polegares.

— Amo você, Lake. — Encosto a testa na dela. — Você merece ficar em primeiro lugar.

Dizer justo o que sinto por ela foi a coisa mais fácil que já fiz na vida. A honestidade vem tão naturalmente. Insuportáveis foram os meses que passei escondendo meus sentimentos. Suspiro aliviado ao sentir desaparecer o peso de tudo que estava preso dentro de mim.

Ela ri enquanto chora e põe as mãos em cima das minhas, olhando para mim com o sorriso mais lindo.

— Também amo você. Eu amo tanto você.

Dou um beijo delicado em seus lábios. Parece que meu coração literalmente se incha dentro do peito quando ela retribui meu beijo. Ponho os braços ao seu redor e enterro o rosto em seu cabelo, puxando-a com firmeza para mim. Fecho os olhos, e, de repente, somos só nós dois. Eu e essa garota. Essa garota está nos meus braços outra vez... me tocando, me beijando, me inspirando, retribuindo meu amor.

Ela não é mais apenas um sonho.

Lake leva a boca até meu ouvido e sussurra:

— A gente provavelmente não devia estar fazendo isso aqui. — Abro os olhos e compreendo a preocupação em seu rosto. Ela ainda é uma estudante. E tecnicamente, ainda sou um professor. É provável que isso não esteja sendo muito bem interpretado caso haja alguém aqui que nos conheça.

Estendo o braço, seguro sua mão e a levo até a porta. Assim que saímos, seguro sua cintura e a empurro para a parede. Há meses espero pela oportunidade de ficar com ela desse jeito. Mais dois segundos sem tocá-la e... Eu. Vou. Morrer.

Abaixo a mão até sua cintura, aproximo-me e a beijo novamente. A sensação que tenho quando meus lábios tocam os dela é algo em que pensei inúmeras vezes desde a primeira vez que a beijei. No entanto, poder aproveitar esse momento de novo, sabendo que nossos sentimentos são recíprocos, é incrível.

Ela enfia as mãos dentro do meu casaco, percorre minhas costas e me puxa para perto enquanto me beija. Não consigo pensar em nada melhor para fazer pelo resto da vida que não seja ficar aninhado em seus braços, com seus lábios tocando os meus. Mas sei que, apesar de tudo que passamos e apesar do que sinto por ela, ainda tenho responsabilidades. Não sei quanto mais ela está disposta a esperar. Ao pensar nisso, todo o entusiasmo que havia dentro de mim desaparece.

Paro de beijá-la, ponho minhas mãos em seu cabelo e a puxo para o peito. Respiro longa e profundamente, e ela faz o mesmo, unindo as mãos nas minhas costas.

— Lake — digo, acariciando seu cabelo. — Não sei o que vai acontecer nas próximas semanas. Mas preciso que saiba que, se eu não conseguir me livrar do meu contrato...

Ela levanta a cabeça bruscamente, e nunca vi tanto medo em seus olhos. Lake acha que estou dizendo que talvez escolha não ficar com ela, e o fato de estar pensando algo tão absurdo me deixa aflito. Foi isso o que a fiz sentir nos últimos três meses, e agora ela acha que estou fazendo exatamente a mesma coisa.

— Will, você não pode fazer...

Pressiono os dedos nos lábios dela.

— Não fale nada, amor. Não estou dizendo que não podemos ficar juntos. Agora você vai ficar comigo de qualquer jeito. — Puxo-a de volta para mim. — Só estou dizendo que, se eu não conseguir me livrar do contrato, serão apenas quatro meses. Só preciso que me prometa que vai esperar por mim se for necessário. Não podemos deixar ninguém saber que estamos juntos antes que eu descubra o que preciso fazer.

Ela concorda com a cabeça encostada na minha camisa.

— Prometo. Espero o tempo que for necessário.

Fecho os olhos e encosto a bochecha em sua cabeça, me sentindo grato por perceber que ela não perdeu totalmente a fé em mim, mesmo depois de todas as vezes em que a afastei.

— E isso significa que provavelmente não devíamos estar aqui desse jeito — digo. — Quer entrar no meu carro?

Não espero pela resposta, pois preciso que ela venha para o carro comigo. Ainda não estou pronto para parar de beijá-la, mas não posso fazer isso assim, em público e sem cuidado algum. Seguro sua mão e a levo até o carro. Abro a porta do carona, mas, em vez de deixar ela entrar primeiro, eu me sento no banco, coloco-a no colo e fecho a porta. Tiro as chaves do bolso e estendo o braço para ligar o carro e o aquecedor. Ela se acomoda no meu colo, sentando-se em cima de mim. Reconheço que estamos numa posição muito íntima apesar de termos nos beijado apenas poucas vezes, mas é a única maneira de nos agarrarmos no carro com um certo conforto.

Seguro suas mãos e as coloco entre nós dois, beijando-as.

— Amo você, Lake.

Ela sorri.

— Fala de novo. Adoro ouvir você dizendo isso.

— Ótimo, porque adoro dizer isso. Amo você. — Beijo sua bochecha e depois seus lábios. — Eu amo você — sussurro novamente.

— Mais uma vez — pede ela. — Já perdi as contas de quantas vezes imaginei como seria ouvir você dizer isso. Passei todo esse tempo torcendo para que meus sentimentos fossem correspondidos.

O fato de que ela não fazia ideia do que eu sentia provoca um aperto no meu peito.

— Amo você, Lake. Tanto. Sinto muito por ter feito você passar por tudo aquilo.

Ela balança a cabeça.

— Will, você estava fazendo o que era certo. Ou pelo menos tentando. Eu entendo. Só espero que agora seja para valer, porque você não pode mais me afastar. Não consigo suportar aquilo de novo.

As palavras dela cortam meu coração como uma faca, mas eu mereço. Não sei o que posso dizer ou fazer para convencê-la de que estou aqui. De que vou ficar. De que, desta vez, estou escolhendo ficar com ela.

Antes que possa convencê-la disso, ela segura meu rosto e me beija intensamente, me fazendo gemer. Deslizo as mãos por baixo de sua camisa, alcançando suas costas.

Sentir a maciez e o calor de sua pele nas palmas das minhas mãos é algo que jamais quero esquecer.

Assim que minhas mãos tocam sua pele, ela segura meu casaco e começa a tirá-lo. Eu me inclino para a frente, ainda com a boca colada na dela, e me esforço para arrancar o agasalho de vez. Ao conseguir isso, jogo-o para trás e enfio as mãos debaixo da camisa dela.

Tocá-la, beijá-la, ficar com ela... é algo tão natural. Tão certo.

Levo os lábios para a área de seu pescoço que me enlouquece. Ela inclina o pescoço para o lado e geme baixinho. Ponho as mãos em sua cintura e a seguro com mais firmeza enquanto beijo seu ombro. Lentamente, subo as mãos por sua cintura até meus polegares encostarem em seu sutiã. Sinto seu coração martelando no peito, o que também faz o meu acelerar. Assim que enfio o polegar direito embaixo do sutiã, ela se afasta dos meus lábios. E solta o ar.

No mesmo instante, tiro as mãos de baixo de sua camisa e as coloco nos ombros dela, xingando-me em silêncio por ser tão impaciente. Empurro seus ombros para trás, para que a gente tenha espaço para respirar. Encosto a cabeça no banco e fecho os olhos.

— Desculpe. — Abro os olhos e mantenho a cabeça ali. — Estou indo rápido demais. Me desculpe. É que já imaginei tantas vezes como seria tocar em você que agora tudo parece muito natural. Me desculpe.

Ela balança a cabeça, afasta minhas mãos de seus ombros e as segura entre nós dois.

— Tudo bem — diz ela. — Nós dois estávamos indo rápido demais. Só preciso de um tempinho. Mas parece certo, não é? Parece tão certo ficar com você.

— Porque é *mesmo* certo.

Ela fica me encarando em silêncio e depois, do nada, lança os lábios para os meus mais uma vez. Solto um gemido e ponho os braços ao seu redor com mais firmeza, puxando-a para mim. Assim que ela encosta em meu peito, coloco as mãos em seus ombros e a afasto. Depois de afastá-la, eu a puxo de volta para perto e dou outro beijo nela. Isso se repete inúmeras vezes e tenho de me lembrar de desacelerar várias vezes. Após um tempo, preciso tirá-la do meu colo e a coloco no banco do motorista. No entanto, isso não ajuda em nada, pois assim que ela se encosta na porta do carro, eu me inclino por cima do banco e a beijo novamente. Ao perceber o tanto que preciso dela, ela ri, o que me faz achar graça do meu comportamento patético e desesperado. De alguma maneira, consigo me afastar e me encosto na porta do carona. Passo a mão pelo cabelo e sorrio para ela.

— Você só faz tudo ser ainda mais difícil — digo, rindo. — Em vários sentidos.

Ela sorri, e, mesmo no escuro, percebo que está corando.

— Argh! — Ponho as mãos no rosto e solto um gemido. — Meu Deus, como quero ficar com você. — Eu me jogo para a frente e a beijo, mas esbarro na maçaneta. Puxo-a para baixo, e a porta se abre. — Saia — digo, encostado em seus lábios. — Vá para seu carro, lá você estará segura. Nos vemos em casa.

Ela concorda com a cabeça e põe uma das pernas para fora do carro. Mas não quero que ela vá embora, por isso seguro sua coxa, puxo-a de volta e a beijo mais uma vez.

— *Vá logo* — digo, gemendo.

— Estou *tentando*. — Ela ri, se afastando de mim. Sai do carro, e eu passo para o outro banco e também saio.

— Onde você estacionou? — pergunto. Coloco os braços ao seu redor e pressiono os lábios em sua orelha.

— Está alguns carros mais para lá — diz ela, apontando para trás.

Deslizo a mão para dentro do seu bolso de trás, pego a chave e a acompanho até o carro. Após abrir a porta para ela entrar, me aproximo e a beijo uma última vez.

— Não entre em casa assim que chegar. Ainda não acabei de beijar você — aviso.

Ela sorri.

— Sim, senhor.

Quando ela liga o jipe, eu fecho a porta do carro, bato as juntas dos dedos na janela, e ela a abaixa. Ponho a mão em sua nuca e me inclino para dentro.

— Esses trinta minutos até chegarmos em casa vão ser os mais longos da minha vida. — Beijo sua têmpora e me afasto. — Amo você.

Ela fecha a janela e encosta a palma no vidro. Faço o mesmo, e as pontas de nossos dedos ficam unidas. Ela articula com a boca:

— Também amo você.

Ela começa a dar ré. Espero ela sair do estacionamento e volto para meu carro.

Não entendo. Não entendo como consegui passar tanto tempo sem ela. Agora ela parece uma parte tão vital de mim que sinto como se fosse morrer quando não a estou tocando.

* * *

Estou no carro há menos de um minuto quando disco seu número. Jamais liguei para Lake sem que o motivo da conversa fosse Kel ou Caulder. É bom ligar por causa dela.

Ela está dirigindo bem na minha frente, então a vejo pegar o telefone. Ela inclina a cabeça e segura o aparelho entre o ombro e o pescoço.

— Alô?

— Você não devia atender o telefone enquanto dirige.

Ela ri.

— Ora, e você não devia me ligar quando sabe que estou dirigindo.

— Mas eu estava com saudades.

— Eu também — diz ela. — Estou com saudades desde que nos separamos sessenta segundos atrás — completa ela sarcasticamente.

Acho graça.

— Quero conversar com você durante o caminho, mas quero que coloque o telefone no viva-voz e o deixe no banco.

— Por quê?

— Porque — digo — não é seguro dirigir com a cabeça inclinada para o lado desse jeito.

Vejo-a sorrir pelo retrovisor. Ela põe o telefone no banco e endireita a postura.

— Melhorou? — pergunta ela.

— Melhorou. Agora escute, vou colocar uma música dos Avett Brothers para você. Coloque o volume do telefone no máximo.

Ponho a música que tenho escutado sem parar desde a noite em que me apaixonei por ela, e aumento o volume. Quando chega o refrão, começo a cantar.

Abaixo a voz e continuo cantando o resto da música, e a seguinte, e a depois dessa. Ela fica escutando em silêncio até chegarmos em Ypsilanti.

LAYKEN ESTACIONA o carro na frente de sua casa antes que eu faça o mesmo. Desligo logo o motor e atravesso a rua antes que ela tenha tempo de abrir a porta. Ao alcançá-la, escancaro a porta e estendo o braço, puxando-a para fora pela mão. Quero empurrá-la no jipe e beijá-la loucamente, mas é bem provável que três pessoas estejam nos observando. No mínimo. O que eu não daria para estar sozinho agora com ela na minha casa em vez de aqui, ao ar livre. Beijo o topo de sua cabeça e acaricio seu cabelo, aceitando qualquer minuto que puder passar com ela.

— Você tem hora para chegar em casa?

Ela dá de ombros.

— Tenho 18 anos. Acho que ela não poderia estabelecer um horário nem se quisesse.

— Não vamos abusar da sorte, Lake. Quero fazer isso do jeito certo.

O mero fato de Julia deixá-la ficar comigo nesse momento já é sorte. A última coisa que quero é deixá-la chateada.

— Temos de falar sobre minha mãe agora, Will?

Sorrio e balanço a cabeça.

— Não. — Deslizo a mão para trás de sua cabeça e puxo sua boca para a minha, beijando-a como se não me importasse com *quem* pode estar nos vendo. E eu *não* me importo, porra. Beijo-a intensamente por vários minutos até que uma hora minhas mãos não conseguem mais só tocar seus ombros. Eu me afasto só o suficiente para recuperarmos o fôlego.

— Vamos para sua casa — sussurra ela.

A sugestão é tão tentadora. Fecho os olhos e a puxo para o meu peito.

— Preciso conversar com sua mãe antes de fazer uma coisa dessas. Preciso saber quais são nossos limites.

Ela ri.

— Para quê? Para a gente ultrapassar?

Ergo seu queixo, fazendo-a olhar nos meus olhos.

— Exatamente.

Desligam e depois reacendem a luz da entrada da casa. É um sinal de que Julia está determinando quais são nossos limites.

— Droga. — Solto um gemido em seu pescoço. — Acho que é hora de dar um boa-noite.

— Pois é, acho que sim — diz ela. — Mas a gente se vê amanhã, não é? Que horas você precisa ir à formatura?

— Só de tarde. Quer tomar café da manhã lá em casa? Posso cozinhar o que você quiser.

Ela faz que sim com a cabeça.

— E o almoço? Vai fazer o que na hora do almoço?

— Cozinhar para você.

— E no jantar? Talvez eu queira jantar com você também.

Ela é tão fofa.

— Na verdade, nós já temos planos. Meus avós vêm para minha formatura, e depois nós vamos sair para jantar. Quer ir também?

Um quê de preocupação surge em seus olhos.

— Acha boa ideia? E se alguém vir nós dois juntos? Tecnicamente você ainda é professor, apesar de estar mudando de emprego.

Droga. Já estou até começando a odiar meu novo emprego, e olha que ainda nem comecei.

— Pelo jeito, vou ter de pensar sobre isso amanhã.

— Mas quero ir a sua formatura. Tem problema?

— Acho bom você ir — digo para ela. Lake é a pessoa que mais quero ver por lá, mas antes dessa noite eu não achava que havia alguma possibilidade. — Mas vai ser impossível ficar longe de você.

Dou um último beijo nela e me afasto.

— Amo você.

— Também amo você.

Eu me viro e começo a ir embora, sentindo emoções contraditórias, pois estou extasiado por finalmente estarmos juntos e, ao mesmo tempo, arrasado por ter de me separar dela agora. Volto a olhar para ela e, quando vejo que ela está me observando ir embora, abro um sorriso de satisfação.

— *O que foi?* — pergunta ao ver minha expressão.

Seu sorriso já é o suficiente para me deixar satisfeito pelo resto da vida. Vê-la feliz novamente é a melhor sensação do mundo. Não quero vê-la triste nunca mais.

— Vai valer a pena, Lake. Ter passado por tudo o que a gente passou. Prometo. Mesmo se você tiver de esperar por mim, vou fazer valer a pena.

O sorriso desaparece de seus olhos, e ela põe a mão no coração.

— Já está valendo, Will.

Isso. Exatamente isso. Eu não a mereço.

Volto depressa até onde ela está e seguro seu rosto entre as mãos.

— Estou falando sério — digo. — Amo tanto você que chega a doer. — Forço meus lábios nos dela e me afasto com a mesma rapidez. — Mas dói de um jeito *muito bom*. — Dou outro beijo rápido em Lake. — E a gente achava que era difícil se separar antes... Como é que vou conseguir dormir depois de hoje à noite? Depois de beijá-la desse jeito? Depois de ouvir você dizer que me ama? — Beijo-a de novo, e damos alguns passos até ela encostar no jipe.

Beijo-a da maneira como queria beijá-la desde o instante em que percebi que éramos perfeitos juntos. Que fazia sentido nós dois juntos. Beijo-a me entregando por completo, sabendo que nunca mais vou ter de me separar dela. Beijo-a sabendo que este não é nosso último beijo. Nem nosso melhor beijo. Beijo-a sabendo que este beijo é nosso começo, e não mais uma despedida.

Continuo beijando-a, mesmo depois que acendem e apagam a luz da casa mais algumas vezes.

Percebemos isso, mas não nos importamos. Levamos alguns minutos até desacelerar e nos separar. Pressiono a testa na sua e olho bem nos seus olhos depois que ela os abre.

— É pra valer, Lake — digo, apontando para nós dois. — Agora é de verdade. Não vou abandoná-la de novo. Nunca mais.

Seus olhos se enchem d'água.

— Promete? — sussurra ela.

— *Juro*. Eu amo tanto você.

Uma lágrima escorre por sua bochecha.

— Repete — pede ela.

— Eu amo você, Lake.

Meus olhos examinam cada centímetro do seu rosto, pois tenho medo de acabar não notando alguma coisa se não assimilar cada parte dela antes de ir embora.

— De novo.

Antes que possa dizer que a amo mais uma vez, a porta da casa se abre e Julia aparece.

— Vamos ter de estabelecer algumas regrinhas — anuncia ela, com uma voz mais contente que irritada ou incomodada.

— Desculpe, Julia — grito por cima do ombro. Então me viro para Lake, dou um beijo de despedida e me afasto.
— É que estou loucamente apaixonado por sua filha!

— Pois é. — Julia ri. — Estou vendo.

Articulo "eu amo você" com a boca uma última vez e atravesso a rua.

18.

a lua de mel

— E NÓS VIVEMOS FELIZES PARA SEMPRE — DIZ ELA.
Rio, pois a realidade não chegou nem perto disso.
— É, tipo, por duas semanas — digo. — Até sua mãe pegar a gente no flagra e nos forçar a ir devagar.
Lake solta um gemido.
— Ai, meu Deus, tinha me esquecido disso.
— Acredite em mim, também preferia não me lembrar disso.

hora de recuar

— Aonde estamos indo?

Ponho o cinto de segurança e abaixo o volume do rádio.

— É surpresa.

É a primeira vez que vou poder sair com ela em público desde que começamos a namorar oficialmente há duas semanas. Consegui rescindir o contrato com o colégio quando fui aceito no mestrado. Então, tecnicamente, nós podemos namorar. Não sei que ideia isso pode passar, pois eu era professor dela até algumas semanas atrás. No entanto, para ser sincero, não me importo. Como já disse para ela: agora ela vem em primeiro lugar.

— Will. É quinta à noite. Tenho a impressão de que não vou me surpreender tanto assim com o lugar para onde está me levando. Estamos indo para o Club N9NE?

— Talvez.

Ela sorri.

— Você vai apresentar um poema para mim?

Pisco para ela.

— Talvez.

Estendo o braço e seguro sua mão.

— Mas estamos saindo cedo. Vamos mesmo jantar fora? Nada de sanduíche de queijo hoje?

— Talvez — repito.

Ela revira os olhos.

— Will, esse encontro vai acabar sendo a parte chata do meu dia se você não falar um pouquinho mais.

Sorrio.

— Sim, estamos indo para o Club N9NE. Sim, vamos jantar primeiro. Sim, escrevi um poema para você. Sim, vamos sair de lá mais cedo para voltarmos para minha casa e nos agarrar loucamente no escuro.

— Agora você virou a parte legal.

— De todos os restaurantes de Detroit, você escolhe uma lanchonete — digo, balançando a cabeça. Seguro sua mão e a conduzo até a entrada da boate.

Gosto de encher o saco dela, mas na verdade adorei que tenha escolhido uma hamburgueria.

— Não enche. Gosto de hambúrguer.

Ponho os braços ao redor dela e beijo seu pescoço.

— Gosto de *você*.

Mantenho os braços ao redor dela e os lábios grudados em seu pescoço enquanto entramos. Ela tira meus dedos da sua cintura e pressiona a palma da mão na minha testa, me empurrando para longe de seu pescoço.

— Você precisa ser um cavalheiro em público. Nada de beijos até voltarmos para o carro.

Levo-a de volta para a saída.

— Bem, então já podemos ir embora. Vamos.

Ela puxa minha mão novamente.

— Nada disso. Se quer me seduzir no seu sofá mais tarde, primeiro vai ter de me seduzir com suas palavras. Você me prometeu uma apresentação hoje, e só vamos embora depois que eu a assistir.

Ela vai até a mesa onde Gavin e Eddie estão guardando lugar para nós. Senta-se ao lado de Eddie, e eu me sento em seguida.

— Oi — diz Eddie, nos olhando com curiosidade.

— Oi — dizemos Lake e eu simultaneamente. A expressão curiosa de Eddie só se intensifica.

— Isso é *estranho* — comenta Eddie.

Gavin concorda com a cabeça.

— É, sim, é estranho *mesmo*.

— O que é tão estranho? — pergunta Lake.

— Vocês dois — diz Eddie para Lake. — Sei que faz umas duas semanas que estão juntos, mas é a primeira vez que realmente vejo você com ele. Pelo menos desse jeito. Tipo, casalzinho e tal. É estranho.

— Ah, cale a boca — diz Lake.

— Vou ter de me acostumar. É que parece que vocês estão fazendo algo errado. Algo ilegal — comenta Eddie.

— Tenho 21 anos — digo, me defendendo. — Não sou mais professor. O que há de estranho nisso?

— Não sei — diz ela. — Mas é estranho.

— É, sim — concorda Gavin, mais uma vez. — É estranho mesmo.

Entendo o raciocínio deles, mas acho que estão exagerando. Especialmente Gavin. Faz meses que ele sabe o que sinto por Lake.

— O que estão achando estranho exatamente? — Ponho os braços ao redor do ombro de Lake. — Isso? — Eu me viro e dou um beijão na boca de Lake até ela começar a rir e me afastar.

Nós nos viramos para Eddie e Gavin, que continuam nos encarando como se fôssemos aberrações.

— Eca — diz Eddie, enrugando o nariz.

Pego um sachê de açúcar e o jogo em Eddie.

— Então vá se sentar em outra mesa — brinco.

Gavin pega o sachê e o joga em mim.

— Nós chegamos primeiro.

— Então vai ter de aceitar a gente, cara — digo.

Todos na mesa ficam em silêncio, e está na cara que Lake e Eddie não fazem ideia de que Gavin e eu só estamos brincando.

— Na minha opinião — diz Gavin, inclinando-se para a frente —, você e a Sra. Alex formavam um casal bem melhor.

Dou de ombros.

— Ela me deu um fora. Tive de ir atrás da minha segunda opção — digo, indicando Lake com a cabeça.

Lake bufa na mesma hora em que o apresentador começa a falar ao microfone.

— O sacrifício de hoje já foi pré-selecionado devido às restrições de horário de quem vai se apresentar. Pessoal, deem as boas vindas a Will Cooper.

A multidão começa a aplaudir, e eu me levanto. Lake arqueia a sobrancelha.

— Restrições de horário? — pergunta ela.

Eu me curvo e pressiono os lábios na sua orelha.

— Já disse que não podemos demorar muito aqui. Vamos ficar muito, muito, muito ocupados mais tarde. — Dou um beijo na bochecha dela e sigo para o palco. Nem paro por um instante para me preparar. Começo o poema assim que alcanço o microfone para não desperdiçar nenhum segundo. — Meu poema se chama "O presente".

Se meu *pai* estivesse vivo, estaria sentado bem ali
Vendo minha apresentação, com um *sorriso* no rosto
Ele ficaria *orgulhoso* ao ver o homem que me tornei
E ficaria *orgulhoso* por eu ter assumido seu *lugar*
Se minha *mãe* estivesse viva, estaria em casa

Ensinando a meu *irmão* tudo o que *me* ensinou
Ela ficaria *orgulhosa* ao ver o homem que me tornei
E ficaria *orgulhosa* ao ver quem eu *sou*
Mas eles *não* estão aqui. Não estão aqui há um bom *tempo*.
É um processo *demorado*, mas estou começando a *entendê-lo*.
Ainda sinto *saudades* toda vez que *respiro*.
Nunca vou deixar de sentir falta deles.
Mas cada *sorriso* que vejo no seu *rosto* parece *substituir*
Uma *lembrança* que prefiro *esquecer*
Cada vez que você *ri*, um *vazio* surge dentro de mim
Cada *beijo* cura mais uma *ferida* na minha *alma*
Se meu *pai* estivesse aqui, estaria sentado ao seu lado
estaria *abraçando* você... e dizendo *obrigado*.
Obrigado por ter salvado meu *garoto*.
Obrigado por *iluminar* o *mundo* dele.
Se minha *mãe* estivesse aqui, ficaria *tão* feliz
Por *finalmente* ter uma *filha*
Ela a *amaria* tanto quanto *eu*
E me faria *prometer* que um dia você se *tornaria* minha *esposa*.
Mas eles *não* estão aqui. E isso já faz um bom *tempo*.
Mas consigo sentir o *orgulho* deles. O *sorriso*.
Consigo escutá-los dizendo: "*De nada, Will*."
Depois que *agradeço* aos dois por terem me enviado você dos *céus*.

Assim que volto para a mesa, ela tenta me agradecer com um abraço, mas seguro sua mão e aceno por cima do ombro enquanto a levo para a saída.

— Tchau — digo para Gavin e Eddie.

Nem espero eles se despedirem, pois já estamos nos dirigimos para a porta. Fico dois passos na frente de Lake o caminho inteiro até o carro, praticamente a arrastando atrás de mim. Só consigo pensar em ficar sozinho com ela essa noite. Nunca ficamos a sós, e estou precisando passar um tempinho com ela, sem interrupções, antes que eu enlouqueça.

Quando chegamos ao carro, praticamente a empurro para dentro e sigo para o outro lado. Ligo o carro, me viro para ela, agarro sua camisa e puxo sua boca para a minha enquanto dou ré.

— Will, você percebeu que o carro está andando? — pergunta ela, tentando se afastar.

Olho para o retrovisor, giro o volante para a direita e depois me viro de volta para ela.

— Percebi. Precisamos ser rápidos. Você tem hora para chegar em casa, e isso só nos dá mais duas horas. — Pressiono os lábios nos seus, e ela empurra minha testa com a palma da mão.

— Então pare de me beijar e dirija. Não vai ser muito legal ficar com você se estiver morto.

— Pare o carro — ordena ela, a várias casas de distância da minha.

— Por quê?

— Pare. Confie em mim.

Obedeço, estacionando na lateral da rua. Ela se inclina por cima do banco, me beija e tira as chaves da ignição.

— Se minha mãe vir seu carro, vai saber que a gente voltou. Ela disse que eu devia levar você lá para casa se chegássemos cedo. Ela não quer que a gente fique sozinho na sua casa. Vamos entrar escondidos pela porta dos fundos e depois a gente volta para buscar o carro.

Fico encarando-a, perplexo.

— Acho que estou apaixonado pelo seu cérebro — digo.

Nós dois saímos do carro e corremos até os fundos da casa na frente da qual estacionamos. Passamos por trás da cerca, nos agachamos e corremos por três quintais até chegarmos ao meu. Pego as chaves das suas mãos e destranco a porta de trás. Por que tenho a impressão de que estou invadindo uma casa? Essa casa é minha.

— Não ligue as luzes. Assim ela vai saber que a gente voltou — digo, ajudando-a na escuridão do hall de entrada.

— Não consigo enxergar — avisa ela.

Ponho um dos braços em suas costas e me abaixo, erguendo suas pernas com o braço livre.

— Com licença.

Ela joga os braços ao redor do meu pescoço e solta um gritinho. Carrego Lake no colo até o sofá e a deito ali com delicadeza. Tiro o casaco e os sapatos, e depois tateio até encontrá-la. Deslizo a mão por suas pernas até alcançar seus pés e removo seus sapatos enquanto ela tira o casaco.

— Quer que tire mais alguma coisa? — sussurro.

— Hum. Sua camisa.

Concordo imediatamente e tiro a camisa por cima da cabeça.

— Por que estamos sussurrando? — pergunto.

— Não sei — murmura ela.

O som da voz dela ao sussurrar... saber que ela está deitada... no meu sofá.

Quase não consigo lidar com o significado das próximas duas horas, pois sei que certas coisas podem acontecer entre nós. Admito isso, então em vez de me deitar em cima dela, eu me ajoelho ao lado do sofá. Por mais que a deseje, quero seguir o ritmo dela essa noite, não o meu. Costumo ser muito impaciente com qualquer coisa relacionada a ela.

Encontro sua bochecha no escuro e viro seu rosto na direção do meu. Quando a toco, sua respiração para. Sinto a mesma coisa. Já toquei no rosto dela inúmeras vezes, mas, por algum motivo, fazer isso no escuro e sem interrupção alguma parece ser bem mais íntimo.

Ela leva a mão para minha nuca, e pressiono meus lábios levemente nos dela. Estão molhados, frios e perfeitos, mas assim que separo seus lábios e sinto seu gosto, perfeito passa a ser o eufemismo do ano.

Um pouco hesitante, ela corresponde ao meu beijo. Nós dois estamos explorando nossos limites lentamente, e dessa vez quero ter certeza de que não estou apressando as coisas. Mantenho minha mão em sua bochecha enquanto nos beijamos, e começo a descê-la sem pressa por seu pescoço, passando por seu ombro e chegando ao quadril. Cada movimento meu parece encorajá-la, então deslizo a mão por baixo de sua camisa e agarro sua cintura. Fico aguardando algum sinal indicando que devo parar.

Ou *continuar*.

Ela pressiona as mãos nas minhas costas, puxando-me para a frente e indicando que quer que eu vá para o sofá também.

— Lake — digo, afastando-me vários centímetros. — Não posso. Se eu for para o sofá com você... — Expiro fundo. — Confie em mim. Não posso deitar no sofá com você.

Ela segura minha mão que ainda está em sua cintura e a faz subir por sua barriga, parando apenas quando toco seu sutiã.

Puta merda.

— Quero que venha para o sofá comigo, Will.

Afasto a mão na mesma hora, mas só porque preciso tirar sua camisa. Praticamente a arranco por cima de sua cabeça e logo me junto a ela no sofá. Assim que me deito em cima dela e sinto seu corpo encostar no meu peito, beijo-a de novo e ponho a mão exatamente onde estava antes. Ela sorri e coloca as pernas ao meu redor enquanto beijo seu queixo até alcançar o pescoço.

— Estou sentindo seu coração batendo bem aqui — digo, beijando a base de seu pescoço. — Gostei disso.

Ela segura minha mão e dessa vez a coloca *debaixo* do sutiã.

— Também dá para sentir bem aqui.

Enterro o rosto no sofá e solto um gemido.

— Meu Deus, Lake.

Quero tocar nela. Quero sentir ela *inteira*. Não sei o que está me impedindo. Afinal, por que estou tão nervoso?

— Will?

Afasto o rosto do sofá, ciente do fato de que minha mão ainda está debaixo do seu sutiã. Minha mão nunca esteve tão contente.

— Quer que eu vá mais devagar, Lake? É só me dizer.

Ela balança a cabeça e percorre minhas costas com as mãos.

— Não. Quero que vá mais rápido.

Minha hesitação desaparece imediatamente depois que ouço essas palavras. Ponho a mão em suas costas, abro o fecho do sutiã e o deslizo por seus ombros. Levo a boca até sua pele, e, assim que um gemido bem baixinho escapa dos lábios dela, minhas mãos voltam para o ponto onde ela tinha tocado antes. Abaixo os lábios, mas congelo de repente ao ouvir o barulho de uma chave na porta de casa.

— Shh. — Nesse instante, a porta da frente se escancara, e a luz da sala se acende. Ergo a cabeça o suficiente para olhar por cima do sofá e vejo Julia se aproximando do corredor Enfio a cabeça no pescoço de Lake. — Merda. É sua mãe.

— Merda — sussurra ela, puxando, desesperada, o sutiã para o lugar. — Merda, merda, merda.

Cubro sua boca com a mão.

— Talvez ela não perceba que a gente está aqui. Não se mexa.

Nossos corações estão mais disparados que nunca. Sei disso porque a palma da minha mão está parada firmemente no seio de Lake. Pelo que parece, ela também acha isso constrangedor.

— Will, tire a mão daí. Isso é estranho.

Afasto a mão.

— O que ela está fazendo aqui?

Lake balança a cabeça.

— Não faço ideia.

E é então que acontece. Já ouvi dizer que as pessoas veem a vida passar diante dos próprios olhos nos momentos que antecedem a morte.

É verdade.

Julia volta para a sala e grita.

Pulo para longe de Lake.

Lake salta para longe do sofá e acontece exatamente *isso*: minha vida inteira passa diante dos meus olhos no instante em que Julia vê Lake na minha sala, ajeitando o sutiã.

— Somos só nós dois — digo repentinamente. Não sei por que escolhi essas palavras como minhas possíveis últimas palavras. Julia está parada, tapando a boca com a mão, nos encarando de olhos arregalados. — Somos só nós dois — repito, como se ela já não soubesse disso.

— Eu estava... — Julia ergue o travesseiro de Caulder. — Caulder queria o travesseiro dele — diz ela, olhando para nós dois.

Mas, num único segundo, a expressão de medo se transforma em raiva. Então, pego a camisa de Lake e a entrego para ela.

— Mãe — começa Lake, mas não fala mais nada, pois não faz ideia do que dizer.

— Vá para casa — ordena Julia para Lake.

— Julia — digo.

— Will? — Julia lança um olhar de advertência para mim. — Depois converso com você.

Assim que as palavras saem da boca de Julia, o rosto envergonhado de Lake passa a ficar com muita, muita raiva.

— Mãe, nós somos adultos! Não pode falar com ele assim! — grita Lake. — E você não pode nos impedir de ficar juntos! Isso é ridículo.

Seguro o cotovelo de Lake, querendo acalmá-la.

— Não, amor — digo baixinho.

Ela olha para mim, defensiva.

— Ela não manda em mim, Will. Sou adulta.

Calmamente, ponho a mão em seu ombro.

— Lake, você ainda está no colégio. E mora na casa dela. Não devia ter trazido você para cá, me desculpe. Ela tem razão.

Eu me inclino e lhe dou um rápido beijo para acalmá-la, depois pego sua camisa e a ajudo a vesti-la pela cabeça.

— Meu Deus! — grita Julia. — Tá de brincadeira, né, Will? Não a ajude a se vestir! Estou bem aqui!

No que eu estava pensando?

Largo a camisa, ergo as mãos no ar e me afasto de Lake. Ela olha para mim como se pedisse desculpas e sussurra:

— Desculpe. — Então segue na direção da porta.

Julia nem espera a porta se fechar para começar a gritar com ela.

— Só faz duas semanas que está namorando ele, Lake! O que acha que está fazendo, indo tão rápido assim?

A porta se fecha, por fim, e eu me afundo no sofá, me sentindo incrivelmente imbecil. Incrivelmente culpado. Incrivelmente ridículo. Mas... também incrivelmente feliz.

Estendo o braço, e, enquanto estou pegando minha própria camisa, a porta se escancara mais uma vez. Julia está segurando o braço de Lake e trazendo-a de volta à sala. Ela faz a filha se sentar no sofá, na minha frente.

— Não dá para esperar — avisa Julia. — Não acredito que cês não vão continuar isso aqui quando eu for dormir.

Lake olha para mim da mesma forma como olho para ela. Estamos confusos.

Julia vira-se para Lake.

— Já estão transando?

Lake solta um gemido e esconde o rosto com as mãos.

— *Estão?*

— Não! — responde Lake, se defendendo. — Ainda não transamos, está bem?

Fico observando a conversa das duas, torcendo imensamente para que não precise participar.

— *Ainda?* — repreende Julia. — Então vocês vão transar?

Lake se levanta e joga as mãos para o ar.

— O que quer que eu diga, mãe? Tenho 18 anos! Quer que eu diga que vou ser celibatária para sempre? Porque isso seria mentira.

Julia joga a cabeça para trás e fica olhando o teto por vários segundos. Quando vira para mim, baixo os olhos para o chão. Estou com tanta vergonha que nem consigo encará-la.

— Cadê seu carro? — pergunta ela, com firmeza.

Olho para Lake e depois para Julia.

— No fim da rua — admito, relutante.

— Por quê? — indaga ela de um jeito acusatório, e está correta em fazer isso.

— Mãe, pare. Isso é ridículo.

Julia se vira para a filha.

— Ridículo? Sério, Lake? Acho ridículo vocês dois terem estacionado no fim da rua e entrado escondido aqui para transar a menos de cem metros da sua mãe. Só faz duas semanas que estão namorando! Também acho ridículo você se comportar como se não tivesse feito nada de errado, quando está na cara que estavam tentando esconder isso pois estacionaram o carro no fim dessa droga de rua!

Ficamos todos em silêncio por um instante. Lake apoia a cabeça no encosto do sofá e fecha os olhos.

— E agora? Se vai me colocar de castigo, vamos resolver logo isso, assim você para de me envergonhar.

Julia suspira, extremamente frustrada. Ela anda até o sofá e se senta ao lado de Lake.

— Não estou querendo envergonhar você, Lake. É que...

Julia suspira de novo e apoia o rosto entre as mãos.

Lake revira os olhos mais uma vez.

Solto um gemido.

Julia levanta a cabeça e respira fundo.

— Lake? — diz ela baixinho. — É que... — Ela tenta dizer, mas os olhos estão cheios d'água. Quando Lake percebe que Julia está chorando, ela endireita a postura.

— Mãe — diz Lake, aproximando-se dela, colocando os braços ao seu redor e a abraçando.

Vê-la cuidando da mãe, apesar de estar frustrada, faz meu coração se derreter completamente. Passo a amá-la ainda mais, se é que isso é possível.

Julia afasta-se de Lake e enxuga os olhos.

— Argh! — diz ela. — Isso é tão difícil para mim. Você precisa entender. — Ela se vira para Lake e segura suas mãos. — Não quero jogar minha doença na cara de ninguém, mas é impossível não fazer isso. Nossas vidas estão passando por um período de transição, e você está virando adulta. Em algum momento desse ano, por mais que a gente não queira admitir, vai estar cuidando do meu garotinho. Fico de coração partido ao pensar que é por minha causa que vai ser obrigada a crescer tão rápido. Eu a estou forçando a se tornar responsável dele. Eu a estou forçando a se tornar uma chefe de família aos 18 anos. Não é justo com você. Todas as outras partes da sua vida, como se apaixonar, aproveitar o colégio e arranjar namorados novos e... transar? Tenho a impressão de que essas vão ser as últimas coisas que você pode desfrutar antes de ser obrigada a amadurecer de vez. Sei que não posso desacelerar o inevitável, mas estou roubando as outras partes da sua juventude porque vou deixar todas as responsabilidades com você. Até esse dia chegar, acho que o que eu mais queria era que você parasse de crescer. Por mim. Pare de crescer tão rápido, só isso.

Assim que ela acaba de falar, Lake começa a chorar.

— Me desculpe — diz ela para Julia. — Entendi, mãe. Me desculpe.

Estou me sentindo um babaca.

— Me desculpe também — digo para Julia, que sorri para mim e enxuga os olhos.

— Ainda estou com raiva de você, Will. — Ela se levanta e olha para nós dois. — Pronto. Agora que já conversamos sobre isso... — Ela se vira para Lake. — Vou levá-la ao médico amanhã. Vai começar a tomar anticoncepcional. — Depois se vira para mim. — E vocês precisam pensar mais sobre isso. Não precisam ter pressa. Têm o resto da vida para ter pressa. Precisam ser bons exemplos para esses dois garotos que os admiram. Fazer coisas às escondidas não é dar um bom exemplo. Vocês acham que eles não percebem, mas percebem, sim. E vão ser vocês que vão enfrentar a adolescência deles, então acreditem em mim: não vão querer que tenham a oportunidade de jogar certas coisas na cara de vocês.

O argumento é apavorante e excelente.

— Quero que me prometam uma coisa — diz ela.

— Qualquer coisa — digo.

— Esperem um ano. Não precisam ter pressa. Vocês ainda são novos, muito novos. Estão namorando só há duas semanas e, acreditem em mim, quanto mais vocês aprenderem um sobre o outro, e quanto mais estiverem apaixonados, melhor vai ser.

Faço o máximo para fingir que isso não está sendo dito pela mãe da minha namorada, mas isso não faz o constrangimento desaparecer.

— Mãe — diz Lake gemendo e se afundando no sofá.

—A gente promete — digo, me levantando. Imediatamente me arrependo da promessa, pois sei quais serão as consequências. Um ano inteiro tendo de me segurar perto de Lake vai durar uma eternidade. Ainda mais depois de ter passado esse tempinho no sofá com ela hoje. — Desculpe, Julia, desculpe mesmo. Respeito Lake e respeito você e... me desculpe. A gente vai esperar. Amo Lake, e é só disso que preciso agora. Só saber que posso amá-la já é mais que suficiente.

Lake suspira, e olho para ela. Vejo-a sorrir para mim. Ela se levanta e joga os braços ao redor do meu pescoço.

— Nossa, eu amo você — diz ela, afastando as mãos do meu pescoço para me beijar.

— É melhor dar um belo beijo nele, Lake, porque você vai passar duas semanas de castigo.

Lake e eu viramos os rostos para Julia nesse exato instante.

— De castigo? — fala Lake, incrédula.

Julia faz que sim com a cabeça.

— Por mais que eu ame seu namorado... você entrou aqui escondida sabendo que eu não queria que viesse sozinha para cá. Então é isso mesmo. Está de castigo. Vou dar cinco minutos para você se despedir e voltar para casa. — Julia sai e fecha a porta.

— Duas *semanas*? — digo para Lake.

Pressiono meus lábios nos dela e a beijo loucamente por cinco minutos inteiros.

CONSEGUI VIVER 21 anos sem ela. Depois de a conhecer no início do ano, consegui passar três meses sem ela. Agora, após finalmente podermos ficar juntos, tive de passar mais duas semanas sem ela. Mas essas duas últimas semanas foram as mais insuportáveis dos meus 21 anos.

Sei que não são nem oito da manhã e talvez pareça um pouco desesperador aparecer na casa dela assim tão cedo, mas a gente queria que essas duas semanas passassem logo e pareceu uma eternidade. Atravesso a rua correndo, e, quando estou erguendo a mão para bater na porta, ela se abre e Lake pula nos meus braços, enchendo meu rosto de beijos.

— Isso aí, se fazendo de difícil — diz Julia atrás de Lake.

Ponho Lake no chão e balanço a cabeça sutilmente, indicando para ela que precisamos nos acalmar um pouco. Lake revira os olhos e me puxa para dentro de casa.

— O que vamos fazer hoje? — pergunta ela.

— O que você quiser. Estava pensando que a gente podia levar os meninos para algum lugar.

— Sério? — diz Julia da cozinha. — Seria ótimo. Preciso de um dia de paz depois de passar duas semanas presa nessa casa com sua namorada tristonha.

Lake ri e me leva para o corredor.

— Fique aqui no meu quarto enquanto me arrumo. — Nós dois desaparecemos pelo corredor e entramos no seu quarto. Ela fecha a porta e me puxa até sua cama. Ela se joga para trás, e eu caio em cima dela. Nossos lábios logo se unem depois de todo o tempo de tortura que passaram separados.

— Estava com tanta saudade — sussurro

— Não mais que eu.

Nos beijamos mais.

E mais.

E mais.

Queria que a gente não precisasse sair do quarto, pois eu podia passar o dia inteiro assim. Ela já levando as mãos para a parte de trás da minha camisa e estou gemendo em seu pescoço, lembrando como cheguei perto de ficar com ela de verdade duas semanas atrás. Quero passar a mão por debaixo de sua camisa, ou tocar sua cintura, ou colocar suas pernas ao meu redor, mas não faço ideia do que é seguro fazer. Agora que vamos precisar esperar a droga de um *ano* inteiro.

Por que concordei com aquilo? Por mais que entenda o raciocínio de Julia, ainda não sei como vamos conseguir esperar um ano inteiro. Especialmente porque isso já está me deixando louco.

— Amor — digo, afastando meus lábios dos dela. — Precisamos conversar.

Eu me sento ao lado dela na cama.

— Sobre o quê? Nossos planos para hoje?

Balanço a cabeça.

— Não. — Eu me inclino para a frente e a beijo. — Sobre *isso* — digo, apontando para o corpo dela. — Temos de definir o que podemos fazer ou não. Quero muito cumprir a promessa que fizemos para sua mãe, mas não consigo manter as mãos longe de você de jeito nenhum. Só preciso saber quais são meus limites antes que faça alguma besteira.

Ela sorri para mim.

— Está dizendo que a gente precisa estabelecer limites para sabermos até onde podemos ir?

Faço que sim com a cabeça.

— Exatamente. Preciso que você me diga quando está na hora de recuar.

Ela abre um sorriso malicioso.

— Bem, acho que só há uma maneira de descobrir quais são nossos limites: testando.

Sorrio e me deito ao lado dela, observando seu corpo da cabeça aos pés.

— Gostei dessa ideia. — Afasto uma mecha de cabelo do seu rosto e beijo sua boca delicadamente. Meu nariz percorre seu maxilar e a beijo até alcançar sua orelha. — O que acha? Já está na hora de recuar?

Ela balança a cabeça.

— Fala sério. Nem chegou perto.

Ponho a mão em seu ombro e acaricio seu braço lentamente até parar a mão em sua cintura. Eu me inclino até meus lábios mal encostarem nos dela.

— E agora? — pergunto para ela. Separo seus lábios com a língua, deslizando a mão pela sua barriga, por baixo da camisa. Os músculos de seu abdômen se contraem sob minha mão. — Acha que já está na hora de recuar? — sussurro.

Ela balança a cabeça devagar.

— Não. Pode continuar.

Levo os lábios até seu pescoço, e meus dedos sobem por sua barriga e param onde normalmente ficaria seu sutiã, se ela estivesse usando um. Enterro a cabeça no travesseiro e solto um gemido.

— Nossa, Lake. É sério? Está tentando me matar, é?

Ela balança a cabeça.

— Ainda não é hora de recuar. Continue.

Ergo a cabeça do travesseiro e fico observando seus lábios. Meu polegar roça seu peito, e é neste instante que nós dois perdemos o controle. Nossos lábios se esmagam, e, assim que minha mão toca seu peito, ela geme na minha boca e põe a perna ao redor da minha coxa. Saio de cima dela imediatamente e me levanto.

— Acho que para mim chegou a hora de recuar, sim — digo, ofegante. Passo as mãos pelo cabelo e me encosto na parede, mantendo uma distância segura dela. — Você precisa se trocar para a gente sair. Não posso ficar sozinho com você agora.

Ela ri, sai da cama e vai até o armário.

— E... Lake? Se quiser sobreviver a um dia inteiro sem ser atacada por mim o tempo todo, é melhor vestir um sutiã. — Pisco para ela e saio do quarto.

19.

a lua de mel

Os olhos dela estão fechados, mas há um sorriso se formando em seus lábios. Eu me inclino para a frente e os beijo delicadamente.

— Está dormindo?

Está tarde, e amanhã temos de voltar para casa. Mas não quero dormir ainda. Quero que essa noite dure o máximo possível.

Ela balança a cabeça e abre os olhos.

— Lembra-se da primeira vez em que a gente não recuou?

Eu rio.

— Bem, considerando que isso foi ontem à noite, diria que lembro muito bem.

— Quero que me conte sobre isso — diz ela, fechando o olho e se aconchegando em mim.

— Quer que eu conte sobre *ontem*?

Ela balança a cabeça no meu peito.

— Quero. Foi a melhor noite da minha vida. Quero que me conte tudo sobre ela.

Sorrio, mais do que contente em contar para ela sobre o momento mais legal de todos os momentos legais de minha vida.

noite de núpcias

— Mais três minutos — pede ela, estendendo o braço para trás do corpo e empurrando a maçaneta para baixo a fim de abrir a porta. — Agora passe a porta me carregando, marido.

Eu me abaixo, seguro seus joelhos por trás e a pego no colo, jogando-a por cima do ombro. Ela solta um gritinho, e uso seus pés para escancarar a porta. Entro no quarto com minha esposa. A porta bate atrás de nós dois, e eu a coloco na cama.

— Estou sentindo cheiro de chocolate. E de flores — diz ela. — Bom trabalho, marido.

Levanto sua perna e tiro a bota.

— Obrigado, esposa. — Ergo a outra perna e também tiro a bota. — Também me lembrei das frutas. E dos roupões.

Ela dá uma piscadela e rola para o lado, subindo mais na cama. Após se acomodar, ela se inclina para a frente e segura minha mão, puxando-me para perto.

— Venha cá, marido — sussurra ela.

Começo a me aproximar dela em cima da cama, mas paro ao me deparar com sua camisa horrorosa.

— Queria que tirasse essa coisa horrorosa — digo.

— Não é você que a odeia tanto? Então tire você mesmo.

E é o que faço. Começo por baixo e pressiono meus lábios em sua pele, na área onde a barriga e a cintura da calça se encontram, fazendo ela se contorcer. Lake sente cócegas nesse ponto. Bom saber. Desabotoo o próximo botão e subo meus lábios mais um pouco até chegar ao umbigo. Beijo-o. Ela solta mais um gemido, mas dessa vez não me preocupo. Continuo beijando cada centímetro dessa garota até tirar a camisa horrorosa do seu corpo e jogá-la no chão. Quando meus lábios se encostam aos dela novamente, paro e pergunto mais uma vez:

— Esposa? Tem certeza de que está pronta para não recuar? Agora?

Ela põe as pernas ao meu redor e me puxa para perto.

— Tenho certeza absoluta, pra borboleta — diz ela.

Sorrio em seus lábios, esperando que o ano inteiro de paciência frustrante valha a pena para ela.

— Ótimo — sussurro.

Enfio a mão debaixo de seu corpo, abro o sutiã e a ajudo a tirá-lo. Ela desliza as mãos pelo meu cabelo e me puxa na sua direção.

Depois que nós dois tiramos a roupa e ficamos grudados debaixo das cobertas, fico tão ofegante que nem consigo mais ouvir meu coração disparando, mas com certeza o sinto. Pressiono os lábios em seu pescoço e inspiro fundo.

— Lake? — Minhas mãos exploram seu corpo, tocando-o, e não consigo decidir se quero parar de fazer isso por tempo suficiente para realmente consumarmos o casamento.

— O quê? — pergunta ela, ofegante.

De alguma maneira, encontro forças para me afastar o suficiente para olhá-la nos olhos. Preciso que saiba que não é a única que está vivenciando algo pela primeira vez neste momento.

— Quero que saiba de uma coisa. Eu nunca... — Paro, afasto-me um pouco mais e apoio o peso no braço esquerdo. Levo a mão até sua nuca, abaixo a cabeça e dou um beijo delicado na sua boca. Olho-a bem nos olhos e acabo de dizer o que preciso que ela saiba. — Lake... nunca fiz amor com uma garota antes. Só percebi agora. Você é a primeira garota com quem vou fazer isso. — Ela abre um sorriso comovente de tão lindo, que me engole completamente. — E você é a *última* garota com quem vou fazer amor — acrescento.

Abaixo a cabeça e pressiono a testa na dela. Ficamos nos olhando enquanto levanto sua coxa e me apoio em seu corpo.

— Amo você, Will Cooper — sussurra ela.

— Eu amo *você*, Layken Cooper.

Fico parado em cima dela, dando uma última olhada nessa garota linda e incrível que está debaixo de mim.

— Você é a coisa mais incrível que aconteceu em minha vida — sussurro.

Assim que me empurro para dentro dela, nossos lábios colidem, nossas línguas colidem, nossos corpos colidem e nossos corações colidem. Então essa garota quebra completamente a janela para minha alma e entra.

20.

a lua de mel

— Gostei dessa versão — diz ela.

Lake está envolvida pelos meus braços e passou boa parte do final de semana assim. Não consigo imaginar uma maneira melhor de passar as últimas quarenta e oito horas. Eu me lembro de tudo o que passamos... de tudo que acabei de compartilhar com ela. De tudo que ela aprendeu sobre mim, do que aprendi sobre ela e de como, por algum milagre, vou sair desse quarto de hotel a amando um pouquinho mais do que quando chegamos. Beijo-a na testa e fecho os olhos.

— Boa noite, esposa.
— Boa noite, marido.

bem-vindos de volta

JÁ PERDI AS CONTAS de quantas vezes parei o carro na frente da minha casa. Pelo menos uma vez por dia desde que moro aqui, sendo que às vezes chega a duas. Mas nunca parei aqui antes com minha *esposa*. Nunca parei o carro na frente de uma casa em que eu morava com minha própria família — uma família que não fosse minha mãe e meu pai. Nunca tinha estacionado aqui me sentindo tão completo.

— Não vai desligar o carro? — pergunta Lake.

Ela está com a mão na maçaneta, esperando eu desligar o motor, mas estou encarando a casa, perdido em pensamentos.

— Você não ama a entrada dessa garagem? Tenho certeza de que essa é a melhor entrada do mundo inteiro.

Lake solta a maçaneta e se encosta no banco.

— Acho que sim. — Ela dá de ombros. — É uma entrada.

Desligo o carro, estendo o braço, seguro suas mãos e a puxo para meu colo.

— Mas agora é *nossa* entrada de garagem. Por isso é a melhor de todas. E é *nossa* casa. — Tiro sua camisa por cima da cabeça, e ela tenta se cobrir, mas afasto seus braços da frente e a beijo até alcançar seu pescoço enquanto falo de todas as coisas que deixaram de ser só minhas. — E a louça na cozinha é *nossa* louça. E os sofás são *nossos* sofás. E a cama é *nossa* cama.

— Pare, Will. — Ela ri e tenta afastar minhas mãos do sutiã. — Você não pode tirar meu sutiã, estamos na frente de casa. E se eles saírem?

— Está escuro — sussurro. — E o sutiã não é *seu*. É *nosso*, e eu quero tirar. — Tiro-o do corpo dela, puxando-a na direção do meu, enquanto desço as mãos por suas costas e depois alcanço o botão da sua calça. — E quero tirar *nossa* calça.

Ela sorri em meus lábios e concorda lentamente com a cabeça.

— OK, mas se apresse — sussurra ela.

— Posso até ir mais depressa — garanto a ela. — Mas *nunca* vou me apressar.

Depois de batizarmos a entrada da garagem, entramos numa casa completamente escura e vazia. Acendo a luz e encontro um bilhete na mesa.

— Meus avós foram embora algumas horas atrás. Os meninos estão com Eddie e Gavin do outro lado da rua.

Lake joga a bolsa no sofá e vai até a cozinha.

— Será que temos de buscá-los logo agora? Eu queria curtir um tempinho de tranquilidade enquanto podemos. No segundo em que contarmos que estamos de volta, a lua de mel vai oficialmente chegar ao fim. Estou me divertindo, não queria que isso acabasse ainda.

Puxo-a para perto.

— Quem disse que precisa acabar? Ainda precisamos batizar esses cômodos aqui. Por onde começamos?

— Além da entrada da sua garagem?

— Da *nossa* garagem — corrijo-a.

Ela estreita os olhos e depois os arregala, entusiasmada.

— Por sua área de serviço! — diz ela, com entusiasmo. — *Nossa* área de serviço — acrescenta ela depressa, antes que eu a corrija. Ela segura a gola da minha camisa e fica nas pontas dos pés, pressionando os lábios nos meus. — Venha — sussurra ela, puxando-me sem parar de me beijar.

A porta da frente se abre, e alguém passa correndo pela sala. Fecho os olhos e solto um gemido enquanto Lake afasta a boca da minha.

— Podem me ignorar, só vim buscar o ketchup — grita Caulder, passando correndo por nós e entrando na cozinha. Ele pega o ketchup e olha para nós enquanto volta para a porta da casa. — Eca — murmura, antes de fechar a porta.

Lake ri e pressiona a cabeça no meu ombro.

— Bem-vindo de volta — diz ela, sem entusiasmo algum.

Suspiro.

— O que será que eles estão comendo? Você me obrigou a passar dois dias inteiros fazendo exercício e agora estou com fome.

Lake dá de ombros e se afasta.

— Não sei, mas também estou com fome.

Nós dois atravessamos a rua. Ao chegarmos na frente da porta, ela põe a mão na maçaneta, mas para de repente e se vira para mim.

— Será que devo bater? É estranho bater na minha própria porta, mas não moro mais aqui.

Passo na frente dela e seguro a maçaneta.

— Ninguém bate antes de entrar, por que a gente deveria fazer isso? — Abro a porta, e nós entramos.

Os meninos e Kiersten estão sentados à mesa, e Eddie e Gavin estão na cozinha servindo a comida nos pratos.

— Olhe só quem voltou! — exclama Kiersten ao nos ver. — Como foi a lua de mel?

Lake entra na cozinha, e Eddie segura sua mão assim que a vê, puxando-a para o corredor.

— É, Layken, como foi a lua de mel? Preciso saber dos detalhes — diz Eddie.

As duas desaparecem para dentro do quarto.

Vou até a cozinha e pego os pratos que Eddie estava servindo.

— A lua de mel foi perfeita — digo para Kiersten.

— O que é uma lua de mel? — pergunta Kel. — O que as pessoas fazem quando vão para uma lua de mel?

Gavin ri e acaba cuspindo a bebida.

— Pois é, Will — diz Gavin, rindo para mim. — Preciso saber o que as pessoas fazem na lua de mel para me preparar para a minha. Explique para a gente.

Pego os pratos, fulmino Gavin com o olhar e ando até a mesa.

— Lua de mel é o que acontece depois do casamento. É quando o casal passa muito tempo junto... contando histórias do passado. E comendo. Eles contam histórias e comem. Só isso.

— Ah — diz Caulder. — Tipo um acampamento?

— Exatamente — concordo, me sentando à mesa na frente de Kiersten, que está revirando os olhos para mim e balançando a cabeça.

— Ele está mentindo porque acha que vocês ainda têm 9 anos. Lua de mel é quando os recém-casados fazem sexo, tradicionalmente pela primeira vez. Mas em *alguns* casos... — Ela vira a cabeça para Gavin. — As pessoas adiantam as coisas.

Todos ficam encarando Kiersten boquiabertos até Lake e Eddie voltarem.

— Por que está todo mundo em silêncio? — pergunta Eddie.

Gavin limpa a garganta e olha para ela.

— Hora do chato-e-legal — avisa ele. — Sentem-se, damas.

— Primeiro eu — pede Caulder. — Meu legal é que eu e Kel finalmente nos tornamos irmãos. O chato é que agora sei o que Will e Layken fizeram na lua de mel.

— Concordo — diz Kel.

Lake olha para mim interrogativamente, então aponto a cabeça para Kiersten.

— A culpa é dela.

Kiersten lança um olhar fulminante para mim, algo que tem se tornado muito comum.

— O *meu* chato — começa ela — é que pelo visto sou a única pessoa aqui que sabe da importância da educação sexual. Meu legal é que daqui a alguns meses, graças à incapacidade de Gavin de esperar até a lua de mel, vou ter um trabalho fixo de babá.

Gavin cospe a bebida pela segunda vez em cinco minutos.

— Não. *Nem a pau* você vai ser babá da minha filha. — Ele limpa a boca e se levanta, batendo o garfo no copo vermelho de plástico que está segurando. — E vou ser o próximo porque não consigo esperar nem mais um segundo para compartilhar meu legal. — Ele se vira para Eddie, que está sentada a seu lado, e limpa a garganta. Eddie sorri para ele, que está pressionando a mão no próprio coração. — *Meu* legal é que a mulher que amo aceitou se tornar minha esposa ontem à noite.

Assim que a palavra *esposa* sai de sua boca, Kiersten e Lake começam a soltar gritinhos, abraçar Eddie e pular. Eddie tira um anel do bolso e o coloca no dedo para mostrar às garotas. Lake diz que esse é o legal do dia dela, e Eddie concorda, mas Gavin já está se sentando de volta e todos os garotos voltaram a comer enquanto as garotas continuam dando gritinhos.

Olho para Lake, que está mexendo na mão de Eddie e admirando o anel. Ela está sorrindo. Parece feliz. Eddie também. Os garotos, apesar de terem aprendido o que as pessoas fazem na lua de mel, estão sorrindo. Gavin está observando Eddie e parece genuinamente feliz. Não consigo deixar de pensar nos últimos dois anos e em tudo o que passamos. No sofrimento que tivemos de suportar para chegar a esse momento, além de todas as lágrimas que derramamos. Não sei como isso acontece: num instante a pessoa acha que está num vale deserto, sem nada de bom pelo qual ansiar, e depois, num piscar de olhos, aparece alguém e muda tudo com um simples sorriso.

Lake olha para mim e percebe que estou sorrindo para ela. Ela ri e se encosta em mim enquanto a abraço.

— Quer saber qual é meu legal? — pergunto para ela.

Ela faz que sim com a cabeça.

Beijo-a na testa.

— Você. É sempre você.

Fim.

Epílogo

— Deem um remédio para ela! — grita Gavin com a enfermeira. Ele está andando de um lado para o outro. Gotas de suor surgem em sua testa, e ele ergue a mão para enxugá-las. — Olhem só para ela! Ela está sentindo dor, dá para ver! Deem alguma coisa para ela! — Seu rosto está pálido, e ele está apontando para a cama hospitalar.

Eddie revira os olhos e se levanta, segurando os ombros de Gavin e o empurrando para a porta.

— Desculpe, Will. Pensei que ele ia se comportar melhor pois dessa vez não sou eu que estou em trabalho de parto. Se eu não tirá-lo daqui agora, ele vai desmaiar que nem quando Katie nasceu.

Concordo com a cabeça, mas não consigo rir. Ver Lake naquela cama sentindo tanta dor me faz sentir completamente inútil. Ela não está querendo tomar remédio algum, mas estou quase pegando a porcaria de uma agulha e dando algo para ela.

Vou até a cabeceira da cama, e, assim que a contração passa, a tensão em seu rosto diminui um pouco e ela olha para mim. Pego o pano molhado e o pressiono em sua bochecha para refrescá-la.

— Água. Quero água — murmura ela.

É a décima vez que ela pede água na última hora e a décima vez em que tenho de dizer não. Não quero ver a raiva em seu rosto mais uma vez então minto:

— Vou perguntar à enfermeira.

Saio depressa do quarto, dou alguns passos para longe da porta e me encosto na parede sem qualquer intenção de procurar uma enfermeira. Deslizo para o chão e apoio o rosto nas mãos, tentando focar no fato de que isso está mesmo acontecendo. A qualquer minuto, vou me tornar pai.

Acho que não estou pronto para isso.

Pelo menos se Kel e Caulder virarem pessoas péssimas, eu e Lake podemos culpar nossos pais. Agora é totalmente diferente. Esse bebê é nossa responsabilidade.

Meu Deus.

— Oi. — Kel senta-se do meu lado e estende as pernas para a frente do corpo. — Como ela está?

— Malvada — respondo, com sinceridade.

Ele ri.

Faz três anos que Lake e eu nos casamos, e três anos que Kel mora comigo. Sei que tecnicamente só hoje vou me tornar pai pela primeira vez, e é algo diferente em vários aspectos, mas não consigo me imaginar amando Kel mais do que já amo se ele fosse mesmo meu filho. Posso dizer sinceramente que, quando meus pais morreram, me senti amaldiçoado por minha vida ter mudado de rumo daquela maneira. Mas agora, quando paro para pensar, sei que fui abençoado. Não consigo imaginar nada sendo diferente.

— Então — diz Kel. Ele levanta a perna, amarra o cadarço e a estende novamente. — Minha mãe... ela deixou uma coisa que eu deveria lhe entregar hoje.

Olho para ele e, sem nem ter de perguntar, já sei o que é. Estendo a mão. Ele enfia a mão no bolso e pega uma estrela.

— Estava dentro de um dos presentes que ela deixou para meu aniversário no ano passado, com um bilhete. Na verdade, ela deixou oito estrelas. Uma para cada filho que cês talvez tenham. Quatro azuis e quatro rosas.

Fecho a mão com a estrela dentro e rio.

— *Oito?*

— Pois é, eu sei. — Ele dá de ombros. — Acho que foi só por precaução. E todas estão numeradas, então esta é a estrela desse bebê.

Sorrio e olho para a estrela em minha mão.

— Também é para Lake? Não sei se ela está a fim de ver isso agora.

Kel balança a cabeça.

— Não. É só para você. Lake vai ganhar outra. — Ele se levanta, dá alguns passos em direção à sala de espera, mas então se vira, olhando para mim. — Minha mãe pensou em tudo, não foi?

Sorrio, lembrando todos os conselhos que, de alguma maneira, continuo recebendo de Julia.

— Com certeza.

Kel ri e se vira. Abro a estrela; uma das muitas que presumi erroneamente que seria a última.

Will,
 Obrigada por ter assumido o papel de pai do meu garotinho.
 Obrigada por amar minha filha tanto quanto eu a amo.
 Mas, acima de tudo, obrigada de antemão por ser o melhor pai que eu poderia imaginar para meu neto ou

neta. Pois não tenho dúvidas de que é isso que você vai ser.

Parabéns,
Julia

Fico encarando a estrela em minhas mãos, imaginando como ela pode estar *me* agradecendo quando na verdade foram eles que mudaram *minha* vida. A família inteira mudou minha vida.

Acho que, de certa maneira, todos nós mudamos as vidas *uns dos outros*.

— Will — grita Lake de dentro do quarto. Eu me levanto depressa e guardo a estrela no bolso. Volto para o quarto e me aproximo da cama. Ela está tensionando o queixo e segurando a lateral da cama com tanta força que as articulações dos seus dedos estão brancas. Ela estende uma das mãos, agarra minha camisa e me puxa em sua direção. — Enfermeira. Preciso da enfermeira.

Faço que sim com a cabeça e saio logo do quarto. Dessa vez, vou mesmo atrás de uma enfermeira.

Quando a palavra "empurre" sai da boca do médico, seguro a lateral da cama para conseguir continuar de pé. Chegou a hora. Finalmente chegou a hora, e não sei se estou pronto. Nos próximos minutos vou me tornar pai, e, só de pensar nisso, minha cabeça começa a girar.

Não sou Gavin.
Não vou desmaiar.

Os segundos se transformam em nanossegundos enquanto o quarto começa a se encher de enfermeiras, e elas estão mexendo na cama, nos equipamentos, em Lake e nas luzes que estão muito, muito, *muito* fortes, e depois uma enfermeira aparece em pé ao meu lado, olhando para mim.

Por que ela está olhando por cima de mim?

— Você está bem? — pergunta ela.

Faço que sim com a cabeça. *Por que estou olhando para ela de baixo?*

Ou encolhi dois metros ou estou caído no chão.

— Will. — Lake estende a mão para o lado da cama, na minha direção. Seguro a grade e me levanto. — Não faça isso de novo — diz ela, ofegante. — Por favor. Preciso que seja forte porque estou surtando.

Ela está me encarando com um olhar cheio de medo.

— Estou bem aqui — tranquilizo-a. Ela sorri, mas então seu sorriso se distorce e vira de cabeça para baixo, transformando-se num gemido demoníaco e caótico. Mas minha mão está ficando mais distorcida que sua voz.

Eu me inclino por cima da grade e ponho os braços ao redor de seus ombros, ajudando-a a se inclinar para a frente enquanto a enfermeira pede para ela continuar empurrando. Mantenho os olhos focados nos seus, e ela mantém o olhar fixo no meu. Ajudo-a a contar, a respirar, e faço meu melhor para não reclamar de que nunca mais vou poder usar a mão. Estamos contando até dez pelo que parece ser a milésima vez quando aqueles sons distorcidos começam a sair de novo da sua boca. Mas, dessa vez, os barulhos são substituídos por outro som.

Choro.

Olho para o médico, que agora está segurando um bebê nas mãos.

Meu bebê.

As coisas não estão mais em câmera lenta, só que eu continuo imóvel. Quero tanto pegá-la e colocá-la nos braços, mas também quero ficar ao lado de Lake e me assegurar de que ela está bem. A enfermeira tira nosso bebê das mãos do médico e se vira para enrolá-la num cobertor. Estico o pescoço, tentando enxergá-la por cima do ombro da enfermeira.

Depois que a enfermeira finalmente acaba de enrolá-la, ela se vira, aproxima-se de Lake e coloca a bebê no colo da mãe. Abaixo a grade da cama de Lake e me sento ao seu lado, deslizando o braço por seus ombros. Puxo o cobertor do rosto da nossa bebê para que a gente possa enxergá-la melhor.

Queria poder revelar o que estou sentindo, mas nada é capaz de explicar esse momento. Nem um vaso de estrelas. Nem um livro. Nem uma música. Nem mesmo um poema. Nada é capaz de descrever o momento quando a mulher pela qual você daria a vida vê a filha pela primeiríssima vez.

Lágrimas escorrem por seu rosto. Ela está alisando a bochecha de nossa garotinha, sorrindo.

Chorando.

Rindo.

— Não quero contar se ela tem dez dedos nas mãos e nos pés — sussurra Lake. — Não me importo se ela tem dois dedos nos pés ou três nas mãos ou cinquenta pés. Eu a amo tanto, Will. Ela é perfeita.

Ela *é* perfeita. Tão perfeita.

— Que nem a mãe — digo.

Encosto a cabeça na de Lake, e nós dois só ficamos olhando. Olhando para a filha que é muito mais do que eu poderia ter desejado. A filha que é muito mais do que sonhei. Muito mais do que achei que poderia ter. Essa *garota*. Essa garotinha é minha vida. A mãe dela é minha vida. Essas *duas* garotas são minha vida.

Estendo o braço e seguro a mão dela. Seus dedos pequeninos envolvem meu mindinho por reflexo, e não consigo mais conter as lágrimas.

— Oi, Julia. Sou eu. É seu papai.

minha última peça

Nós nascemos no mundo
Como *uma pequena peça* do *quebra-cabeça*
Que compõe uma vida *inteira*.
Cabe a nós, ao longo dos anos,
encontrar *todas* as peças que se *encaixam*.
As peças que unem *quem* nós somos
Com quem nós *éramos*
Com quem um dia *seremos*.
Às vezes as peças *quase* se encaixam.
Elas *parecem* certas.
Nós as carregamos por um tempo,
Esperando que mudem de *formato*.
Esperando que se *ajustem* ao nosso quebra-cabeça.
Mas isso *não* acontece.
Chega uma hora em que temos de deixá-las para *trás*.
Para que encontrem o quebra-cabeça que é seu *lar*.
Às vezes, as peças não se encaixam *de jeito nenhum*.
Por *mais* que a gente *queira*, isso não acontece.
Nós as *empurramos*.
Nós as *entortamos*.
Nós as *quebramos*.
Mas o que não é *para* acontecer
não acontece.
Essas são as peças mais difíceis de *todas* de se aceitar.
As peças do nosso quebra-cabeça
Que simplesmente não são *certas*.
Mas *de vez em quando*...
Até meio *raramente*,

Se tivermos *sorte*,
Se prestarmos bastante *atenção*,
Nós encontramos algo
de *encaixe perfeito*.
As *peças* do *quebra-cabeça* que se *unem* com *facilidade*
As peças que *grudam* nas *beiradas* de nossas *próprias*
peças.
As peças que se *prendem* a nós.
As peças às quais *nós* nos prendemos.
Peças que se encaixam *tão bem* que ficamos sem saber
onde *nossa* peça *começa*
E a outra *termina*.
Nós chamamos *essas* peças de
Amigos.
Amores verdadeiros.
Sonhos.
Paixões.
Crenças.
Talentos.
São essas *todas as peças* que completam nossos
quebra-cabeças.
Elas *contornam* as *bordas*,
Enquadram os *cantos*,
E *preenchem* os *centros*.
São *essas* peças que nos fazem ser quem *somos*.
Quem *éramos*.
Quem *um dia seremos*.
Até hoje,
Quando eu olhava para meu próprio *quebra-cabeça*,
via algo *completo*.
Com *bordas contornadas*,

cantos enquadrados,
centro preenchido.
Parecia completo.
Todas as peças estavam *lá.*
Eu tinha tudo o que *queria.*
Tudo o que *precisava.*
Tudo com que *sonhei.*
Mas só hoje
percebi que tinha *todas* as peças
exceto *uma.*
A peça mais *vital.*
A peça que completa a *imagem.*
A peça que completa minha *vida inteira.*
Segurei essa garota nos braços
Ela *enroscou* seus *dedos pequeninos* ao redor do *meu.*
Foi *então* que *percebi*
Que *ela* era a *fusão.*
A *cola.*
O *cimento* que *unia* todas as minhas peças.
A peça que completa meu *quebra-cabeça.*
A peça que completa *minha vida.*
O *elemento* que faz de mim quem *sou.*
Quem eu *era.*
Quem *serei um dia.*
É *você*, minha bebê.
Você é minha *última peça.*

Agradecimentos

Gostaria de agradecer a minha agente, Jane Dystel. Sua ética de trabalho é inspiradora e você está fazendo exatamente o que nasceu para fazer. Sem seu apoio, conselhos e honestidade, não sei onde eu estaria hoje. E agradeço a cada uma das pessoas nos escritórios da Dystel & Goderich pelo apoio constante aos autores que representam. E um agradecimento especial à Lauren Abramo. Obrigada, gracias, dank u, merci, danke, grazie.

Também gostaria de agradecer a minha editora, Johanna Castillo. Foi uma alegria imensa trabalhar com você e espero que possamos continuar juntas por muitos anos. Obrigada por sempre ser tão otimista e por me apoiar.

Existe algo de agridoce em saber que este é o último livro da série Slammed. Por um lado, fico feliz em me despedir de Will, Lake e todo o pessoal. Eles merecem o final feliz. No entanto, vou sentir saudades desses personagens que mudaram completamente minha vida. Talvez seja um pouco estranho agradecer a personagens de um livro, mas quero agradecer a cada um deles. Depois de passar um ano e meio dentro das cabeças deles, parece até que estou me despedindo de amigos.

E deixo o maior agradecimento de todos aos fãs desta série. A todos aqueles que leram os livros. Aqueles que pediram uma sequência. Aqueles que pararam para me mandar um e-mail e contar como tinham ficado comovidos com os livros. Aqueles que se inspiraram a escrever seus próprios livros. A todos aqueles que me apoiaram e me ajudaram a divulgar estas palavras, simplesmente porque queriam. Este ano com certeza foi um turbilhão, mas cada um de vocês me ajudou a manter a sanidade. Vocês me fizeram continuar inspirada e motivada. É por causa de vocês que estou aqui hoje, e nunca me esquecerei disso.

Por causa de *vocês*.

Este livro foi composto na tipologia Janson Text LT Std,
em corpo 11/15,3, e impresso em papel off-white,
no Sistema Cameron da Divisão Gráfica
da Distribuidora Record.